安妮的世界 **2**

花季的安妮

Anne of Avonlea

（加）露西·莫德·蒙哥马利 [著]

李常传 [译]

21 二十一世纪出版社
21st Century Publishing House
全国百佳出版社

图书在版编目（CIP）数据

花季的安妮 / (加)蒙哥马利 (Montgomery,L.M.) 著；李常传译.
-- 南昌：二十一世纪出版社，2014.6(2022.4重印)
（安妮的世界）
ISBN 978-7-5391-9197-3

Ⅰ.①花… Ⅱ.①蒙… ②李… Ⅲ.①儿童文学－长篇小说－
加拿大－现代 Ⅳ.① I711.84

中国版本图书馆 CIP 数据核字 (2013) 第 292422 号

版权合同登记号 14-2009-278

花季的安妮　　　　　　　　　　　(加)露西·莫德·蒙哥马利 [著] 李常传 [译]

策　　划	张秋林	
责任编辑	周向潮	
特约编辑	文　欢	
出版发行	二十一世纪出版社	
	（江西省南昌市子安路 75 号　330025）	
	www.21cccc.com　cc21@163.net	
出　版　人	张秋林	
经　　销	新华书店	
印　　刷	三河市人民印务有限公司	
版　　次	2017 年 8 月第 2 版　2022 年 4 月第 2 次印刷	
开　　本	880mm × 1260mm　1/32	
印　　张	9.5	
字　　数	191 千	
书　　号	ISBN 978-7-5391-9197-3	
定　　价	24.00 元	

赣版权登字—04—2013—839
如发现印装质量问题，请寄本社图书发行公司调换 0791-86524997

序

曹文轩

何为上乘小说?

可能会有各种各样的评价标准,但无论如何,大概总要承认,它之所以称得上上乘,最重要的标志就是它塑造了一个乃至几个永不磨灭的形象。作为一部穿越了时空,在今天,在世界的任何一个地方都会熠熠生辉的作品,蒙哥马利的"安妮的世界"系列为世人塑造了一个叫安妮的女孩的形象。这个形象,始终占据世界文学长廊的一方天地,在那里安静却又生动无比地向我们微笑着,吸引我们驻足,无法舍她而去。从阅读"安妮的世界"系列的第一本《绿山墙的安妮》开始,就注定了在掩卷之后我们要不由自主地回首张望,向那个让人怜爱的孩子挥手,再挥手。我们终于离去,山一程,水一程,但不知何时,她却悄然移居我们心上,在今后漫长的人生岁月中,不时地幻化在你的身边,就像她总也离不开风景常在的"绿色屋顶"一样。她的天真纯洁,会让你感动,会让你的灵魂不断得到净化;她柔弱外表之下的那份无声的坚韧,会让你在萎靡中振作,让你面对困难甚至灾难时,依然对天地敬畏,对人间感恩。这个脸上长着雀斑、面容清瘦、一头红发的女孩,是你的"绿色屋顶",而你也是她的"绿色屋顶"。一个形象能有如此魅力,可见这部塑造了她的作品在文学史上举足轻重的地位。

这是一部具有亲和力的作品。

有一些作品,即使是一些被文学史家和批评家们津津乐道的作品,我们阅读它们时总是很难进入,它们仿佛被无缝的高墙所围,我们转来转去,还是无门可入,只好叹息一声,敬而远之。即使勉强进入,总有一种挥之不去的距离感,读完最后一页,我们依然觉得那书在千里之外冰冷着面孔,像尊雕塑。阅读《绿山墙的安妮》却是另样的感受——说不清的原因,当年我在看到书名时,就有了阅读它的欲望。看来,一部书有无亲和力,单书名就已经散发出来了。接下来就是流畅的毫无阻隔的阅读。这部书是勾魂的。它以没有心机的一番真诚勾着你。它在叙述故事时,甚至没有总是想着这书究竟是给谁读的，作者只是把心中想说的话说出来。这是倾诉，也是亲和力产生的秘密：倾诉就是对对方的信任，这时，你与对方的距离感就消逝了——所有的人都是喜爱听人倾诉的，因为那时他有一种被信任感。"安妮的世界"显然带有自传性，说的是一个叫安妮的女孩，而实际上是在说作者自己——露西·莫德·蒙哥马利。这是她自己的故事，现在她要把它们诚心诚意地讲出来。我们在听着，出神地听着。

"安妮的人生"应成为一个话题。

安妮的人生称得上是完美而理想的人生，她是我们所有愿意更好地活着的人的榜样。之所以这样说，是因为除了具有善良、真诚、聪明、勤劳、善解人意、富有勇气等品质，她还有一个让我们羡慕的品质：善于幻想。幻想使她的精神世界异彩纷呈，使她在绝望中看到了生路。通过幻想，她巧妙地弥补了人生的种种遗憾和许多苍白之处。她的幻想是诗性的。在与玛莉娜谈论祷告时，她说，上帝是种精神，是无限、永恒、不变的，他的本质是智慧、力量、公正、善良、真实。她很喜欢这些词。她对玛莉娜说，这么长一串，好像一首正在演奏的手风琴曲子，它们也许不能叫诗，但很像诗，对不？当玛莉娜为她做的上学的衣裙并不是她喜欢的而她又无法改变这个事实时，她说："我会想象自己是喜欢它们的。"正是这些幻想，使她的不幸人生获得了诗性的拯救。诗性人生无疑是最高等级的人生。许多危急关头，许多尴尬之时，她正是凭借幻想的一臂之力，而脸色渐渐开朗，像初升的太阳，眼睛如星辰般明亮起来。而这时，世界也变得明亮起来。

还有，就是它的无处不在的风景描写。

今天的小说，很难再看到这些风景了，被功利主义挟持的文学，已几乎不肯将一个文字用在风景的描写上了。"安妮的世界"离不开风景，离开风景，对于作者来说，几乎是不可想象的。而安妮离开风景，就会失去生趣，甚至生命枯寂。她的湿润，她的鲜活，她的双眸如水，皆因为风景。她孤独时，要对草木诉说；她伤心时，要对落花流水哭泣。万物有灵，一切都是她生命的组成部分。紫红色樱花的叶子，是她的"漂亮爱人"，她要成为穿过树冠的自由自在的风儿，她喜欢凝视夕阳西下时的天空……一开始，当她想到马修可能不来车站接她时，她想到晚上的栖息之处竟然是在一棵大树上：月光下，睡在白樱花中。她是自然的孩子，她是一棵树。自然既养育了她，也教养了她。

看看这样的书，像安妮那样活着。

目 录
Contents

第一章

大发雷霆的邻居

清爽宜人的八月午后，在爱德华王子岛一栋农家的大门口，一个身材窈窕的高挑少女正坐在红色砂岩石的台阶上面。她今年十六岁半，一双灰色的眼睛闪耀出智慧的光芒。女友们形容她的头发为金褐色。此刻她的脸上显示出了很大的决意，她打算将古罗马大诗人瓦基鲁的数行诗章做一个合理的解释。

不过话又说回来啦！八月的午后，与其阅读古代的诗章，不如沉溺于白日梦。青色的雾霭罩着倾斜的田园，似乎在暗示着将有一场丰收。微风起处，白杨树沙沙作响。在樱桃果树园的一隅，也就是在枞树的阴影里，犹如火焰般火红的罂粟花正在微风里搔首弄姿。曾几何时，瓦基鲁诗集已经掉落在地，安妮两手支撑着下巴，一双蔫蔫双瞳犹如棉絮般的云朵。那些云朵飘到哈里森家的屋顶正上方，恰如一座山一般镇坐在那儿。

看着这些情景，安妮的心早已飞到遥远的另一个世界。在那儿，一位学校的教师活跃着，塑造了未来政治家的命运，并且把崇高的理想灌进年幼学生的脑子里，创造出了伟大的教育成果。

不过，以实际的情形来说，艾凡利学校并没有变得名闻遐迩。但是很遗憾，在经历各种事情之前，安妮并没有领悟到这一点。

但是，安妮认为，只要她能够好好地行使教师的感召力，就是人们绝对想不到的事情，也不见得不可能发生……也许在四十年以后，将有一位著名的人物——最好是大学校长，或者是加拿大的内阁总理——把头部低垂于安妮皱纹累累的手上，毕恭毕敬地说："老师，谢谢您帮我的雄心点上了最初的火种。我今日的成功都是您赐给我的！"

当安妮正在如此做着白日梦时，突然发生了一件不愉快的事情，把她的好梦无情地粉碎了！

一头"表情"呆滞的乳牛才走进小径，哈里森就暴跳如雷地跳到了安妮的面前。

哈里森省掉了打开木板门儿的麻烦，如鸟儿般飞过篱笆，以吹胡子瞪眼睛的凶煞相，堵住了安妮的去路。安妮不知所措地呆立在那儿，两眼瞪着哈里森。

哈里森是新搬到绿色屋顶之家右边的邻居，安妮跟他有过两面之缘，但是还不曾正式打过招呼。

四月初，在安妮从皇后学院回来以前，邻居罗伯·贝尔卖掉了他的农场，一家人搬去了夏洛镇。购买罗伯农场的人就是哈里森。安妮只知道他是从新·布兰斯威克搬来的，至于其他的事情，她就一概不知情了。

哈里森来到艾凡利还不到一个月的光景，大伙儿就把他看成一个古怪的人。林顿夫人则叫他为乖僻的家伙。的确，并非林顿夫人在损人，哈里森确实跟别人不一样，送给他"乖僻"两个字，一点也不算过分。

哈里森没有妻子。而且，他还以一种近乎不屑的口吻说："女人哪！实在叫人感到不胜其烦，所以嘛，我根本不喜欢有女人在身边。"为了报答哈里森的大言不惭，艾凡利的女人们到处宣传哈里森所做的食物，根本就叫人无法下咽，而且，他在家务方面也搞得一团糟。

这种蜚短流长是约翰·卡特这个少年散发出去的。这个居住于白沙镇的少年受雇于哈里森。据他透露，哈里森家并没有所谓的三餐时间。必须逢到哈里森感到饥肠辘辘时，他才会快速地弄些食物凑合着吃。如果这时，约翰·卡特在他身边的话，当然也会得到一份食物。如果运气太差，当哈里森在弄食物时，他不在身边的话，那就只能眼巴巴地等哈里森下次弄东西的时候了。

约翰·卡特每逢星期天回家，每次回家他都会把自己的肚子塞得鼓鼓的。到了星期一早晨，要回到哈里森那里时，他母亲就会再塞满一篮子的食物给他。约翰的老妈愤慨地说："如果哈里森胆敢叫卡特饿死的话，我就跟他没完！"

有件事儿，说起来叫人不敢相信。那就是——除非星期天下雨，否则的话，哈里森根本就不想洗盘子。等到大木桶里积满雨水时，他方才把好多天来囤积下来的盘子一起洗完。但是洗完以后仍然随处一搁，也不用毛巾擦干，任凭它们自然晾干。

而且啊，哈里森吝啬得简直一毛不拔。叫他捐献一点钱给教会时，他总是说，等听完牧师的话再说，看看牧师的说教具有多少利益，再决定捐款的数目。

当大伙儿问他为何要如此斤斤计较时，他振振有词地说："我才不做亏本生意呢！"听了这句话，林顿夫人气呼呼地回家了。

有一天，林顿夫人愤然地对玛莉娜说："哈里森那个老家伙实在龌龊得很！厨房的地板不晓得有多久没拖了！我每次走过那儿时，都必须把裙子下摆提起来，否则的话，根本就是寸步难行哩！往日，罗伯·贝尔夫人把厨房打扫得光可鉴人，一直以她家整洁为傲呢！如今哪！她躺在坟墓里一定会感到很心寒的……"

哈里森饲养了一只名叫"老姜"的鹦鹉。艾凡利的居民从来就没有人饲养过鹦鹉，所以对于这种做法，并没有人认为是一件风雅的事情。而且那只鹦鹉所干的恶行简直是罄竹难书！约翰·卡特形容它为流寇恶贼的鸟儿，几乎干尽了坏事。卡特的老妈一旦找到另一位东家，就准备叫儿子转移阵地了。

有一天，趁着约翰·卡特在鸟笼旁边时，老姜以迅雷不及掩耳的速度，啄下了约翰后颈的一块肉。倒霉的约翰·卡特在星期天回家时，他老妈就把他的伤口指给别人看。

诸如这么一大箩筐的琐事，在哈里森吹胡子瞪眼站在那儿，还不曾说出一句话时，一下子就横扫过安妮的心头。

哈里森这个人，就算在心平气和时，也还是沾不上帅哥的边缘儿。他个子矮小，身材肥胖，又是秃头。这会儿，他更把浑圆的面孔气成紫色，使凸出来的蓝眼更为凸起。安妮破天荒第一次见到这样难看的人。

哈里森终于开了尊口："这种事情，我一天也受不了啦！喂！你听到了没有？这已经是第三次了！听见了没有？忍耐也有一个限度啊！上一次，我就叮咛过你的阿姨，绝对不能让这种事情再发生啦！想不到，今天又是旧戏重演，我就是为这件事情，专程来听听你的说法的！"

"那么，请您把不满的地方说出来吧！"安妮以十足威严的态度说。

为了开学时派上用场，安妮最近很认真地在练习所谓的威严。

"不满的地方？当然啦，我当然有所不满。仅仅在半个小时以前，你阿姨的乳牛又闯入了我的黑麦田里。这已经是第三次了。上星期四它就蹂躏过我的麦田一次，昨天又是一次。我专程到此对你阿姨说过，以后别再让乳牛进入我的黑麦田，谁知今天它又进去啦！你的阿姨在哪儿啊？我要对她发发牢骚……"

"卡斯巴德女士并非我阿姨，而且她现在不在，她去东克兰顿看望病人了。"安妮以充满了威严的语气，一板一眼地说："真抱歉，我的牛竟闯入了您的麦田里……它是我的牛儿，并非卡斯巴德女士的牛儿……三年前，它还是小牛儿时，马修就送给我了。马修是从贝尔先生那儿把它买过来的。"

"什么，只说声抱歉？这还得了！你最好去瞧瞧它把麦田糟蹋成什么样子了！"

"实在太对不起您啦！可是只要您把篱笆修理妥善，'朵丽'就无法进去了呀！隔开咱们家的牧场与贵府的麦田的那一道篱笆不是属于您家的吗？我上次瞧了一下，似乎并不怎么结实……"

"我的篱笆结实得很！"

因为遭受到反驳，哈里森更为气愤。他气呼呼地说："就是大牢的铁栅也拦不住那只畜生呀！我说你这个红发小姑娘呀，如果那畜生真属于你的话，你就不要死命地看那些不值一文的书了！你最好把那只畜生看牢，不要让它去糟蹋别人的麦田呀！"说罢，哈里森狠狠瞪了安妮脚下那无辜的诗集一眼。

听到这句话，安妮不仅头发发红，就连面孔也涨成了火一般的颜色——安妮最忌讳别人拿她的红头发说事儿。

"哈里森先生，"安妮闪动着狡黠的眼睛说，"红头发再怎么说也胜过没头发吧！"安妮放出的这支箭也射中了哈里森的要害。原因是，哈里森一向非常在乎他的秃头。他因愤怒而说不出一句话，只是狠狠地瞪着安妮。

安妮很快恢复平静，对他说："我能够体会到您的心情。因为我拥有想象力，自然可以想象牛儿进入您的麦田以后，您会感觉到如何的苦恼。所以……我不会记恨您刚才所说的话儿。请您放心，我会以自己的名誉担保，再也不让'朵丽'进入您的麦田。"

"好吧！那就请你多多留意。"哈里森的态度也温和了许多，他大踏着脚步，一路嘀咕着回家了。

美梦被吵醒的安妮走过后院，把闯祸的乳牛赶入围栅里面。

"除非围栅被破坏，否则的话，它再也出不去了。唉……上周希拉先生表示需要时，卖给他就没事啦！只是我一直认为在拍卖其他家畜时，再一起出售比较妥当。看来，哈里森先生的确是个乖僻的家伙，他跟我完全是不同类型的人。"

安妮踏进家门时，玛莉娜已经坐马车回到了后院，因此，她赶忙去准备茶点。她俩就在喝茶时谈起了这件事情。

"待拍卖出去以后，我们就可以舒口气了。咱们有那么多家畜，但是照料它们的人，却只有那个不太牢靠的马丁。你看，他到现在还没有回来呢！说是要参加伯母的葬礼，请了一天的假，说晚上就回来，谁知昨天晚上，他根本就没回来。他受雇于咱们还不到一年，就前后参加了四位伯母的葬礼。这个小混混到底有几个伯母呀！真希望巴利先生尽快把咱们的田地接过去耕种，只有如此，咱俩方能松口气。安妮，一直到马丁回来以前，你千万别把朵丽赶入屋后的牧场，因为那边的篱笆还没修缮好呢！唉……这个世界啊，实在够磨人的！玛莉·基思已经奄奄一息，快不行啦！两个孩子该怎么办呢？玛莉有一个兄弟，他住在哥伦比亚。虽然曾经写了几封信给他，但是完全没有回音。"

"小孩子多大啦？"

"六岁多一些。是一对双胞胎呀！"

"我对双胞胎特别有兴趣呢！哈蒙太太那儿就有好几对双胞胎呢！他俩长得可爱吗？"

"这个嘛，我也不晓得！因为他俩都是脏兮兮的。德威在外头做烂泥大饼时，多拉去叫他。谁知德威冷不防把多拉的头按在烂泥大饼上面。多拉黑着一张脸哇哇大哭。德威为了表示那不是一件了不得的事儿，叭哒一声，也把自己的小脸儿埋进了烂泥大饼里，这才惹得多拉破涕为笑。"

"玛莉一直赞赏多拉是一个好女孩子。但是，她实在受不了德威的折磨！或许你会认为德威的教养太差，但其实这也怨不得他。这对双胞胎还是婴儿时，他俩的老爸就过世了。而且，这以后玛莉的身子也垮啦！"

"玛莉娜，我一直认为没有教养的孩子很可怜。你在收养我以前，我还不是那种德行？如果他俩的舅舅肯收养他们就好了。玛莉娜，玛莉跟你是什么关系呢？"

"玛莉吗？她跟我没有血缘关系，倒是她的丈夫跟我有表兄妹的关系。你瞧！林顿夫人大驾光临啦！我就知道她会来问有关玛莉的事情。"

"那么，暂且不要告诉她有关哈里森先生与牛的事情。"

玛莉娜点点头，却想不到并没有那种必要了。因为林顿夫人还没坐好就嚷了起来："今天，我从卡摩迪回家途中，瞧见了哈里森那只老甲鱼在追赶你们家的牛儿。瞧他那吹胡子瞪眼的德行，一定来此叫嚣过了吧？"

安妮跟玛莉娜很滑稽地彼此看了一眼。

的确，凡是在艾凡利发生的事情，根本就别想逃过林顿太太的眼睛。

"你说得对极啦！不过那时我并不在家。他是对安妮吼叫了一阵子。"

"从没见过眼神如此凶煞的男人。"安妮甩了甩红色的头发说。

"可不是吗？"林顿夫人以沉重的口气说，"自从罗伯·贝尔将房子卖给那个新·布兰斯威克人以后，我就知道咱们将有罪受啦！天晓得艾凡利以后会变成怎么样呢！这么多的外地人陆续进来……看样子，咱们将不能再高枕无忧啰！"

"什么！又有外地人要进来？"玛莉娜有点慌张地问。

"怎么，你还没有听说啊？多尼尔一家就是最典型的例子啊！他们搬来居住于彼德·史龙的老家。彼德是为了经营面粉厂而雇用他们的。他们来自东部。不过，没有一个人知道他们的底细。甚至窝囊废帝摩西·考顿也要从白沙镇搬来此地呢！"

"反正这一伙人只会对咱们构成威胁就是了。就以帝摩西来说，他本身就有肺病，不偷别人的东西时，他就躺在床上呻吟。至于他的妻子嘛……真是懒得离谱，哪怕她脸上停着一只蚊子，她也懒得去拍呢！还有啊，乔治·派尔太太也收养了她丈夫的外甥——安东尼。待他上了艾凡利小学以后，安妮呀，你就有罪受啦！不止这些呢！还有一个叫保罗的小鬼，也将到艾凡利，跟他奶奶居住在一起。玛莉娜，你还记得这小鬼的父亲史蒂夫吗，就是那个对露依丝始乱终弃的男子？"

"也谈不上始乱终弃啦！我记得他俩大吵了一场。其实双方都有错。"

"不管怎样，史蒂夫再也不管露依丝的死活啦！自从那次以后，露依丝就独自居住在小小的石屋里面，过着孤苦的日子。史蒂夫却跟他叔叔到美国做生意去了，还娶了美国女子，从此就乐不思蜀了。这期间，他的母亲去看过他一两次。两年前，他的美国妻子亡故了。他只好把儿子带回故乡托母亲抚养。那小男孩今年已经十岁了。可是没有一个人敢保证他会成为一个好学生，因为没有一个人敢保证这个美国北佬是可靠的！"

很不幸，除了土生土长的艾凡利人，林顿夫人都会以轻蔑的眼光看待每一个人。或许对方是好人，但是小心一点总是没错啊。林顿夫人尤其讨厌美国人，那是因为林顿夫人的丈夫在波斯顿工作时，雇主骗了他十美元。

玛莉娜以冷淡的口吻说："虽然有些古怪的人进来，但是艾凡利小学也不致因此天翻地覆吧！如果那孩子像父亲的话，那就非常不错了。以艾凡利这个地方来说，史蒂夫是气质很高尚的人。甚至有人说，他有些高傲呢！看样子史蒂夫的母亲会很乐意收养孙儿，因为老伴过世以后，她一直感到非常寂寞呢！"

"嗯……那孩子可能还不错！但是，毕竟是不同于艾凡利的小孩啊！"林顿夫人以断然的口气说。反正不管是人物批评，或论断一件事，甚至一个场所，林顿夫人的言词总是有偏袒的现象。

"听说你已经着手策划关于村子的改善会，那到底是什么玩意呀，安妮？"

"其实，那只是在上次讨论会上，我们几个年轻人所谈论的问题。"安妮涨红了面颊说，"大伙儿都说那是一件好事……亚兰夫妇都很赞成。现在村子里到处都在如火如荼地进行中。"

"如果你想做那种事情的话，那将会使你忙得不可开交哦！依我看，你最好放弃吧！安妮，几乎所有人都不喜欢被改善的。"

"噢！我们想改善的并非是人们，而是艾凡利这一座村子啊。我们认为可以变得更美丽的地方有好多呢！例如说服波尔多先生，麻烦他把菜园子旁的古屋拆掉，如此就可以改善那一带的景观。"

"这个主意的确不错。那栋破旧而荒废的屋子实在太碍观瞻啦！不过，你们真的能在毫无补偿的情况下说服波尔多拆掉那栋屋子的话，我倒乐观其成呢！安妮，不是我要挫你的锐气，可学校的事情就已经够你忙的啦，你怎么能有多余的时间搞那恼人的改善业务呢？不过依你的脾气，你决定要干一件事情的话，就非干到底不可。所以，我相信你一定能做到！"

看看安妮那紧闭成一直线的嘴唇，就不难想象林顿夫人的话，距事实并不太远。安妮的心思集中于改善会的组成。吉鲁伯特也非常热衷这件事情。

吉鲁伯特将在白沙镇教书，但是到了星期五晚上就回到艾凡利，直到星期一早晨才回白沙镇。其他的不少年轻人也参加了这个组织，既然是年轻人的集会，免不了会尽情地欢乐一下。不过话又说回来，明白地懂得"改善"两字意义的人，除了安妮跟吉鲁伯特，好像也就没有第三个人了。

除上述的几则消息外，林顿夫人还带来了另一则新闻。她如此说："据说，卡摩迪小学也要聘请葛兰多任教呢！安妮，她不是和你一起在皇后学院攻读的吗？"

"是啊！想不到葛兰多也要到卡摩迪教书了。哇！真棒！"安妮叫了一声，灰色的大眼睛犹如星星般闪耀了起来。

第二章

一切都太迟啦

一天午后，安妮邀请黛安娜一块坐马车到卡摩迪购物。因为黛安娜也是十分热心的改善会会员，所以，她俩在来往于卡摩迪的途中，一直以"改善"为话题。

"在做别的事情以前，必须先把公众集会堂重新粉刷一遍！"当她俩经过公众集会堂时，黛安娜说。

所谓的"公众集会堂"，是建立于森林洼地的一栋寒酸建筑物，四周都有针枞树围绕着。黛安娜表示，不必急着说服波尔多拆掉那栋古老的废屋，当务之急是，立刻把公众集会堂整理一番，使它的面目焕然一新。

"我父亲说，想说服波尔多先生拆掉他的古屋，谈何容易？像波尔多那么贪婪的人，是绝对不肯耗费那么多时间，去拆掉那栋古屋的！"

不过，对于这件事情，安妮却是自信满满。她说："只要咱们预先对他说清楚，拆掉房子以后，男孩子会把那些旧木料劈成柴薪给他，这样大概就行得通了。我们女孩子也得多尽一份心。刚开始时，必须缓慢地进行，千万别急着想改善。当然啦，最重要的是引起众人的意欲……"

对于所谓的"众人的意欲"，黛安娜并不怎么清楚。不过，听起来挺吸引人的，因此，她很庆幸自己加入了这个集会。

"昨天晚上，我突然有个想法。安妮，你也知道来自卡摩迪、新桥以及白沙镇的三条道路，都在一处汇合了。在那儿，针枞的幼树长了一大片。我们不如把它们全部拔掉，只留下两三棵山毛榉。如此一来，看起来不是比较空旷了吗？"

"哇！这种构想太棒啦！然后在山毛榉树下面放置一些风雅的长凳子。等到春季来临时，再种植一些天竺葵。"

"这个主意非常棒。不过，我们必须叮咛史伦婆婆别把牛儿放到道路上面，否则的话，天竺葵就会被吃掉！"黛安娜笑着说，"现在，我已经懂得你所说的'众人的意欲'了。安妮，你瞧瞧波尔多先生的古屋！你见过那样破旧的房子吗？而且又盘踞在道路的边缘呢！每逢看到没有窗户的古屋，我就会想起被挖掉眼睛的死人。"

"每逢我看到古屋时，就会感到非常悲哀！"安妮做梦似的说，"我会想起过去一连串的时光，那些无论悲伤还是欢乐，都不能再度回来的时光。玛莉娜说过，在很久很久以前，那一栋古屋出了很多著名的人物。而且又拥有美丽的庭园！屋子四周围绕着一大片玫瑰花圃，美得犹如梦境一般。屋子里面充满了小孩子的脚步声、笑声以及歌声呢！"

"如今哪！一切都变成了过往云烟，这里显得空荡荡的。只有风儿，犹如迷路孩子一般吹进去。我想到了凄美的月夜，那些往昔的孩子，那些灿烂过的玫瑰花的亡魂。它们很可能回来徘徊一阵子，使得那一栋古屋再度回到黄金的年代。"

黛安娜摇摇头说："如今哪！我已经不再有那种想象啦！安妮，也许你仍然记得吧？往日我俩想象魔鬼的森林出现幽魂时，不是被我母亲和玛莉娜痛骂过了吗？直到现在，我每次经过魔鬼的森林时，都还会感到心惊胆战呢！如果你再把波尔多先生的古屋想象成那种样子的话，以后，我再也不敢经过这里啦！据说，以前居住在古屋里的小孩子都很健康地长大了，生活得很富裕，而且，根本就没有什么花儿和亡魂啊！"

安妮在内心里叹了一口气。她一向深爱着黛安娜，而且她俩一直都相处得很好。不过安妮在很早以前就感觉到，每逢她徘徊于幻想的世界时，始终是形单影只。当她踽踽地步行于幻化无常的魔术小径时，就连她最心爱的人也不能陪伴她。

她俩滞留于卡摩迪时，天下了一阵骤雨。树枝上的水珠闪闪发光，翁郁的山谷弥漫着羊齿草的香气。当她俩驱着马车进入卡斯巴德家的小径时，一个"东西"映入了安妮的眼帘，使得她再也没有心情欣赏美景。

她俩的前方右侧是哈里森的田园，黑麦的幼苗被雨水淋湿了，蔓延成一大片的翠绿。其间赫然站立着一头乳牛，它居然还对马车上面的两位小姑娘眨了一下眼睛咧！

安妮放下缰绳，咬紧嘴唇站了起来。她一语不发地跳下马车，在黛安娜目瞪口呆之下，越过篱笆，冲进麦田。

"啊！安妮！你快回来呀！你那样鲁莽地冲入潮湿的麦田里，衣服不报废才怪！咦？她好像听不见……对啦！单凭安妮一个人绝对抓不住那头乳牛。我应该助她一臂之力。"

安妮犹如发狂一般，在麦田里面狂奔。黛安娜很轻盈地从马车上面跳下来，把马儿系在木桩上面，把裙摆撩到肩膀上，越过矮矮的篱笆，跟在安妮后面奔跑。因为安妮潮湿的衣摆缠在脚上面，阻碍了她的奔跑，所以很快就被黛安娜赶上了。

如果哈里森目睹这两个少女践踏过他的麦田的话，他不气得七窍生烟才怪。

"安妮，拜托你。你就等我一下吧！我已经上气不接下气啦。而且你也浑身湿透了呢！"

"黛安娜……我必须在哈里森先生发现那头牛儿以前……把它逮住才行……只要能逮着它……我才不在乎浑身都湿透了呢！"

那头正在吃新芽的牛儿，或许认为自己没有被赶走的理由吧，待两个姑娘稍靠近时，它就一溜烟跑到另外一个角落去了。

"黛安娜！你快点跑呀！跑到牛儿前面，拦住它的去路呀！"

黛安娜使出全力奔跑，安妮也一直追着牛儿。两个姑娘费了九牛二虎之力，方才把牛儿赶到通往卡斯巴德家的小径上面。

卡摩迪的希拉父子看到了两位姑娘缠斗乳牛的滑稽场面，不约而同地露齿大笑。

"安妮，如果你上星期把那头牛儿卖给我就好了。"说罢，希拉嗞嗞笑了起来。

"如果您需要的话，现在就卖给您好了。"

"好吧！那我就以二十美元购买它吧！如此的话，吉姆就可以把它带到卡摩迪了，并且今夜就可以利用货船把它运到城里。因为希莱顿的李德先生想要一头乳牛。"

五分钟以后，吉姆·希拉带走了乳牛。安妮则带着二十美元，驱着马车奔跑在通往绿色屋顶之家的小径上。

"玛莉娜会不会骂你？"

"噢……你不必担心。朵丽是我的乳牛，就算带到市场上拍卖也不可能卖到二十美元。况且，只要哈里森先生瞧上麦田一眼，他就会知道朵丽又闯入他的麦田了。我可曾以名誉对他担保，再也不会让朵丽进入他的麦田了呢！这一次，我实在难以下台了……"

那时，玛莉娜不在家，她到林顿夫人家去问一些事情了。不过在回家时，她已经知道安妮卖掉朵丽的经过了，因为林顿夫人从她家的窗口看到了一切经过。

"那头乳牛卖掉了也好，以后省得操心。不过，它怎么逃出来的呢？它一定是砸破了好几块木板。"玛莉娜说。

"想必是如此，我这就去瞧瞧。"安妮说着走到了屋后。

当玛莉娜摊开安妮在卡摩迪购买的东西时，屋后突然传来了一阵阵乳牛的叫声，接着，安妮慌慌张张地奔进屋子。

"安妮，这一次又是出了什么糗呀？"

"啊！玛莉娜，我该怎么办呢？我从来就不曾遇到过如此可怕的事情！天哪！我应该如何收场才好？我做事情竟然没有预先通过大脑哩！林顿夫人说过，我有一天一定会做出惊天动地的事儿来，果然一点不假呢！"

"你这孩子真会夸大其词，到底发生什么事情了？"

"玛莉娜，我卖掉哈里森先生的牛儿啦！我刚才去看过，朵丽竟然还在围栏里呀！"

"安妮，你是不是在做白日梦啊？"

"如果是白日梦的话，那就好办了！这一次，我的想象根本就发生不了作用，简直就是一场前所未有的大噩梦呢！更糟的是，哈里森先生的牛儿已经被送到夏洛镇了！啊！玛莉娜，我满以为频频出糗的时代已经过去了呢！谁知今天却出了一次特大号的糗！唉……我该怎么办呢？"

"现在，你只有一条路可走，你只好向哈里森先生赔不是。如果他不接受金钱的话，你就把朵丽送给他吧！朵丽是一头好乳牛，绝对不输给哈里森先生家的那一头。"

"可是，他一定会大发雷霆，说一些不中听的话儿。"安妮呻吟了一声。

"那还用说吗？他是一个动不动就要大发雷霆的人呀！好吧！我就为你跑一趟，把事情的经过解释给他听。"

"啊！不必啦！我所犯的错，万万不能由你去承担。我自己会摆平的。我这就去，越早解决越好，以免时时挂在心里。"

可怜的安妮戴上帽子，取了二十美元想出门时，突然看到桌子上面放着她上午烘烤好的核桃饼。那些核桃饼上面洒着粉红色的糖衣，又有核桃点缀其间，看起来非常可口。

　　这个星期五的夜晚，艾凡利的年轻人将到绿色屋顶之家集合，组织成一个改善会。安妮的核桃饼就是为这个集会准备的。不过，比起势将吹胡子瞪眼的哈里森来，那些年轻人就算不得什么啦！安妮暗自思忖着，那些核桃饼一定能够使吃的人感到畅快，更何况是哈里森那样自炊自食的男人！想到此，安妮就把它们装入盒子里面，充作跟哈里森言归于好的礼物。

　　"不过为了达到言归于好的目的，必须让我有说话的余地啊！"安妮想着，紧张地跨过小径的围栏，抄近路，走在八月黄昏染成金黄色的菜园子里面。

　　"如今，我总算体会到被拖到绞刑台的犯人的心情了。"安妮自言自语着。

第三章

哈里森之家

哈里森的房子是一栋低屋檐，且漆成白色的老式建筑物。屋后长有一大片茂密的针枞树林。

此刻，哈里森在葡萄阴影笼罩的阳台，脱掉了上衣，坐在那儿抽烟。不过，当他看清楚小径上的行人时，他立刻跳了起来，奔入屋里，牢牢地关起了门户。

他如此做，有部分原因是对前天自己大发雷霆感到非常羞耻，认为他没有脸再见安妮。不过，他这么做，却使得安妮仅有的一些勇气也几乎化为乌有了。

"我还没进去，他就这副德行，一旦听到了我的话儿，他必定会暴跳如雷！"

安妮的内心感到很悲惨，但是，她仍然伸手去敲门。

想不到哈里森却浮现腼腆的微笑打开了门，再怀着几分不安的心情，庄重而亲切地把安妮迎入屋内。他拿掉了烟斗，穿上了外衣，挥掉椅子上面厚厚的灰尘，热情地请安妮坐下。

想不到，站在鸟笼里的那只鹦鹉闪动着一对幸灾乐祸的金色眼睛大嚷了起来："你这个古怪的红毛小婆娘，来这里干啥？"

哈里森以一双怒火中烧的大眼瞪着老姜，对安妮说："请你不要介意。它嘛……老是说一些废话，真是废话太多啦！我的兄弟是船员，所以我向他要了这一只多嘴的鸟儿。你也知道，船员不说文雅的话儿。而且鹦鹉就是喜欢学人说话。"

"您说得极是……"

安妮想起了自己闯的大祸，根本就不敢表示愤慨。不过，那一句"红毛小婆娘"仍然叫她的内心很不舒服。

"我……我是……我是……来向您赔罪的，哈里森先生……"安妮豁出去啦，她如是说，"是……是……有关乳牛的事儿……"

哈里森的面孔也显出了些许不安之色："到底是啥事情呀？牛儿又闯入了我的麦田对不？不要紧，进去也无所谓啦……并不会有什么大不了的事情啊！昨天我大发脾气，实在对不起……"

"哈里森先生，我要对您说的事情，并非是牛儿进入了麦田！"安妮很不安地说，"昨天，我已经把朵丽那头乳牛关进围栏里面了。今天，我从卡摩迪回来时，赫然发现它又在您的黑麦田里面！黛安娜跟我一直在赶牛儿，又累又叫人生气。碰巧希拉先生刚好走过那儿，所以我当场以二十美元把乳牛卖给了他。我实在太差劲啦！我应该事先跟玛莉娜商量一下才对。我做事情时，通常都不经过大脑。认识我的人都这样说呢！希拉先生很快就把牛儿牵走了，说是要利用下午的火车把它运走。"

"可恶的红毛小婆娘！"老姜以不屑的口吻嚷叫着。

哈里森再也忍不住了，他站了起来，以一副可怕的嘴脸瞪着老姜，但是那只鹦鹉一点也不畏缩。哈里森只好把老姜的鸟笼带进隔壁的房间，再慎重地把房门关了起来。

"对不起！你就继续说下去吧！"哈里森坐回椅子上说，"我那当船员的兄弟没把那只鸟儿教养好。"

"我回到家里，喝完了茶以后，往乳牛场的围栏一瞧，"安妮把她的身子挪出了椅子，又搬出了孩子时代的习俗，交叉着两手，一双灰色的大眼睛胆怯地看着哈里森说，"想不到，我的牛儿还在围栏里面呢！原来，我卖给希拉先生的牛儿竟是你的！"

"天哪！这到底是怎么搞的嘛！"哈里森始料不及，不禁哑然，"天哪！怎会变成那样呢？"

"唉……我时常出糗呢！不但是自己出糗，有时还会拖别人下水。这是司空见惯的一件事。不过，我满以为那种时代已经过去啦……因为到明年的三月，我就满十七岁了。如此看来，我倒霉的日子还没有过去呢！哈里森先生，请您原谅我吧！您的乳牛再也要不回来啦！这是卖掉它的二十美元。如果您不要金钱的话，我那只乳牛也可以用来补偿您。实在是非常对不起……"

"你不必自责啦，"哈里森打断了安妮的话说，"这并非什么大不了的事。只要是人，谁都有弄错的可能。而且我的个性急躁，一根肠子通到底，心直口快，绝对不客气。好啦！好啦！

既然牛儿只进入黑麦田，并没有进入洋白菜园子，我就放心啦！至于你那头叫什么'朵丽'的乳牛就给我吧！这样也省得你操心。二十美元你拿回去好了！"

"那……太谢谢您啦，哈里森先生！我很高兴您并没有发脾气。我以为您又要大发雷霆了呢！"

"所以，你就害怕得要死，不敢来见我，对不？你不要害怕，就算是天大的事情，只要我发过脾气，一下子就雨过天晴啦！我最大的缺点就是——逢到心里不痛快，就会发泄出来，不管是否会得罪对方。唉……这一缺点可真害惨了我呢！"

"林顿伯母也是这样呢！"这句话溜出了口，安妮就感到不妙了。

"你说谁呀？林顿那只老母鸡？你可别说我跟那个多嘴婆娘一样啊！这样我会感到无地自容的。"哈里森不停地发牢骚，"我才不像那个多嘴婆娘呢！我怎会像那一只叽叽喳喳的老母鸡呢……安妮，那只盒子里装的是什么东西呀？"

"装着一些甜饼。"安妮如释重负地回答。因为哈里森出人意料的和蔼，安妮的一颗心犹如羽毛飘扬了起来，"我特地拿来送给您的，我认为您很少有机会吃到饼食之类。"

"你说得对极啦！而且我特别爱吃甜食。实在太谢谢你啦！啧啧……外表看起来非常可口，希望里面也一样。"

"非常可口呢！以前，我的确做过吃不得的饼食。关于这点，亚兰夫人最清楚了——不过，这次绝对没有问题啦！我原本是为改善会的成员做的，但是，我可以再做一些。"

"好吧！那么，你就陪着我喝一杯茶吧！"

"好的。那么，由我来动手准备。"安妮有点客套地说。

哈里森咻咻笑着说："你以为我不懂得泡茶吗？如果你这样想的话，你就弄错啦！我可以泡出你从来不曾喝到过的好茶呢！好吧，那就拜托你啦！所幸上个星期天下了雨，我有很多干净的盘子。"

安妮立马准备了起来。她用心地把茶具洗净，再从厨房里搬出一些盘子，在桌子上面摆设起了茶具和盘子。虽然厨房的凌乱程度使她愕然，不过她并没有说出任何批评的话儿。哈里森告诉安妮放置面包、牛油，以及桃子罐头的地方。然后，安妮又从庭园摘了一些花儿，把桌子巧妙地装饰了起来。

安妮跟哈里森对坐着。安妮为哈里森倒了茶，然后谈起了她学校的事情、有关朋友的事情，以及种种的计划。

哈里森认为老姜会感到寂寞，便到房间里取出了鸟笼。因为安妮的内心已经没有了任何疙瘩，于是想弄几颗核桃给老姜吃。想不到老姜伤心过度，任何东西都不吃，只是一脸的不高兴，停在栖木上，鼓着圆圆的身体，仿佛是一个绿色跟金色相间的皮球。

"为何要给它取'老姜'这个名字呢？"

安妮喜欢给一切事物取恰到好处的名字，正因为如此，她认为"老姜"实在不适合这只羽毛华丽的鸟儿。

"那是我的船员兄弟取的呀！或许，他利用'老姜'两字来比喻它的泼辣吧！这只鸟儿缺点很多，老是惹得大伙儿怨气冲天，我也受到了不少牵连。人们就是受不了它乱嚷乱骂。为了改正它的缺点，我试尽了各种方法，但是仍治不了它。不过，我很喜欢老姜，因为它是我的好伙伴。就算发生天大的事情，我也绝对不会弃它于不顾。"

安妮逐渐对哈里森产生了好感。茶快喝完时，他俩已经变成了一对好友。获知安妮所说的改善会后，哈里森对这种组织也甚表赞成。

"那实在是一件好事。你们就快点进行吧！说实在的，这个村子有着大幅度改善的余地……就连居民也……"

"可是，我并不如此认为，"安妮显现出不悦的样子，"我认为艾凡利这个地方很美，居民也很和善。"

哈里森瞧着安妮火红色的面颊和愤怒的目光，说："你是个很容易动怒的大姑娘。头发跟你一般颜色的人似乎都这样。不错，艾凡利是个很正派的地方。否则的话，我也就不会搬来此地居住了。不过你也不能否认，此地仍然有一些缺点吧？"

"正因为它有缺点，我才会更爱它呀！不管是人物还是地点，如果完全没有缺点的话，我是不可能会喜欢的。一个真正完美无瑕的人，真叫人感到兴味索然呢！"

"一个男子拥有完美无瑕的妻子，更是一件痛苦难当的事情呢！"很突然地，哈里森来势汹汹地冒出了这一句话。

喝完茶，虽然哈里森说盘子还足够用上几个星期，但是，安妮还是把用过的盘子洗了。她甚至想清扫地板，但是苦于找不到扫帚。

　　安妮要回家时，哈里森说："你有空的话，不妨来我这儿坐坐，闲话家常。咱们是邻居，应该多多交往。至于你所提起的改善会，我希望能够贡献一臂之力。"

　　哈里森站在窗口，目送安妮离去。然后自言自语道："我是一个没有人缘又顽固的家伙，想不到那个女孩仿佛使我再度年轻了起来。偶尔体会一下这种心情，还真当不错呢！"

　　"红毛的臭小婆娘！"老姜以沙哑的声音损人。

　　"你这个成事不足、败事有余的浑球！早在我兄弟带你来时，我就应该折断你的脖子啦！你到底要害我到几时啊？"

　　安妮蹦蹦跳跳地回到家，向玛莉娜报告了一切。

　　"今天黄昏，我到哈里森先生家时，以为他又会吹胡子瞪眼睛呢！万万料想不到，我俩度过了一段美好的时光。只要彼此对小缺点睁一只眼闭一只眼，我们两家也可以成为好邻居呢！玛莉娜，下次逢到我有机会卖牛的时候，我一定会确认一下谁是牛儿的主人。不过，我是绝对不会喜欢鹦鹉的！"

第四章

各种意见

某一个黄昏，在白桦之道与街道的交接处，也就是在一片柔和的针枞树下，琴恩、吉鲁伯特和安妮三个人正站在那儿。这三个年轻人正热烈地谈论着明天的事情。

琴恩将赴新桥小学当老师，吉鲁伯特也要到白沙镇执教。

"你们两个都比我好呢！"安妮叹了一口气说，"你们要教的都是第一次见面的孩子。至于我呢，将在本地担任低年级的教师。他们中的有些人以前还跟我们一起上过学呢！林顿夫人再三叮咛我，一开始就得对学生板起面孔，否则的话，他们将不会惧怕。不过我认为老师天天都板起面孔，实在没啥意思。唉……责任好像挺重的！"

"安妮，你不要担心，船到桥头自然直。"

琴恩看起来非常沉着。因为她并没有伟大的抱负，比如想感化学生什么的。她只想能按时领到薪水，被理事会重视，由督学在名册中填上"优良教师"四个字就行啦！所以她告诉安妮，非使学生遵守秩序不可。正因为如此，教师必须板起面孔来。学生要是不听话，那就只好体罚了。

"如何体罚呀？"

"那还不简单？用皮鞭抽他们呀！"

安妮听了这句话，吓了一跳说："啊！琴恩，你真的做得出来？"

"怎么做不出来呢！如有必要，我自然会那样做！"琴恩斩钉截铁地说。

安妮以断然的口吻说："我不能用皮鞭抽打孩子。我认为那不是个好办法。史黛西老师就从来不曾用皮鞭抽咱们，咱们还不是很听她的话吗？菲利普老师总用皮鞭抽咱们，咱们仍然不是在作怪吗？如果非使用皮鞭抽学生不可的话，我宁可辞职不教。我要试着跟学生建立感情。只要能够做到那种地步，他们就会听我的话了。"

"如果他们压根儿就不听呢？"讲求实际的琴恩问。

"不管在何种情况之下，我绝对不用皮鞭抽打学生。"

"吉鲁伯特，对于这个问题你的看法又如何呢？你是否认为偶尔得使用皮鞭呢？"琴恩问。

"用皮鞭抽孩子未免太残酷了吧！"安妮由于过度的热心，涨红着面孔，嚷叫了起来。

"这个问题嘛……"吉鲁伯特的内心想尽量跟安妮的见解一致，不过他仍然如此说，"你俩的说法都有道理。我也认为用皮鞭抽打孩子不怎么好。安妮说得对。原则上可能有更好的方法。

我认为体罚是最后万不得已的一种手段。犹如琴恩所说，对于其他的教训都行不通的孩子，只好以体罚作为最后的手段。"

吉鲁伯特原本想使双方都感到满意。谁知经他如此一说，双方都感到非常不满意。

琴恩甩了甩头发，依旧固执地说："逢到学生不听话时，我非赏他们皮鞭不可。因为，这是叫他们听话的最快捷方式。"

"我绝对不使用皮鞭对付学生，因为这种做法不正确，同时也没有这种必要。"

"如果你叫某个男学生做某件事情，而他不但不做，还跟你顶嘴的话，你将会如何处置呢？"

"下课后我会叫他留下来，以温和而严肃的态度耐心地开导他。只要仔细观察，就不难看出每个学生的优点来，然后，再帮他们把优点发扬光大，这也就是身为教师的义务。你忘啦？皇后学院的管理组长不是如此说的吗？用皮鞭抽学生，能引出学生们的优点吗？与其教学生读书算术，不如感化他们。雷尼教授就如此说过呢！""不过，督学要考察的正是读书与算术呀！除非学生的成绩达到标准分数以上，否则的话，他呈上去的报告，对教师极为不利。"

"对我来说，名字被登在名誉榜上，还不及被学生爱戴来得重要。"安妮口气坚定。

"难道学生做了坏事，你也完全不处罚他吗？"吉鲁伯特问。

"哪儿的话！逢到那种场合非处罚不可。不过，我会采取罚站，扣掉他的休息时间，或者罚他抄写课文，叫他下次不敢再犯。"

"逢到你处罚女孩子时，你不会叫她跟男学生坐在一起吧？"琴恩调皮地说。

听了这一句话，吉鲁伯特跟安妮面面相觑，尴尬地笑了出来。因为，以前安妮被罚站以后，菲利普老师又叫她跟吉鲁伯特坐在一起，叫安妮感到非常"悲惨"。

"好啦！好啦！咱们不必争啦！不久以后，我们就可以知道哪种方式最好。"在彼此分手时，琴恩以很世故的口吻说。

安妮举步回到绿色屋顶之家。她从树叶沙沙作响，弥漫着羊齿草香气的白桦之道穿过紫罗兰山谷，再走到恋人小径——这些都是往昔安妮和黛安娜所取的名字。安妮走在森林以及田野里，一面欣赏着星星闪烁的夜空，一面想着明天将担起的新任务……

安妮到达绿色屋顶之家的后院时，厨房开启的窗户里传来了林顿夫人铿锵的声音。

"啊！林顿夫人一定是为了明天的事情，专程来叮咛我的。"安妮皱了一下眉头说，"还是不要进去为妙。林顿伯母的忠告就仿佛胡椒，如果只使用少量的话，效果非常好。然而，林顿伯母往往会一次用得太多，以致叫人感到火辣辣的……罢了，我先到哈里森先生家与他聊聊天吧！"

自从乳牛那件事以来，前后有好多次，安妮都会在黄昏时，跑到哈里森那儿闲话家常。她跟哈里森已经变成了一对好朋友，但是，哈里森过度率直的说话方式，偶尔也会叫安妮感到久久不能释怀。那只鹦鹉仍然以满脸疑惑的眼光瞧着安妮，前后有好几次大嚷着："红毛的古怪小婆娘！"

哈里森为了改掉它这种怪癖，每逢远远地看到安妮过来时，就故意从椅子上面跳起来说："哇！不得了啦！那个可爱的大姑娘又要光临啦！"想不到老姜仍然看穿了哈里森的意图，不仅轻蔑他，而且还故意拉高嗓门大唱反调。

安妮登上了屋子的阶梯时，哈里森见面的第一句话是："噢！你是为了取一支明天要使用的鞭子，专程进入森林的，是不是？"

"您猜错啦！"安妮有些愤慨。

因为安妮对于什么事情都很认真，以致哈里森更喜欢逗她发脾气。

"哈里森先生，我到学校以后，绝对不使用小树枝做的鞭子。当然啦，指着黑板教学时是需要小木棒，但它只是使用于教学方面。""那么，你的意思是说要使用皮鞭啰？皮鞭抽起来，可比用树枝抽打痛多了呢！"

"我是绝对不会使用皮鞭抽学生的！"

"什么？"哈里森吓了一大跳，"那你要如何处理调皮的学生呢？"

"我就使用感化他们的方式，哈里森先生。"

"那是一条行不通的死胡同！安妮，有道是'好孩子出于皮鞭下'。我在学校读书的时候，老师几乎每天都用皮鞭抽我。就算我并没有调皮，老师也说，我的脑筋里面正在想一些花招，所以还是用皮鞭抽我。"

"哈里森先生的学生时代跟现在学校所采取的教育方式完全不同啦！""可是，人类的性情是不会改变的呀！你就特别记住这一点吧！如果不准备一条皮鞭的话，你将很难驾驭艾凡利的那群小家伙的。"

"不过，我还是要先试试自己的方法。"

安妮的意志一向非常坚定，凡是她认为可行的事情，她一定会顽强地坚持下去。

那一夜，安妮很悲观地上了床，以致几乎不曾合过眼。

第二天早晨，她坐在餐桌旁时，脸色苍白，又忧容满面。玛莉娜见状吓了一跳。因此，她强迫安妮喝一些姜汤。安妮想象不出姜汤有什么作用，不过，她仍然勉强把它喝下去了。如果说，喝姜汤能够增长年龄和经验的话，就是五、六碗，她也会勇敢地一饮而尽。

"玛莉娜，如果我失败了，该怎么办呢？"

"你这孩子也真是的。不可能在一天之内就完全失败的，后面还有一大段的日子等着考验你呢。你就是因为性子太急，一下子就想把全部东西教给学生，又想一瞬间就纠正学生的缺点，当然就免不了有一种患得患失的心理，以及失败的幻觉。"玛莉娜如此提醒安妮。

第五章

初次为人师表

那一天早晨，也就是安妮抵达学校时，安妮的耳目首次不曾感受到白桦之道的美。四周显得格外静谧。因为前任教师已经交代过学生们，当新教师安妮来临时，必须好好地坐在自己的位置上面。所以当安妮进入教室时，很多张洗得光洁的小脸，一齐以充满好奇的眼光瞧着安妮。安妮挂好了帽子，立刻站在一堆学生面前。她的内心一直在祈祷着：千万别让孩子们看穿我的畏缩和胆怯。

昨夜，安妮一直忙到将近十二点钟，绞尽脑汁，搜尽枯肠，完成了一篇在新学期献给学生们的演说，再一字一句地把它们背熟。天晓得，如今面对学生时，她竟然连一个字也记不得啦！

前后经过了十秒钟，安妮却觉得仿佛经历了一年的岁月……她低声地说："大家把《圣经》拿出来。"

说罢，安妮坐在椅子上面喘了一口气。在响起了一阵打开桌子盖子的声音，翻开书本的沙沙声以及孩子们阅读《圣经》

的声音时，安妮才好不容易镇静下来，于是她抬起了头，瞧着这些往大人之国迈开步伐的小旅行者。

这其间，大部分是安妮熟悉的面孔。和安妮同年级的在去年毕了业，没有毕业的人则跟安妮一起上了更高级的学校。留下来的，不是低年级的一组，就是新来到艾凡利的一些孩子。

单独一个人坐在角落的男孩正是安东尼·派尔。他的面孔漆黑，看起来有一些冷酷。看到他以后，安妮立刻下定决心，一定要赢得这个男孩的友谊，叫派尔一家人刮目相看。

另外一个角落里，有一个陌生的少年跟亚帝·史龙并排坐在一起……他看来很活泼，长着一个狮子鼻，脸上洒满了雀斑，一双大而蓝色的眼睛，睫毛却是粉白色的。他可能是那名叫尼尔的孩子吧？

在通道那一边，跟玛莉·贝尔并排坐在一起的，很可能是她的妹妹。安妮私下想，把女孩子打扮得如此庸俗的母亲，到底长什么样呢？她身上穿着褪色的粉红洋装，到处用木棉的花边打褶，脚上穿着肮脏的羊皮室内拖鞋，配着一双绸布袜子。河沙颜色的头发卷成发鬈，或者烫成波浪，头顶戴着比她头还大的蝴蝶结。从这个女孩子喜形于色的样子来判断，她似乎很中意这种打扮方式。

那个淡褐色头发犹如瀑布般垂到肩膀，脸孔苍白的女孩子，安妮认为是亚妮达·贝尔。在这以前，她居住于新侨学校附近，最近由于她的父母把家往北搬了五十码，于是被编入艾凡利小学就读。

三个挤在一块的苍白少女们，一定是考顿家的孩子。灰色头发、褐色眼睛，频频从《圣经》的书页下端，对着杰克·吉利斯抛媚眼的小女孩，是普莉莉·罗杰森。普莉莉的父亲最近再婚，所以，他把普莉莉从克兰顿的奶奶家接了回来。

坐在最后的位置，个儿很高，手脚很长的少女，安妮并不认识，后来才知道她叫芭芭拉·萧。她住在艾凡利的姑姑家。因为手脚出奇的长，当她在通道上走路时，时常会被别人绊倒，或者踏到别人的脚。当安妮的眼睛跟前排的那个少年的眼光接触时，她立刻感觉到他就是天才，也就是她梦寐以求的人才，安妮认为他一定是保罗·艾宾。

正如林顿夫人所说，这个男孩子的确跟艾凡利的孩子们截然不同。安妮甚至领悟到，他跟任何地方的孩子都不同。安妮从他热烈的眼光中，看到了跟她相似的心灵世界。

安妮知道保罗今年十岁，可是，他看起来只有八岁的样子。他拥有难得一见的漂亮小脸蛋……眼睛和鼻子也长得非常好看，还有着一头栗色的鬈发。紧闭的嘴唇融入嘴角，似乎差一点就变成了酒窝。从他沉着而沉溺于冥想的表情判断，他的精神比外表更接近成年人。

不过，当安妮对他微笑时，他也立刻报以微笑。他的微笑恰如少年内心的油灯突然被点亮，使他从头到脚都立刻明亮了起来。而且，它并非来自外在的努力和动力，而是一种很少看到的、柔和又美丽的内心世界的表露。由于心有灵犀似的微笑，安妮跟保罗虽然还未说过一句话，却好似已经变成了永久的亲友。

那一天犹如梦幻一般。孩子们的态度大多良好，只有两个人例外。

摩利·安德鲁斯用丝线绑着蟋蟀的腿，叫它们在通道上跳跃时，被安妮逮到了。安妮罚摩利在讲坛上面站一个小时，使他感到羞愧万分。安妮把没收的蟋蟀放入盒子里面，在归途中，把它们放入紫罗兰山谷。

另外一个"罪犯"是安东尼，他把擦石板残余下来的水悄悄地倒入奥蕾莉亚的后颈。奥蕾莉亚顿时尖叫起来。

在休息的时间里，安妮把安东尼留在教室里面，告诫他绅士不应该把擦石板的水倒入女孩的后颈。安妮以打动心弦的语气对他说，她希望自己的学生个个成为绅士。可是很遗憾，安东尼的心弦始终不曾被打动，仍然摆出一副吊儿郎当的态度，一面吹着口哨，一面走出教室。

看到这种情形，安妮叹了一口气。不过，她一直在鼓励自己，想感化安东尼的话，必须有如罗马的建设工程般耗费一段时日。不要急，一切慢慢来，她告诉自己。

下了课，孩子们回去以后，安妮整个人瘫在椅子里面。她的头隐隐作痛，感到异常疲倦。她甚至觉得教书并非是她中意的工作。想到必须日复一日干着自己不喜欢的工作，一连达四十年之久时，她感到非常恐惧，甚至差一点就憋不住，当场哭了出来。

就在这时，安妮听到了脚步声，以及衣裙摩擦的声音，接着，安妮的眼前出现了一名妇女。

看她的打扮，安妮想起哈里森说过的一句话——"我在夏洛镇看到一个浓妆艳抹的婆娘，天哪！她简直是模特儿跟妖精的混合体呢！"

安妮眼前的这个妇女穿着青色绸布的豪华夏季服装，浑身上下充满了花边、打褶以及鼓起。一顶大大的白帽子，插着三根很长的驼鸟羽毛。粉红色的面纱，从帽子边缘一直垂到肩膀。她浑身密密麻麻地戴着宝石，不禁叫人连连感叹，这么娇小的一个女人，何以能戴上那么多的宝石？而且她身上的香水味很刺鼻。

"我是多尼尔的妻子……也就是Ｈ．Ｂ．多尼尔。今天，古拉莉丝回家吃午饭时，告诉我一件事儿。我感到很不受用，所以……我就来找你。"

"啊！那太对不起你啦！"

安妮感到有一点莫名其妙。她绞尽脑汁回想——多尼尔的孩子们在今天干了些什么事情？然而，连一件芝麻小事她也想不出来。

"古拉莉丝说，你把咱们家的姓叫成'多尼尔'。雪莉老师，咱们姓氏的正确读法为'多尼尔'，'尼'字必须读重音才行。以后，请你别忘了这种叫法！"

"是的，我知道啦！"安妮忍着要大笑的冲动说，"我也有过这种经历，当然痛切地知道自己的名字被叫错的苦恼。以后，我会改正过来的。"

"就是嘛！还有，古拉莉丝还说过，你把我的儿子叫成'耶可夫'。"

"因为您儿子就是这样告诉我的呀！"

"关于这件事情，我可以料想得到。"从多尼尔夫人的口气猜测，这位母亲大人似乎不怎么受到儿女的爱戴，"这孩子的趣味倾向于庶民性。雪莉老师，那孩子生下来时，我本来要给他取名为'圣·考利亚'……这不是具有很浓厚的贵族气息吗？想不到，他的父亲硬是以自己伯父的名字称呼他。我想那个叫耶可夫的伯父是个非常有钱的老光棍，将来总有点好处留给我们，谁知老光棍在我儿子五岁时结婚啦！如今他已经有了三个亲生儿子，我们是不可能得到什么好处啦！所以……我又叫儿子为圣·考利亚。雪莉老师，以后就叫我儿子为圣·考利亚吧！拜托，拜托！谢谢你啦！"

多尼尔夫人回去以后，安妮把教室门上了锁就匆匆回家了。当她来到小丘下白桦之道时，保罗·艾宾把一束漂亮的野生兰花献给安妮，然后腼腆地笑着说："老师，我在莱特先生的牧场找到了这些花儿。我想把花儿送给老师，所以又折了回来。我想老师一定会喜欢它们的，而且……"说罢，保罗抬起了他漂亮的大眼睛又说："而且……我很喜欢老师。"

"啊！太谢谢你啦！"安妮接受了芳香的花束。

保罗所说的话儿犹如魔术般解除了安妮整日来的疲倦与失望。于是，希望之泉又涌向了她的胸口。安妮的脚步很轻快地在白桦之道上移动。她手中的兰花仿佛在祝福她，一直在飘送芬芳之气。

"怎么？还好吗？"玛莉娜迫不及待地问。

"玛莉娜，请你在一个月以后再问好不好？到那时，我就可以从容地回答。至于现在嘛……连我自己也说不上来呢……现在我的脑子里一片混乱，真是什么也不知道呢！好歹我今天做了一件很有意义的事情，那就是教克利菲·莱特Ａ就是Ａ。在这以前，克利菲浑浑然，一点也不知道呢！"

不久以后，林顿夫人又带来了叫人感到兴奋的消息。亲切的林顿夫人在校门口处，耐心地等着从学校走出来的孩子们，问他们："小朋友们，你们喜欢新老师吗？"

"结果呢？几乎所有的孩子都表示喜欢你。"林顿夫人眉开眼笑地说，"只有安东尼·派尔例外。他说你是一只菜鸟，又以轻蔑的态度说女教师都不行。不过，那只能代表派尔家的看法，你不必在意。"

"我一点也不在意，"安妮很冷静地回答，"看样子，安东尼·派尔会喜欢我，只要有耐心，亲切地对待他，必定能够叫他喜欢我。"

"这个嘛，我也弄不清楚。派尔家的人委实叫人难以理解！"林顿夫人说，"那一家的人哪，总是出尔反尔，叫人抓不着准儿。对于那个多尼尔夫人，我绝对不叫她'多尼尔'，你等着瞧好啦，我绝对不会把那个'尼'字加重音的！她本来就叫多尼尔太太，干吗一定非把'尼'字加重不可？那个婆娘的脑筋有问题！她饲养了一只叫'女皇'的猫儿，每到吃饭的时间就叫它坐在餐桌旁，并用漂亮的瓷器盛东西给它吃。如果我是她的话，才不敢那样做呢！因为我害怕——天谴呀！"

第六章

各种不同阶层的人

九月里的一天，秋高气爽，海上有一股凉风，徐徐地吹到爱德华王子岛上。蜿蜒穿过原野及森林的红褐色街道，绕过茂密的中国桧森林一圈，再穿过枫树与羊齿草的林子，经过小河边的洼地，在一大堆秋麒麟草与野菊花之间，懒洋洋地浴沐着阳光。

四周一带，夏季的常客蟋蟀群，展开了热闹的合唱。一头栗色的小马拖着小马车，在街道上缓慢地行走。坐在马车上面的两个少女，脸上绽开了扑风而来的青春笑容。

"黛安娜，今天是乐园的最后一天，对吗？"安妮满足地叹了一口气，"空气好像也被施了魔法。你瞧瞧，那山谷间的紫色。黛安娜，闻闻那些枞树的气味吧！现在艾宾·特莱先生正在洼地砍伐枞树，为的是要制造围栅——'飘送幽幽馨香的枞树，竟然得到这种果报。天哪！那些枞树要气绝了。'上面的这句话，三分之二由瓦斯华所作，三分之一来自安妮·雪莉的补充。黛安娜，你能够想象天堂有濒死的枞树吗？就算有吧！当我们通过枞树的森林时，如果没有死亡的枞树香气飘来的话，天堂的森林就不会叫人眷恋了。或者在天堂，它们没死亡就会飘散出香气吧？对啦！一定是这样！那种沁人肺腑的芳香必定是脱离树体的枞树的灵魂……当然啦，在天堂里，都是以灵魂的姿态活着。"

"树木不可能有灵魂啊！"比较重实际的黛安娜说，"不过，被砍倒的枞树的确会飘出沁人的香气。安妮，我做了一个坐垫，我想把枞叶塞入坐垫里面。你不妨也做一个试试！"

"好的！我也来做一个……就在睡午觉时使用它吧！如此一来，必定会做变成树精或者森林之精的梦。不过，在如此风和日丽的天气下，驱着马车兜风，已经叫艾凡利小学的安妮·雪莉老师感到很满足了。"

"虽然这是风和日丽的好日子，但是摆在咱们眼前的工作并不很叫人喜欢啊！"黛安娜说着，叹了一口气，"安妮，你为何要选择这条街道呢？艾凡利那些古怪的人都居住在这条街道啊！他们会嘲笑咱们是来此地讨零用钱呢！这是一条最差劲的街道。"

"正因为如此，我才选择了这个地方啊！当然啦，我们会拜托吉鲁伯特跟弗雷德负责这条街道。不过，我对改善会有责任。因为我是第一个提议的人，所以我认为我应该做一些最艰难的工作。或许对你来说，这有些不公平。但是你可以放心，碰到古怪的男女时，你不必说一句话。全部的话儿由我来说。林顿伯母说过，我可以干得很不错。只是，她也拿不定主意是否应该赞成我们的计划。她认为，既然亚兰夫妇也支持这个计划，那么她也应该表示赞成才对。但是，当她一想到所谓的'小区改善运动'始于美国时，她又不想赞成啦！林顿伯母一直在这两个意见之间矛盾着。为了使林顿伯母认同我们，咱们只许成功，绝对不能失败。为了这一次改善会的集会，普利西拉答应为咱们撰写演讲稿。我想，她撰写的演讲稿一定很动人。普利西拉的姑姑是个具有独创性的作家，她当然会或多或少遗传到姑姑的文学才华。当我知道普利西拉是摩根夫人的侄女时，我的内心非常激动。我认为能够交到《玫瑰花蕾之园》的作者的侄女，实在非常荣幸！"

"摩根夫人住哪儿？"黛安娜问。

"她住在多伦多。据说，她明年夏季要来爱德华王子岛。普莉西拉曾经对我表示，她会尽量找机会，带摩根夫人来拜访咱们。听到这句话时，我几乎不敢相信自己的耳朵呢！不过，躺在床上后，再想想这件事情，也挺叫人感到快乐的。"

艾凡利村子的改善会是一个具有组织的团体。吉鲁伯特担任会长，弗雷德为副会长，安妮是书记，黛安娜则为会计。会员被称之为"改善员"。

他们每隔两星期在会员的家里集合一次。他们承认在这一期里不能达到改善的效果，不过为了明年夏季的活动，他们已经开始在拟订计划，展开讨论，并且书写和阅读论文，以便跟安妮所提议一般，引起世论。

　　当然啦！也有不赞成的人……改善员们很敏锐地感觉到这一点……而且掀起了很多的冷嘲热讽。艾利榭说这个所谓的"改善会"，不如改为"求婚俱乐部"比较贴切。米莉安夫人逢人便说，改善会会员们将把道路旁挖开，以便种天竺葵。雷维波德先生还危言耸听地说，改善员们将强迫村民们拆掉自己的房子，以便按照改善会的计划重建。因此，他要村民们睁开眼睛多多注意。

　　杰姆斯·史宾塞要求改善会的人员铲掉教会后面的山丘。艾宾·莱特叫安妮转告乔塞亚老头，让他修整他的胡子。罗伦斯·贝尔说，如果改善会要求的话，他会把仓库粉刷成白色，但是，他绝对不会在牛舍挂上花边窗帘。

　　梅杰·史宾问改善员克利夫顿，到了明年，是否必须把挤乳台粉刷成白色，再挂上有刺绣的装饰布。

　　虽然众说纷纭……或许这才叫做"人的特性"吧！因此，改善会勇敢地着手于今秋要进行的项目。

　　在巴利家客厅举行的第二次集会里，奥利弗·史龙提议修缮公众集会堂的屋顶，并且重新给予粉刷。为此，必须展开募捐。朱莉亚感觉到那不像是女人应该做的事情，以致内心里有一些不安，但是，她仍表示赞成。

　　吉鲁伯特接受了这个提案后，全场一致通过。安妮很慎重地把它写在记事簿上面。

　　接下来的事项是选举会长与委员。卡蒂芭认为不能叫朱莉亚出尽风头，所以很大胆地推荐琴恩为委员会的会长。这个提案当场就被通过。琴恩为了报答卡蒂芭，任命卡蒂芭与吉鲁伯特、安妮、黛安娜、弗雷德等人为委员。

委员会以秘密会议的方式，决定他们收集捐款的区域。安妮与黛安娜负责新桥一带的街道，琴恩跟卡蒂芭则负责卡摩迪街道一带。

"关于叫琴恩和卡蒂芭到卡摩迪的理由，不外是派尔一族都居住在那儿。除非叫他们的亲族去募捐，否则的话，他们连一分钱也不会拿出来呢！"吉鲁伯特跟安妮穿过魔鬼的森林回家时，他对安妮如是说。

到了下一个星期六，安妮跟黛安娜就展开行动。她们驱着马儿到街尾，然后走到街上，首次找安德鲁斯家的女儿们募捐。

"如果是凯瑟琳的话，一定会捐一些钱，至于伊莱莎嘛，她连一个子儿也不会给的。"黛安娜说。

的确，伊莱莎是在家里。不过，她的一张脸罩满了阴霾。她认为人生是泪水的累积，发出声音笑的人，神经大有问题，甚至稍微微笑一下，她也认为是有失颜面。安德鲁斯家的女儿们，五十多年来一直维持着"小姐"的身份，看样子，这种身份可能要维持到人生的尽头。

据说，凯瑟琳并没有完全放弃希望，但是，生下来就只看到人生黑暗面的伊莱莎，却不抱持任何希望。

这对姐妹居住于一栋茶色的小屋里面。砍伐一部分森林建造的这栋屋子，一年到头都能看到阳光。伊莱莎抱怨那栋屋子逢到夏季太热，凯瑟琳则说冬天很暖和，而且能见度也非常良好。

伊莱莎在接缝零碎的布块。她这么做，并非基于需要，而是对抗凯瑟琳在编织的花边。少女们说出来意时，伊莱莎紧绷着一张苦瓜脸，从眼镜后面瞪人，凯瑟琳则微笑着倾听。当她的视线跟伊莱莎相遇时，恰如顽皮的孩子被抓住一般，立刻收敛笑容，但是，很快又恢复了笑嘻嘻的模样。

"就算我有多余的钱，我也宁愿点上一把火烧了它们，看看它们燃烧的样子，而绝对不会捐一分钱给公共集会堂！"伊莱莎狠狠地说，"那种集会堂对村民没啥好处……只有年轻人在那儿吵闹。与其在那儿吵闹，不如早一点上床睡觉。"

"伊莱莎，你的想法不对，年轻人应该有某种娱乐。"凯瑟琳抗议。

"没有那个必要！咱们年轻时，压根儿就不曾进入公共集会堂。凯瑟琳，这个世界一天比一天险恶了呢！"伊莱莎危言耸听地说。

"我却认为变好了！"凯瑟琳说。

"变好？"伊莱莎以轻蔑的口吻说，"你自己认为变好又有什么用？事实归事实。"

"伊莱莎，不管是什么事情，我都喜欢看光明的一面。"

"没有所谓光明的一面！"

"我认为有！"

安妮实在听不下去啦，于是叫了起来："光明的一面有很多。安德鲁斯小姐，这个世界是很美丽的。"

"你到了我这种年龄时，就不会有那种想法了！"伊莱莎很不高兴地说，"到时候，你就不会热心地想改造这个世界了。黛安娜，你的母亲好吗？唉……最近她看上去好像有点有气无力。安妮，玛莉娜什么时候会完全瞎掉呢？"

"医生说，只要按照他的指示去做，就不至于比现在更恶劣。"安妮有些畏缩地回答。

伊莱莎摇摇头说："医生都是为了安慰病人才那么说。如果我是玛莉娜的话，我就不敢抱太多的希望，而是会准备着迎接最恶劣的状况！"

"不过，有时也可以迎接最好的状况啊。既然会发生最恶劣的状况，当然也会发生最好的状况。"

"根据我的经验，那是一件不可能的事情。你才活了十六年，我却活了五十七年之久！"伊莱莎说，"噢……你们要回去啦？但愿你们能够阻止艾凡利更进一步堕落下去，不过，不能有太大的期待呀！"

安妮跟黛安娜逃出那个地方之后，深深地舒了一口气，接着叫肥胖的马儿快速奔驰。当她们绕着山毛榉的森林，往前驱着马儿时，一个肥胖的人从安多鲁斯先生的牧场，一边挥手一边奔了过来。

原来是凯瑟琳。她上气不接下气，不能言语，但是她把两个二十五分钱的银币塞进安妮的手里。

"这是我捐出的一点小意思。本来，我想捐一块钱，但是从卖鹅蛋所得中提出那么多钱的话，将会被伊莱莎发觉，因此，我不能捐出那么多。我对你们的组织会很感兴趣。我想，你们一定能够做出轰轰烈烈的事情来造福乡里。我一向把事情往好的方面想。但是非常遗憾，跟伊莱莎生活在一起的话，我就不能够那样子。好啦！我得回去了。在伊莱莎还未发觉以前，我非回去不可。我是利用喂鸡的时间跑出来的呢！我希望你们能够募得很多。希望伊莱莎所说的话不会使你们丧气！世界的确会越变越好了呢……错不了的。"

接下来，两个少女到丹尼尔·布雷的家。

"至于这一家嘛……募得成与否，就要看女主人在不在家啦！"黛安娜使马儿在车辙很深的小径前进，一面说："如果布雷太太在家的话，准连一分钱也募不到！大伙儿都知道，布雷先生要理发时也必须征得太太的同意。她把钱包看得可紧哩！林顿伯母说，逢到布雷太太认为不必花钱的场合，她连一分钱也舍不得花呢！"

在那一夜，安妮把她们在布雷家的经历说给玛莉娜听："我们系好了马儿以后，敲了厨房的门，但是没有人出来。不过，门扉打开着，我听到有人在厨房里大声嚷叫。我听得不大清楚，黛安娜从'音响'判断，说是有人在谩骂。布雷先生一向沉默寡言，为人忠厚，绝对不可能暴跳如雷，一定是发生了叫他非常恼怒的事情。玛莉娜，布雷先生走到厨房门口时，一张红通通的面孔流满大汗，身上还穿着他太太的花布围裙。'这个浑蛋！叫我脱不下来。因为带子绕成了一团，叫我一直解不开。所以……请小姐们原谅我的窘态。'我跟黛安娜叫他别在意，接着进了屋子。布雷先生坐了下来，他把围裙推到背后，再把它卷了起来。不过，他仍然一脸的害臊，反倒叫我们感到很窘。

黛安娜对他说，我们来得不是时候，他连忙笑着说：'哪里，哪里……'布雷先生总是那么和蔼可亲，怪不得大伙儿都说他是好好先生呢！'其实，我正想烤一个蛋糕呢！我的爱人刚才接到她大姐从蒙特娄打来的电报，说是今晚要到此地，因此，专程到车站迎接去了。临走时，她吩咐我烤一个蛋糕。她写好了材料的分量，还告诉我应该怎么做，但是，对于她说的话儿，我已经忘掉了一大半。至于香料方面，她写着'酌量'。这两个字到底是什么意思？我实在不懂。烤一个小蛋糕，用一茶匙的香料够了吗？'听到布雷先生这样说，我更感到他的可怜。很显然，他是惧内的男人。那时，我很想对他说：'布雷先生，如果你肯为公共集会堂捐一些钱的话，我就会为你调好蛋糕的原料。'但是，我认为不应该趁人之危，那样就不算是好邻居了。于是，我就无条件地为他调好了蛋糕。他高兴得几乎跳起来呢！布雷先生告诉我跟黛安娜，在结婚以前，他只做过自己吃的面包，从来就不曾做过什么蛋糕。不过，他很不想看到太太不高兴的面孔。他给我一件围裙，黛安娜打鸡蛋，我把鸡蛋跟面粉混合在一起。布雷先生一直在旁边帮我们的忙。到了后来，他已经忘记了自己穿着女人围裙的事情，一走动，背部的围裙就会像翅膀一样张开。黛安娜感到滑稽，但是拼命忍住要笑出来的冲动。不过在烤蛋糕方面，布雷先生就完全没有问题了。我跟黛安娜临走时，布雷先生在捐款簿上面写了四元。我俩算是获得了报偿。不过话又说回来了，就算布雷先生没捐一分钱，帮助别人也是基督徒的天职啊！"

接下来，她俩走到了西奥·怀特先生的家。安妮跟黛安娜不曾来过此地，因此，并不认识怀特夫人。

当安妮跟黛安娜拿不定主意，到底是从厨房进入，还是从大门口进入时，怀特夫人抱着一大堆报纸出现在大门口。她从大门口起，把报纸一张又一张地铺在地上，一直铺到安妮跟黛安娜面前。

"请你俩在草坪上擦擦鞋子，再走在这些报纸上面。"怀特夫人有一点忧虑地说，"我刚把室内打扫干净，千万别把鞋子上的泥巴带进去。昨天下的雨弄得道路泥泞不堪呢！"

"黛安娜，你别笑，"安妮踏在报纸上面，对黛安娜嗫嚅说，"拜托你，不管怀特夫人对你说什么，千万别看我的脸，否则的话，我一定会大笑出来的！"

报纸一直从走廊铺到一尘不染的客厅。安妮和黛安娜小心翼翼地坐在最靠近入口处的椅子上，说出了她俩此行的目的。怀特夫人很有礼貌地听着两个少女所说的话，自始至终，只打断了两次。一次是赶苍蝇，另外一次是从地毯上拣起自安妮身上掉下来的一根草。

安妮感到羞耻难当，怀特夫人却当场捐了两块钱。当她俩还在解开马儿时，怀特夫人已经收好了报纸，拿着扫把在打扫已经够干净的走廊了。

"我听说过，怀特夫人有洁癖，确实不错。"

等走到了别人听不到她们说话的地方，黛安娜忍不住大笑起来。

"幸亏她没有子女,"安妮以认真的口吻说,"如果有子女的话,这种洁癖将会对子女们构成一种灾难。"

托马斯断然拒绝捐款,他振振有词地说,二十年前,当局在建筑公众集合堂时,他曾经推荐过一块地皮,但是,当局没有采纳他的意见,以致他铭记在心,连一个子儿也不肯掏出来。

看起来健康十足的艾丝达夫人,遇到安妮与黛安娜时直喊这儿也痛,那儿也疼的。她以悲观的口吻说:"我撑不到明年啦!到时,我可能已经躺在坟墓里面了。"说罢,她掏出了五十分钱。

不过,到了赛门·弗雷家时,安妮跟黛安娜受到了空前绝后的待遇。

安妮跟黛安娜进入他家的庭院时,发现大门口的窗户中出现了两张凝视她俩的面孔。但是,安妮跟黛安娜耐心地等待了一阵子,仍然不见有人出来开门。以致这对少女愤愤然地离开了弗雷家,就连安妮也憋了一肚子气。

但是否极泰来,形势来了一个大转变。

安妮跟黛安娜到其余的史龙家时,几乎每一家都捐了为数可观的金钱。从头到尾,只有一家缮以闭门羹,其余的人家都鼎立相助。

安妮跟黛安娜的最后一站是桥畔的罗伯·狄根家。在那儿,狄根夫人请她俩喝茶。狄根夫人是以"霸气"闻名的女将,如若有人违逆她,或者跟她唱反调的话,她将叫那个人吃不了兜着走。安妮跟黛安娜乖乖地在那儿喝茶时,杰姆·怀特的奶奶走了进来。

"我刚才到罗伦索家。如果说，现在的艾凡利有一个最得意的男人的话，他应该是罗伦索才对！你俩一定会问我为什么，对不？告诉你们！他的妻子生了一个男孩子……他妻子一连生了七个女孩子，这一次，自然会叫他们笑得合不拢嘴来！"

竖耳静听的安妮在离开那儿时，对黛安娜悄悄地说："咱们这就到罗伦索家去！"

"可是，他的家不是在白沙镇的街道吗？距离这儿相当遥远，而且那又是吉鲁伯特与弗雷德的地盘。"黛安娜说。

"那两个男生下星期六之前绝对不会到那儿，而且到了那时，事情就不新鲜了呢！据说，罗伦索吝啬成性，如果趁现在他高兴时去募捐的话，他多少一定会捐一些。黛安娜，我们最好别坐失良机。"

结果呢？安妮的盘算非常正确。罗伦索先生仿佛复活节的太阳光，笑呵呵地把两位少女引进里面。安妮提起捐款时，他很愉快地承诺说："好的！好的！你就在最高的捐款数目上再加一块钱吧！"

"那么，就是五块钱了……因为，布雷先生捐了四块钱。"

安妮以为对方会表示迟疑，想不到他十分痛快地答应了。

"好吧！就五块钱，我付现金。你俩就进来吧！我有东西想让你俩瞧瞧……其实，还没有几个人看过他呢！请进！请进！你俩就说出自己的感想吧！"

两个少女跟着神采飞扬的罗伦索进入屋里。黛安娜有些不安地问安妮："万一婴儿并不可爱的话，我要如何说呢？"

"你操什么心呀，除了漂亮，还有很多赞美的词儿呢！"安妮胸有成竹地说，"婴儿的赞美词是世界上最多的啦！"

所幸，婴儿很可爱。罗伦索眼看着两个少女由衷喜爱婴儿的表情，他认为捐出五块钱很值得。穷其一生，罗伦索才捐过一次款。这次是第一次，也是最后一次。

安妮奔跑了一天，感觉到筋疲力尽。

那一夜，为了公共的福利，安妮不惜拖着疲倦的身体再跑一趟。她绕过公园去见哈里森先生。哈里森仍然跟平常一样，一面坐在阳台的椅子上面，瞧着他身旁的老姜，一面痛快地吞云吐雾。

哈里森先生的家，严谨地说来，确实沿着卡摩迪街道，但是，琴恩和卡蒂芭与哈里森不相识，又听说他不易相处的流言，因此就拜托安妮代劳。

想不到，哈里森表示一分钱也不愿捐出。不管安妮如何夸奖他，他都无动于衷。

"哈里森先生，你不是很赞成我们的改善会吗？"安妮有些不解地问。

"是啊……我很赞成……当然赞成……不过，我的赞成并没有到达口袋里的钱包啊！"

"如果累积了今天一般的经验，我准会完全丧失希望，而变成伊莱莎一般的厌世专家了……"在睡觉以前，安妮照着东边卧室的镜子，如此对自己说。

第七章

双胞胎的命运

在温暖的十月黄昏里，安妮整个人瘫在椅子上，长长地叹了一口气。桌子上面满满地放置着教科书，以及练习作业之类，然而，放在安妮前面的一张纸，似乎跟学校的作业并没什么关系。

吉鲁伯特来到打开的厨房门口，突然听到了安妮的叹息声，以致问了一声："你到底怎么啦？"

安妮的脸孔涨红，迅速地把那一张纸夹入学生的作文簿里面，然后对吉鲁伯特说："其实也没有什么啦！我想依照汉弥顿教授所交代的一般，随时把自己想到的事情书写下来。可是，我心有余而力不足，使用黑墨水在白纸上面写字，看起来却不像那么一回事。幻想那种玩意儿就像影子一般——实在难以逮到。我实在没有太多闲暇，待我批改完学生的习题和作文以后，根本就不想再写自己的东西了！"

"安妮，你在学校服务的考绩很好嘛！孩子们又那么喜欢你。"说罢，吉鲁伯特就在石阶上坐了下来。

"噢！并不是每个孩子都喜欢我，安东尼就是典型的例子。最叫人伤心的是他并不尊敬我……只会轻蔑我。告诉你也无妨，逢到他轻蔑我的场合，我都感到非常不好受……我并不是说他已经完全无可救药，不过他调皮得很，不听我的教诲，我担心他的态度会给别的孩子坏影响。为了感化安东尼，我试尽了各种方法，但是一点效果也没有。虽然他是派尔家的孩子，但他长得伶俐可爱，只要他肯听我的话，我一定会喜欢他的。"

"或许，他在家里时，听到家人在说你的坏话吧？"

"我看不一定是这样。安东尼是个很独立的孩子，喜欢凭自己的智慧判断事物，因为他一向生活在男人堆里，所以说女教师都不行。好吧！我要继续以亲切心对待他，希望有一天能够感动他。我一向很喜欢克服困难，更认为教诲人是一项很有趣的工作。保罗这个小孩，就可以使我忘记对其他学生的失望。我从不曾见过那么可爱的小孩。吉鲁伯特，他还是一个天才哩！我想，将来有一天，说不定全世界的人都会对他注目呢！"安妮以自信满满的口吻结束了她的话。

"我也很喜欢教书呢！一方面它也是一种锻炼。安妮，我虽然在白沙镇只教了几个星期，但是已经学到了很多东西，这并非学校的几年教育可以传授的。咱们艾凡利出身的新教师都干得有声有色。新桥的人们对琴恩很满意，白沙镇的人对我也感到相当的满意。只有……史宾塞先生对我说，对于你的教学方式，他不敢苟同。"

"是啊，很多人表示不赞成我的教学方式。昨天，多尼尔夫人又来到学校诉说，说我不应该念故事书给学生们听；罗杰森先生则抱怨说，他女儿普莉莉的数学老是没有进步。其实，普莉莉在上课时老是眼波流转地瞧着男同学，根本就不用功嘛！这样，功课当然不可能有所进步啰！"

"对于多尼尔夫人的宝贝儿子，你已经习惯用新名字叫他了吗？"

听了这句话，安妮开怀地笑了起来。

"嗯！不过它是一项很艰难的工作呢！最初，我叫他圣·考利亚时，他始终一副漠然的表情。前后叫了他两三遍以后，他才知道我在叫他。他虽然是小不点儿一个，但是非常懂事呢！他表示，老师可以叫他圣·考利亚，但是绝对不允许同学们如此称呼他！否则的话，他就要揍人啦！自从那一次以后，只有我叫他圣·考利亚，同学们都叫他耶可夫，大家都一直相安无事。圣·考利亚对我说，他要当一名木匠，他母亲多尼尔夫人则希望他成为大学教授。"

因为安妮提到了"大学"两个字，吉鲁伯特的话题就转了一个方向。接下来，两个年轻人就热烈地谈起了自己的计划，以及希望。既然将来是一条未曾踏上的道路，年轻人自有每个美梦皆可被实现的感觉。

吉鲁伯特下了决心想当一名医生。

"我认为那是一种很出色的工作，"吉鲁伯特说，"男人的一生必须经历某种战斗……有人给'人生'下了一个定义，说人类是一种争斗的动物……我准备跟痛苦、疾病以及无知战斗。

对于医疗工作方面，我也想尽自己的一份使命。前人给我们造了那么多的福，我们也应该为后人造一些福。我将以这种方式对前人表示感恩。"

"我想增进人生的美丽，"安妮犹如做梦一般地说，"这跟追求更进一步的知识有些不同……当然啦，我也不否认那是很高尚的理想……只是，我想用自己的人生，让别人能够生活得更快乐……不管是微不足道的喜悦，还是幸福的追求，尽管我不曾拥有过，但只要别人愿意试试，我就会尽量助他们一臂之力。"

"一直以来，你每天都在实现这种愿望呀！"吉鲁伯特以感动的语气说。

的确，安妮是天生的欢乐散播者。只要是安妮生活圈子里的人，安妮都会给他们阳光似的笑容，以及包含着关爱的言词。凡是获得安妮关爱言词的人，往往都会在当场领悟到人生是幸福、充满希望、美妙的。

不久以后，吉鲁伯特有些恋恋不舍地站了起来。

"我必须赶到麦克法森那边。今天是星期五，麦克法森就要从皇后学院回来啦！他将带回波教授要借给我的书本。"

"我必须尽快为玛莉娜准备晚餐。黄昏时，她去探望玛莉了，这会儿恐怕就要到家了。"

玛莉娜回来时，晚餐已经准备好了。炉子里的火熊熊地燃烧着，安妮用一些红叶和霜冻的羊齿草装饰餐桌，火腿和吐司面包的香气引发人们的食欲。但是，玛莉娜却长叹了一口气，整个人瘫在她的椅子里面。

"玛莉娜，你是不是头疼，或者眼睛感到不舒服？"

"什么也不是，只是觉得稍微有些疲劳……心里也感到非常烦。我很担心玛莉跟她的那对双胞胎……唉！玛莉将不久于人世了，那一对双胞胎要怎么办呢？"

"你不是说过，双胞胎有一位舅舅吗？这位舅舅写信来了没有？"

"几天前，他曾经写信给玛莉。他表示他目前从事砍伐木材的工作，单独居住于小木屋里面。到了明年春天他准备娶妻子，到时他才能领养玛莉的双胞胎。他一再叮咛，在这以前，请玛莉把双胞胎寄养在别人家。可是在东克兰顿，玛莉并没有知交的人家。到了山穷水尽的地步，玛莉希望我收养她的双胞胎。虽然她不曾在口头表示，但是，在脸上，她已经很明显地表达了她的意思。"

安妮因为高兴异常，紧紧地握着两只手。

"啊！玛莉娜！"安妮眉开眼笑地说，"那么，你就要收养那一对双胞胎喽？"

"还没做最后的决定呢！"玛莉娜有些不悦地说，"我可不能意气用事，而且所谓的表兄妹，并非姨表姑表之类，而是远房的表兄妹啊！养育一对七岁的双胞胎并不是一件容易的事情呀！"

玛莉娜认为双胞胎养育起来会非常麻烦，势必会耗费双倍的精神！

"玛莉娜，双胞胎养育起来挺有趣的呢！我是说只有一对的情况。如果是两三对的话，那的确是叫人欲哭无泪啦！如果收养了他俩，在我上学的时间里，你就不会感到无聊了。何乐而不为呢？"

"不会感到无聊？我得为他俩操心，还会被他俩吵死呢！如果是像当年你一般大小的话，我倒是不必操什么心。多拉很乖，不成问题。至于德威嘛……实在叫人头大！他是一个相当调皮的小家伙。"

喜欢小孩子的安妮很想把玛莉的一对双胞胎接过来抚养。她对自己的孩童时代记忆犹新，所以很想通过那一对双胞胎，重温自己幼时的种种。安妮很清楚玛莉娜唯一的弱点，那就是一旦她认为必须对某人尽义务，她就会忠实而彻底地进行。于是她就基于这个因素，很巧妙地说服了玛莉娜。

她如是说："玛莉娜，正因为德威很调皮，所以我们更必须好好地教养他呀！如果你不收留他俩的话，一旦被坏人收养，后果就不堪设想了！你想想看，如果被玛莉隔壁的史普洛多家收养的话，后果会怎样呢？林顿夫人不是说过，世上极少有史普洛多一般的坏胚子，他家的孩子小小的年纪就懂得招摇撞骗。如果双胞胎步上了他们的后尘，那不就万事皆休了吗？又如威金斯也不是什么好货色。林顿夫人说，威金斯的眼里只有金钱没有人，为了金钱，他连亲生子女都不顾，一向使用脱脂乳养育孩子，使得他们个个面黄肌瘦。虽然你只是玛莉丈夫的远房表妹，但你总不忍心叫一对双胞胎流落街头以致饿死吧？我认为你有义务收留双胞胎。"

"嗯，事到如今，只好这么办了！"玛莉娜有一点忧郁地说，

"我就答应玛莉收养她的一对双胞胎吧！安妮，你别高兴得太早，到时可有你忙乱的呢！如今哪，我的眼睛不中用啦！凡是缝纫的事都做不来。所以双胞胎的衣服只好由你缝制了，你不是说过，你最不喜欢缝纫吗？"

"是啊，我讨厌缝纫的工作，"安妮很沉着地说，"但是，如果你能够基于义务的心理收留这对双胞胎，那我也能够基于义务的心理为他俩缝纫啊！"

第八章

玛莉娜收留双胞胎

蕾洁·林顿夫人坐在厨房的窗边缝制被单。好多年前的黄昏，马修·卡斯巴德带着孤儿院的安妮，驱马车奔下小丘时，林顿夫人也和现在一般坐在这个窗边。不过那时是春天，如今哪，就连秋季也过去了，森林的树叶都掉光了，牧场的草也早已经枯成褐色。在黑黝黝的森林背后，太阳由紫色与金色的光芒所包围着，在缓慢地下沉。

就在这时，一辆马车驰下小丘。林顿夫人好奇地瞧了一阵子。

"玛莉娜参加完葬礼回来啦！"她对躺在厨房沙发上面的丈夫说。

最近，汤马斯·林顿躺在沙发上面的时间增多了。林顿夫人对自己屋子以外的他人之事，可谓是无一不晓，唯独对她丈夫的变化浑然不知。

"啊！双胞胎也在马车上面呢！"林顿夫人嚷嚷了起来，"德威那个捣蛋鬼想拉马儿的尾巴，玛莉娜狠狠地把他拉开咧！还是多拉比较乖，她仿佛是烫过的上浆衬衫一般，坐得笔挺呢！"

"玛莉娜的工作已经够多的啦！现在又加上了这一对双胞胎。可是以玛莉娜的立场来说，实在也是不得不收留啊。我想，安妮一定会很高兴的，因为她很懂得照料孩子。唉……人哪，根本就叫人无法看穿！当年，马修带安妮回来时，大伙儿几乎笑掉了大牙，说老小姐玛莉娜怎么懂得带孩子。如今……她竟然又收养了一对双胞胎！"

肥壮的马儿跑过林顿家洼地的小桥，进入通往绿色屋顶之家的小径。玛莉娜一直紧绷着她的面孔。从东克兰顿到绿色屋顶之家足足有十里远，漫长的旅程已经够让人劳累的啦！偏偏调皮鬼德威一直在捣蛋，玛莉娜很担心他会掉下马车，折断颈骨，或者被马儿踏扁。玛莉娜的百般恫吓，德威都不放在眼里，百般无奈之下，玛莉娜只好扬言回到了家以后，将用皮鞭抽他。

听到这话后，德威爬到驾驭马儿的玛莉娜身上，用他一双肥胖的手臂环抱着玛莉娜的脖子。"阿姨，你在开玩笑对不对？你不会真的抽我，对不？"德威在玛莉娜布满皱纹的面孔上亲了一个响吻说，"就算小孩子不安分，阿姨也不可能用鞭子抽人吧？阿姨跟我一般小不点儿时，一定也不安分吧？"

"哪儿的话，只要大人叫我别闹，我就不敢作怪了呢！"玛莉娜虽然以严肃的口吻说，然而，德威所说的天真烂漫的话儿，以及他表现的亲密举止，却使玛莉娜的内心感到非常受用。

"那是因为阿姨是女生嘛！"德威再度拥抱了玛莉娜以后，才回到了他的座位说，"多拉跟阿姨一样，也是女生，所以能够一直坐着不动……可是，那样太没有意思啦，做一个女孩子太没有意思啦！好吧！多拉，我就叫你振作起来吧！"

原来，德威叫人振作起来的方法是——用力拉扯多拉的头发。多拉疼得哭了起来。

"你这个小捣蛋鬼！你可怜的母亲今天才进入坟墓里面呢！"

玛莉娜简直感到束手无策了。

"妈妈告诉过我，她宁愿快一点死去，因为疾病把她折磨得太久了。妈妈死去的前一晚，对我俩说了很多事情。妈妈说，阿姨要收留我跟多拉一个冬季，叮嘱我俩必须做好孩子。我希望自己能做一个好孩子。但是要做一个好孩子必须像多拉一样——整天坐着不动吗？妈妈叮咛我要对多拉亲切，永远保护多拉。"

"你扯多拉的头发，就是表示对她亲切吗？"

"嗯……可是，我绝对不许别人扯多拉的头发！"说着，德威捏紧拳头，瞪着眼睛说，"谁敢欺负多拉，我就跟他没完！我要跟他周旋到底！我只是轻轻拉一下多拉的头发。我想她一定是在撒娇。我是堂堂男子汉，我不会动不动就哭泣。但是我很讨厌自己是双胞胎之一。吉米的妹妹不听话时，他就会作威作福地说：'我的年纪比你大，知道的事情当然比你多！所以你非听我的话不可！'可是我就不能对多拉那样说，因为我俩一样大呀！难怪多拉不听我的话。阿姨，你让我驾驭马儿吧！因为我是堂堂的男子汉呢！"

回到绿色屋顶之家的后院时，玛莉娜感到疲惫万分。秋天的夜风刮得枯叶到处飞舞。站在后院篱笆门旁迎接他们的安妮，很高兴地把双胞胎抱下马车。多拉很温驯，任由安妮去吻她，德威则用力抱紧安妮说："本人就是德威先生！"安妮听罢笑弯了腰。

在晚餐桌上，多拉的举止动作一如小淑女，但是德威的举止实在叫人不敢恭维。

玛莉娜责备他时，他立刻狡辩道："阿姨，那是因为我的肚子太饿啦！根本就没有心情讲求礼节啊！多拉的饥饿不及我的一半。旅途中，我一直在运动，当然就会感到饥肠辘辘喽！啊！那种饼好吃得不得了！里面有好多的李子咧！咱们好久好久不曾吃过甜饼了呢！妈妈一直卧病在床，根本就无法做甜饼。史普洛多阿姨只肯为咱们烤一些面包，至于威金斯阿姨烤的饼嘛……根本就叫人难以下咽，而且里面连一个李子也没有呢！天哪！太好吃啦！再给我一个吧！"

玛莉娜想说不行时，安妮已经给了德威另外一个饼。不过，安妮暗示德威要说一声"谢谢您"。想不到，德威只对安妮傻乎乎地一笑，把他的嘴巴张得出奇的大，转瞬间就把饼吃下去了。

"如果再给我一个，我愿意为它说'谢谢'！"

"不行！你已经吃得够多啦！"玛莉娜以安妮曾经相当熟悉的口吻说。看起来，德威也得领悟到玛莉娜以这种口吻说话时，就再也不能坚持下去啦！

德威对安妮挤挤眼睛，再挪出身子，把多拉只吃了一小口的饼抢了过去，再如狮子大开口一般，把整块饼塞了进去。多拉的嘴唇在发抖，玛莉娜吓得连一句话也说不出来。安妮立刻发挥了学校老师的威严，大叫了起来说："噢！德威呀！绅士绝对不做那种事情！"

"我也知道呀！"德威把东西咽了下去之后，从容不迫地说，"可是，我并非绅士啊！"

"难道你不想成为绅士吗？"

"我当然想啦！不过必须在成年以后，才能够成为绅士呀！"

"哪儿的话，你现在也可以成为绅士啊！"安妮认为这是教训德威的最好机会，说道，"小孩子也是可以成为绅士的！身为一位绅士，绝对不能抢女人的东西……同时也不能忘了说'谢谢您'……更不能拉扯女孩子的头发。"

"如此听来，做一位绅士实在很乏味。我想等长成大人后，再想办法当一名绅士。"

玛莉娜仿佛已经看破了一般，再给多拉一块饼。她感觉到德威非常难对付。这一天，玛莉娜参加了葬礼，来回于绿色屋顶之家与东克兰顿之间，又受到了小家伙德威的折腾，她已经感到疲惫万分了。现在的玛莉娜正忧容满面地想着以后的事情。

这一对双胞胎都长得很俊俏，可是又迥然不同。多拉有一头光泽又丝毫不乱的鬈曲长发，德威的头发则为黄色，弯弯曲曲犹如漩涡一般环绕着他圆圆的脑袋。多拉褐色的眼睛很柔和，德威的眼睛则仿佛小鬼一般，闪动着狡黠的光芒。多拉的鼻子很挺直，德威则有一个不折不扣的狮子鼻。多拉的嘴唇终日抿紧，德威的嘴角始终洋溢着笑意，而且，他的一边面颊有个酒窝，笑起来煞是讨人喜欢。德威小小的脸蛋，整日刻满了调皮和爽朗的表情，跟多拉的娴静形成很强烈的对比。

"安妮，你就安排他俩去睡觉吧！"玛莉娜认为这是收拾德威最好的方法，"多拉，你就跟我睡一起吧！安妮，你就叫德威睡在西边的房间吧！德威，单独睡觉，你害不害怕？"

"我才不怕呢！可是，我现在还不想睡呀！"

玛莉娜忍住快要爆炸的脾气，只说了一句："你非睡不可！"

听了这句话，德威不得不服从了，只能乖乖地跟着安妮上了楼。

这对双胞胎抵达绿色屋顶之家的第二天，早晨起床后，玛莉娜为多拉洗脸、梳头，安妮则抓着德威强迫他洗脸。

"安妮姐姐，我不要洗脸！"德威不高兴地说，"玛莉娜阿姨昨天就给我洗过了！威金斯阿姨在举行葬礼那一天，还用粗糙的硬肥皂擦洗过我的脸呢！一星期洗一次就足够了！洗那么干净做什么呢？我宁愿有张肮脏的脸，这样过日子，比较快乐啦！"

"保罗那个孩子，每天都自己洗脸呢！他好乖。"

德威成为绿色屋顶之家的"居民"还不到四十八小时，就对安妮崇拜得五体投地。不过，自从他抵达的第二天，安妮就不停地力赞保罗，这使德威感到非常不好受，以致，他对保罗抱起了强烈的敌意。

既然保罗每天都要洗脸，我怎能输给他呢？就算没有了这条小命，也绝对不能输给保罗啊！德威因此乖乖地任由安妮摆布。

打扮完毕以后的德威，看起来很像一个小帅哥。安妮感受到母亲般的骄傲，欢欢喜喜地把德威带到教会。他就跟安妮、玛莉娜一块儿坐在卡斯巴德家的位置。

刚开始时，德威的态度还很不错。他一直在注意视线可及的范围内，全心全意地想找出安妮力赞的男孩——保罗。最初的两首赞美歌、《圣经》的朗读在平静之下完成。不过，当亚兰牧师举行祈祷时，底下突然起了一阵骚动。

德威的前面坐着头颈稍微低垂的罗莉达·怀特。她两条金色的辫子之间，露出了由镶边包围的白嫩脖子。罗莉达是一个有点肥胖的八岁女孩子，行动举止一向很稳重。

德威从他的口袋里抓出的是……一条毛茸茸且蠕动着的虫儿。玛莉娜在万分惊骇之下按住了德威的手，但是一切已经太迟啦！德威已经把毛毛虫放在了罗莉达的脖子上面。

亚兰牧师正在祈祷时，台下传来了尖叫声。亚兰牧师大惊失色，睁开眼睛巡视。台下的信徒都抬起了头。罗莉达犹如抓狂一般，一面抓着自己洋装的背部，一面在自己的坐席前面乱蹦乱跳。

"啊——啊——啊——妈妈——啊——啊——啊——你快抓掉那条大毛毛虫啊！啊！那个死男生！臭男生！是他把毛毛虫放在我脖子上面的！啊——啊——妈妈——虫儿往下蠕动了！啊——啊——啊——"

怀特夫人站了起来，板着一张面孔，把乱蹦乱跳，快要抓狂的罗莉达带到教会外面。

罗莉达的尖叫声逐渐变远，最后终于消失。亚兰牧师又继续进行礼拜。不过，信徒们都认为今天的说教彻底失败了。玛莉娜有生以来第一次感到《圣经》的字句不能打动她的心坎，安妮则感到非常羞耻，以致一张面孔涨得火红。

回家以后，玛莉娜把德威关进卧室里面，叫他一整天待在那儿，一步也不许走出来。午餐被取消了，只供给他茶水和面包。安妮把那些东西带进德威的房间，悲伤着一张面孔坐在德威的旁边。德威一点也没有后悔的样子，津津有味地吃着。不过，当他看到安妮悲伤的面孔时，他愣住了。

他说："保罗不会把毛毛虫放在女孩子的脖子上的，对不对？"

"他才不会那样做呢！"安妮很悲伤地回答。

"那么说来，我实在不应该那样做喽？不过，它是一只很大的毛毛虫啊！我进入教会时，在石阶上面拣到的。我实在不想浪费它，所以才……安妮姐姐，那个胖小姐尖叫起来，不是挺有趣吗？"

星期二午后，教会"后援会"的成员集合在绿色屋顶之家开会。安妮为了帮助玛莉娜，立马从学校赶回家。乖巧的多拉穿着浆过的衣服，腰部系着一条黑色的缎带，跟着会员们坐在客厅。

会员们问多拉话时，她就一字一句很清楚地回答，没有人和她说话时，她就安静地坐在椅子上面，看起来跟模范儿童没有两样。至于德威呢，无非又是在后院里，浑身泥浆，忙着做他的烂泥大饼。

"是我允许他那样做的，"玛莉娜一脸无奈地说，"只要他一心一意地去搞烂泥玩意儿，他就无法作怪，大不了落得浑身脏兮兮罢了。多拉可以跟咱们一块喝茶，至于那个小捣蛋鬼嘛……只好在我们喝过茶以后，再叫他去喝喽。瞧他浑身泥浆，怎么跟那些会员坐在一起呀！"

安妮去客厅请会员们喝茶时，多拉无端地消失了！贝尔太太告诉安妮，德威曾经来到大门口，示意多拉出去。安妮跟玛莉娜在厨房商谈，决定先请会员们喝茶，稍后才叫两个孩子一块喝。

茶会大约进行到一半时，有一道小小的影子闪入餐厅。玛莉娜跟安妮大惊失色，面面相觑，会员们个个目瞪口呆，天啊！站在那儿的人儿，怎会是多拉呢？

她的衣服一直在滴水，就连她的头发也不停地在滴水，差不多把玛莉娜的新地毯都弄湿了。而且她不停地在啜泣，看起来实在不像小乖乖多拉。

"多拉，你到底怎么啦？"安妮叫了起来，并用她的眼角瞄了一下贝尔太太。因为贝尔太太的家族在这一带以不会发生任何差错闻名。

"德威叫我在猪圈的栅栏上走路。我本来不依，但是德威讥笑我是一只病猫。所以我就爬上去啦！结果我只走了两步就跌进了猪圈，衣服上沾满了猪仔的屎尿。而且那些猪仔踏过我的身体后又扬长而去了！看到我的衣服又脏又臭，德威叫我站在抽水机下面，说是要为我洗干净。谁知道他哗啦一声，往我头上浇水。这么一来，不仅我的衣服没有被弄干净，就连缎带跟鞋子也报废啦！"

然后，由安妮招呼客人喝茶，玛莉娜则带着多拉到楼上更换衣服。德威被逮住，又被关进了他的房间里，连晚餐也没得吃。

待天色完全暗下来后，安妮进入德威的房间，认真地开导他。

"现在，我感觉到自己真的太坏啦！"德威说，"但是除非我做过了一件事情，否则的话，绝对不会认为自己太坏。多拉一直不肯帮我多做一些烂泥大饼，说那会弄脏她的衣服。所以我就火大啦！我分明知道猪圈的栅栏走不得，却故意叫她去走，结果呢？她满身都是猪仔的屎尿。换成是保罗的话，他会那样对待自己的妹妹吗？"

"保罗绝对不会这样对待自己的妹妹，因为他是一个绅士。"

德威闭起了眼睛，似乎针对这个问题在深思熟虑，但是不久以后他就站起来，用两手去环抱安妮的脖子，再把涨红的面孔埋入安妮的肩膀，说："安妮姐姐，就算我不像保罗那样乖巧、伶俐，你也会爱我吗？"

"当然啦！姐姐当然会爱你。"安妮打从内心说出这句话。事实上，安妮是不得不爱德威了。不过她还是对他说："如果你不坏到这种地步的话，姐姐就会更爱你！"

"安妮姐姐，其实，我今天做了一件更轰轰烈烈的大事哩！"德威压低了嗓门说，"现在我很后悔，简直不敢对你说呢！我说了以后，你千万别发脾气哦！而且，你绝对不能对玛莉娜阿姨说。"

"我也不敢明确地答应你，因为我有什么事情，都得告诉玛莉娜阿姨。你到底干了什么坏事情啦？如果你保证下一次不再犯的话，我就可以不告诉玛莉娜阿姨。"

"嗯……下次我再也不敢啦！而且那种玩意儿，今年内再也抓不到第二只啦！我是在洞穴里把它拖出来的……"

"德威，你到底干了什么好事？"

"我把一只又大又丑的癞蛤蟆悄悄地放在了玛莉娜阿姨的床上。如果你认为不妥当，就把它揪出来好啦！安妮姐姐，我认为这样搁着，过会儿就会有好戏看啦！"

安妮挥掉了德威的一双手，跳了起来。她跑过客厅，进入玛莉娜的房间。床上有些凌乱，她怀着一颗忐忑不安的心掀开了毛毯。果然不假！一只又大又丑的癞蛤蟆正在那儿对着安妮眨眼睛哩！

"唉！我如何把这种叫人恶心的东西弄出来呢？"

安妮的身子都起了鸡皮疙瘩。她想到利用火铲子最好，于是静悄悄地摸入厨房，在玛莉娜不曾发觉之下，取了火铲子，迅速奔回玛莉娜的房间。

不过，那只癞蛤蟆运起来也挺麻烦的！它前前后后从火铲子上面跳下来三次，有一次它跳到了客厅。安妮好不容易才又逮到它。折腾了一阵子以后，安妮才把它丢入樱桃果树园内，到此，她才舒了一口气。

"如果玛莉娜知道了这件事情，她以后怎么敢再上床睡觉？幸亏这位小犯人及时投案，否则的话，后果就不堪设想了。"安妮自言自语地说。

第九章

引起问题的颜色

"蕾洁那个叫人烦厌的婆子，今儿又来到我家，声称要购买教会的地毯，准备敲我一笔钱呢！"哈里森先生咬牙切齿地说，"那个讨人厌的婆子动员了所有圣句、说教语句，以及诠释，把它们塞进一颗炮弹里，向我轰了又轰！"

那是一个阴霾的十一月黄昏。稳健的西风渡过刚耕耘过的田园，在庭院下面的枞树下，吹奏着不可思议的旋律。坐在阳台一端聆听美妙乐章的安妮，看了一下哈里森。

"你跟林顿伯母彼此不理解，实在是一件叫人感到头疼的事。两个人彼此抱着憎恶感情的话，什么事情都不能美好地进行。一开始，我也不喜欢林顿伯母，不过，一旦理解以后，我就喜欢她了。"安妮分析道。

"林顿那婆娘对四周的人过度地喋喋不休，好管他人之事，因此才博得别人的好感吧？但是，就算有人对我说，'你只要吃香蕉，不难对香蕉产生好感'，我也不会去吃香蕉的！"哈里森余怒未消，"我对那个婆娘已经够理解啦！她是个爱出风头又鸡婆的婆娘。我就是这样坦白地对她说的。"

"天哪！她不气炸才怪！"安妮以责备的口吻说，"哈里森先生，你怎么能那样说呢？我也曾经对林顿伯母说过太难听的话，但是，那时我正在大发脾气，所以才口无遮拦……"

"你说得也对。我想，还是说出真话比较好。"哈里森振振有词地说。

"可是，绝对不可以把事实全盘说出来呀！哈里森先生，你一直在说我的头发红通通的，真叫人感到难受。但是我的鼻子很秀气也是事实啊，你为何不曾赞美过我的鼻子啊？"

"即使我不说，你也知道自己的鼻子长得秀气啊！"哈里森说罢，哈哈笑起来。

"我也知道自己的头发红通通的……只是，现在比以前更倾向金黄色……因此，你大可不必对我的红头发大作文章呀！"

"好的，好的，我以后不会再说啦！安妮，你就原谅我吧！我已经坦率成癖，你就别在意了嘛！"

"我不能不在意啊！虽然那是你的怪癖，但是我不能不在意的！例如，你用针扎人，再说'那是我的癖性，请你别在意'，别人会原谅你吗？他们一定会认为你是疯子呢！或许，林顿伯母爱管闲事，真的有些鸡婆，但是在骨子里，她对人还是很亲切的。你必定知道，她时常在帮助穷人吧？有一次，帝摩西·考顿从林顿伯母那儿偷了一些牛油，而他的太太对别人说，那是他们向林顿伯母购买的，当时林顿伯母一句话也不曾说呢！帝摩西那个不知足的太太竟然对林顿伯母说，你家的牛油有怪味时，林顿伯母居然还对她说一声'对不起'呢！"

"由此看来，那个婆娘也有好的一面，"哈里森这才不情愿地承认，"其实每个人都有好的一面。以我来说，就有很多好的一面呀！很可惜，你可能体会不出来。总而言之，我是不会出一分钱的！你们这里的人，为何动不动就要叫人捐款呢？你们在公共集会堂粉刷的计划，进行得如何啦？"

"进行得非常顺利。上星期五的夜晚，咱们再度集合时，发现募得的款项还真不少呢！除了翻修屋顶，还可以从事粉刷。因为咱们耗费了很多力气，哈里森先生。"

安妮是一个心地很善良的女孩子，不过逢到必要时，她也会在言语方面做一些手脚。

"你们要把墙壁涂成什么颜色呢？"哈里森先生问。

"我们决定把它涂成鲜绿色。屋顶则涂抹成胭脂色。罗杰·派尔今天就要到镇上去购买油漆了。"

"由谁去粉刷呢？"

"卡摩迪的乔治·派尔将担任粉刷的工作。屋顶已经翻修好了！"安妮说，"派尔一族——事实是四族，都异口同声地表示，如果不由乔治·派尔去进行这项工作的话，他们将分文不捐。也有些人说，不必受到派尔家族的威胁，不必让他们家族进行粉刷工作。不过，他们四族总共捐了十二块钱，不加以重视也不行。林顿伯母还说，派尔家族既然如此声明，到时，他们可能会抢着进行呢！"

"最大的问题是，那个乔治·派尔的工作能力是否良好。只要工作能力好，不管他姓派尔还是布尔都无所谓。"

"据说，他的手艺很好。只是，他有一点儿古怪，几乎什么话都不说。"

"的确，他是有那么一点儿古怪，"哈里森有些冷淡地说，"即使也算不得古怪，这里的人也会这样称呼他。我在来到艾凡利以前也是沉默寡言的人，但是在踏上这片土地以后，为了自卫，不得不开口说话了。如果不这样的话，林顿那个婆娘将到处散布谣言，说我是一个哑巴。她还很可能会为我学手语而展开募捐呢！咦，你就要回去了吗？"

"我非回去不可啦！今夜，我必须为多拉缝一些东西，或许，此刻德威正在捣蛋，叫玛莉娜怒不可遏呢！今儿早晨，德威起床后就问：'安妮姐姐，黑夜到哪儿去啦？'我答以黑夜已经到地球的另外一边时，他有点怀疑。吃罢早饭后，他突然说：'黑夜并不是到地球的另外一边去了，而是进入了古井里面！'德威为了证实他的说法没有错，竟把身体弯到古井上面。今天，玛莉娜就抓过他四次了。"

"德威实在是一个捣蛋鬼。昨天他来我这儿，拔掉了老姜的六根羽毛。我听到老姜尖叫时，立刻从仓库奔出来看个究竟，但是已经太晚了。可怜的老姜，自从那时起就变得郁郁寡欢了呢！那孩子实在叫人头大！"

"凡是有价值的东西，几乎都会叫人感到头大。"安妮说。

自从知道德威为她报仇以后（因为老姜曾经叫她"红毛的

小婆娘"），安妮就打算处处呵护他，不管德威犯了什么罪行，她都准备原谅他。

那一夜，罗杰·派尔已经把粉刷公共集会堂的油漆带了回来，第二天，就由沉默寡言的乔治·派尔开始粉刷工作。

并没有任何人去妨碍乔治·派尔的工作。公共集会堂位于号称"低街道"的地方。这条道路每年逢到晚秋，就会变得泥泞不堪，因此，前往卡摩迪的人们大都宁愿绕远路，走"上面的街道"。

公共集会堂在建造以前，只砍伐刚好能够容纳它的枞树林，所以，在公共集会堂盖成以后，不接近它的话，就无法看到它。乔治·派尔在没有任何人指使的情况下，一个人默默地进行粉刷的工作。对于不喜欢人群的乔治·派尔来说，这是一项最适合他的工作。

到了星期五的下午，乔治·派尔完成了工作，回到了卡摩迪。乔治·派尔一离去，林顿伯母为了早日目睹粉刷后的教会，就不顾泥泞不堪的路面，驱着马车前去察看。

林顿伯母驱着马车，转过中国桧的角落时，就看到了公共集会堂。

看了那种情景，林顿伯母感觉异常奇妙，以致放下了手中的缰绳，举高了两手，"唉唉"的叫了两声，接着，犹如不相信自己的眼睛，又凝视了一阵子，继而歇斯底里地大笑起来。

"不会是弄错了吧？那个神经兮兮的派尔家族的人……不弄错才怪。"

林顿伯母在归途上碰到了几个人。每碰到一个人，她都会停下马来，提起有关公共集会堂的怪事。这个消息如野火般迅速蔓延了开来。

在家里翻看教科书的吉鲁伯特，在黄昏时，从他父亲雇用的人员那听到了这个消息。于是，他上气不接下气地跑到绿色屋顶之家。吉鲁伯特在半途遇到了弗雷德，他俩赶到绿色屋顶之家的后门时，黛安娜、琴恩、安妮一块儿坐在落叶的柳树下面，肩并肩，好似都已陷入了绝望的深渊。

"安妮，这件事不会是真的吧？"吉鲁伯特问。

"是千真万确的呢！"安妮以悲剧女神一般的面孔回答，"林顿伯母从卡摩迪回来的途中看到的。实在太不像话啦！这算什么改善嘛！"

就在这时，奥利弗·史龙受玛莉娜所托，从卡摩迪带了纸箱回来。他问："什么东西不像话呀？"

"难道你还没有听说吗？"琴恩愤慨地说，"是这样的，乔治·派尔没有使用绿色粉刷教会，而是用了青色的油漆粉刷呢……那是很醒目的青色，就和涂抹在货车和手推车上的颜色一样。林顿伯母说，那是建筑物最忌讳的颜色呢！尤其是在红色的屋顶配合之下，更显得格格不入，叫人不敢领教呢！听到这个消息后，我吓了一大跳！大伙儿一阵子劳苦之后，竟然发生了这种事情。"

"为什么会引起如此不可原谅的错误呢？"黛安娜笑着问。

这件残酷的奇妙事儿，在经过了一番调查以后，指责的箭头都朝向了派尔家族。

改善委员们在研讨了一阵子以后，决定使用摩顿·哈里斯的油漆。摩顿的油漆罐子根据颜色样品簿打着号码。购买的人都根据颜色样品簿选择颜色。

改善委员们希望的颜色为一四七号。罗杰·派尔要到卡摩迪购买油漆时，曾经派遣他的儿子约翰·派尔问改善委员们要几号的颜色。改善员们说是一四七号。约翰也坚持那样对罗杰·派尔说过，但是，罗杰却坚持他儿子说，改善委员们要一五七号油漆。直到现在，他仍然坚持这种说法。

那一夜，艾凡利所有的改善委员们家里都罩上了愁云惨雾。由于绿色屋顶之家的沉重空气，一向很活泼的德威也被压扁了。安妮一直在啜泣，但是没有人安慰她。事实上，安妮也不希望有人抚慰她。

"虽然我就要十七岁啦！但是我不能不哭啊，玛莉娜！"安妮啜泣着说，"这是一个很大的羞辱，仿佛是在预告我们改善会的终场。这以后的好长一段时间，我们将被当成笑柄。"

不过，这个世界犹如梦境一般，偶尔也会跟事实相反。艾凡利的人们并没有嘲笑安妮等一伙人。他们甚至感到愤慨呢！因为集会堂粉刷的费用是他们出的，所以对于这一次的错误，他们也感到羞耻。

村人的愤怒集中于派尔家族。因为所有的差错来自派尔父子。他们非难乔治·派尔在打开油漆罐时，连油漆的颜色也不曾看清楚。

被如此非难之后，乔治·派尔更振振有词地说，他对于不同的颜色并没有特别的意见，当然也不能明了艾凡利居民偏好哪一种颜色。他为自己辩护说，他只不过是一个受雇的油漆匠。

改善会员们在向治安法官倾诉之后，把粉刷的费用交给哭泣的乔治·派尔。

"你们不付粉刷费用给乔治·派尔是不行的！"治安法官彼德对改善会员们说，"乔治·派尔并没有不听你们吩咐，他也不知道该涂抹哪一种颜色。他只是拿着你们给他的油漆罐工作。因此，你们不能把错误归到他身上。"

的确，那种颜色实在不能登大雅之堂。

有些改善会员认为，经过这件事情以后，艾凡利的人们将对改善会保持偏见。而事实上并非如此，他们反而对改善会员们寄于同情。

村民们都知道，改善会会员们在热心地工作，为了达到目的而拼命地在努力，只是时运不济。林顿伯母鼓励改善会员们继续奋斗下去，给派尔家族瞧瞧他们不怕挫折，再接再厉地奋斗的勇气。

梅杰·史宾塞表示，他将砍掉他农场前面，沿着街道生长的杂乱树丛，并自费撒播矮草的种子来绿化街道。赫兰·史龙的妻子有一天到学校找安妮说，如果到了春季，她们想种植天竺葵的话，那就不必担心她家的牛儿了。因为，她要把那一头喜欢偷吃的牛儿关到它逃不出来的地方。

哈里森在背后笑笑，但是在表面上，他也表示同情。

　　"安妮，你别气馁。那些油漆很快就会褪色。那种青色一开始确实难登大雅之堂，但是，待它褪色以后就不会显眼啦！反正你们把屋顶翻修过了，以后再也不愁会漏雨了。这样就很不错了呀！"

　　"不过，艾凡利的青色公共集会堂将成为近邻的笑柄。"安妮很痛苦地说。

　　事实上，正是如此。

第十章

幸灾乐祸的德威

十一月的某一个下午，安妮走过白桦之道，从学校回家时，又一次感到人生充满了乐趣。那天风和日丽，而且在安妮的心灵王国里面，什么事情都进行得很顺利，圣·考利亚不再因为他的名字，跟男同学们打架了。普莉莉因为牙疼，面颊肿了起来，但是她强忍着一声不吭，始终不曾引起旁边男同学的注意。芭芭拉绊倒了一次，使木勺子里面的水洒了一地；安东尼·派尔缺席……

"今年的十一月过得非常顺利！"安妮仍然跟孩童时期一样，喜欢自说自话，"每年的十一月都是讨人厌恶的月份……"仿佛是在那一年里，它突然感觉到自己的年华已经老去，不是哭哭啼啼，就是自怨自艾，为了一些芝麻小事而大发雷霆……今年看起来就完全不同，好像是很优雅地步入老年……尽管头发变得苍白，脸上长满了皱纹，但它也能够明白那也是魅力之一。一言以蔽之，仿佛是一位很有风格、气质优雅的老妇人。

令人心旷神怡的日子就这样持续着，同时，黄昏的景色也很迷人。这两个星期的天气很稳定，几乎都是风和日丽的好日子。就连平时喜欢恶作剧、捣蛋的德威似乎也安分了起来。安妮认为，德威已经脱胎换骨了。

今天的森林特别静谧……除了在树梢低吟的微风，可谓是万籁俱静。这种微风的低吟声，乍听起来跟遥远处拍击着海岸的波浪声很相似。

"啊！我亲爱的森林，我热爱的各种树木，你们都是我的朋友！"

安妮停下了脚步，两手环抱着细细的桦树，又吻吻那稍带黄色的树干。

站在小径角落处的黛安娜，发现安妮时，莞尔一笑。

"安妮，你虽然装着大人的模样，但是独处时，跟以前一模一样，仍然是小不点儿一个。"

"你说得很对。我可不能一下子就摆脱孩童时的个性啊！我度过了十四年的孩童时代，加入成年人的阵营里，还不到三年呢！这以后不管我的年华如何老去，一旦进入森林里面，我就会返老还童呢！从学校回家走过这儿时，正是我做美梦的唯一时间……躺进床铺后的三十分钟内，也是如此……其他的时间里，我得教书，充实自己，照料双胞胎，帮着玛莉娜做杂事，根本就没有思考的时间呀！每晚进入东边房间的床铺时，我也有一小段时间，从事自己喜欢的冒险。我喜欢把自己想象成一个出众、辉煌而意气奋发的人物……例如歌剧里的女主角、红十字的护士，甚至女皇等。昨天晚上，我就把自己想象为万民瞩目的女皇。把自己幻想成至高无上的女皇，真是一件大快人心的事呢！你想想看，我不必受到任何人的管束，可以尽情地享受这个世界中的有趣的东西，等到自己感到厌倦时，又可以把它随手一扔，如果是在真实世界的话，这件事情就办不到了。你说是不是？黛安娜，当我来到这座森林时，我想做的事情跟平常迥然不同。这时，我很迫切地想变成古老松树里面的树精，或者摇身幻化成茶色的森林小鬼，以便躲在萎缩的枯叶下面。黛安娜，你知道吗？刚才被我吻过的白桦树正是我的妹妹呢！唯一的不同点是，它是年轻的桦树，而我却是人类的女孩。不过，这种差异也算不得真正的迥异呀，黛安娜，你要去哪儿啊？"

"我要去狄克先生家，因为我答应帮阿芭达裁剪新衣服。黄昏时你也一块来吧！安妮，到时我俩就一块回家吧！"

"嗯……我可以奉陪，因为弗雷德没跟你在一起。"安妮调侃道。

黛安娜满面飞霞，抬起了头走路。不过，她并没有显出半点愤怒的样子。

那天黄昏，安妮真的想到狄克先生那儿走一趟。但是，当她回到绿色屋顶之家时，碰到了一件意外的事情，使她再也没有心情做其他的任何事儿了。

安妮一踏入门坎，玛莉娜就忧心忡忡地从后院跑出来说："安妮，多拉不见了！"

"什么，多拉不见了？"安妮叫道，瞧了坐在篱笆下面的德威一眼。安妮发现，德威的眼睛很愉快地闪动着。

"德威，你看到多拉没有？"安妮叫了起来。

"唔……我不晓得她跑到哪儿去啦！"德威有一些迟疑地说，"午饭后，我就没见过她啦！我是说真的。"

"我一点钟就出了门。因为蕾洁派人来对我说，汤马斯的症状转坏，叫我立刻过去。我出门时，多拉正在厨房里跟布娃娃玩家家酒呢！德威那个捣蛋鬼嘛……仍然在后院做烂泥大饼。可是我在三十分钟以前回到家时，到处都找不到多拉……德威那小家伙说，我出门后，他就不曾瞧见多拉了！"玛莉娜急得团团转。

"的确，我一直都没有看到多拉。"德威正经八百地说。

"我想，多拉一定在屋里的某个地方，"安妮说，"她一个人不敢跑到很远的地方……她一向那么胆小。或许，她在某一个房间睡觉吧？"

玛莉娜摇摇头说："家里我都找遍啦！或许，她躲进了另外的某个小屋吧？"

玛莉娜跟安妮焦急地从家里的角落找到了屋外边。安妮一面呼叫多拉的名字，一面奔到果树园山坡上的魔鬼森林里寻找。玛莉娜点着蜡烛到地下室找寻。德威交替地跟在玛莉娜跟安妮的背后，说着多拉可能会去的地方。

玛莉娜跟安妮徒劳无功地又在后院相遇。

"这倒是很少见的事情呢！"玛莉娜呻吟了一声。

"多拉到底躲在哪儿啊？"安妮一脸悲痛。

"搞不好，她掉入古井里面去了。"德威幸灾乐祸地说。

听了这句话，玛莉娜跟安妮惊讶得面面相觑。其实，她俩在屋里寻找时，就不约而同地产生过这个念头，只是心照不宣，不曾说出来而已。

"多拉……多拉会不会……"玛莉娜小声地说。

安妮的一颗心在往下沉。她走到古井旁，看了一下横梁里面。内侧的棚子吊着水桶。下方的井水微微地发光。玛莉娜家的古井是艾凡利最深的一口井。如果多拉真的……但是……安妮没有勇气跟这种念头对决，只好浑身打着哆嗦，离开了古井。

"安妮，你去请哈里森先生吧！"玛莉娜握紧两手说。

"玛莉娜，哈里森跟约翰·亨利先生都不在呢！他俩都进城去了。我这就去请巴利先生过来。"

巴利先生带着一圈粗绳子跟着安妮过来。那绳子的末端有着爪子般的道具。在巴利先生搅动井底时，玛莉娜跟安妮由于恐惧而汗毛直立，站在一旁不停地颤抖。而坐在竹篱笆上面的德威，却以一种非常滑稽的鄙夷表情，看着那三个成年人。

不久，巴利先生松了一口气，摇摇头说："她不可能掉入井里面。说起来也够邪门的，她到哪儿去啦？喂！德威，你真的不知道吗？"

"不知道就是不知道！"德威不耐烦地说，"我想，很可能是专门拐孩子的坏胚子把多拉抓走啦！"

"你别瞎说啊！"

因为多拉并没有掉入古井里面，玛莉娜稍感放心，因此以尖锐的口吻骂德威。然后她又对安妮说："安妮，多拉会不会去哈里森家了呢？因为你曾经带她去过一次，而她也常提起那只叫老姜的鹦鹉呢！"

"说得也是。我这就过去瞧瞧。"

这时，大伙儿由于心乱如麻，始终不曾看德威一眼。如果有人看他一眼的话，必定会发觉他的脸色一下子就泛青了。德威气急败坏地跳下了矮篱笆，全速奔到仓库。

安妮并没抱太大的期望，但还是走过茶园子来到哈里森先生的家。哈里森先生的家上了锁，窗边的遮阳幕也放了下来，没有任何声息。安妮就站在阳台上面，大声呼叫多拉。

那时，在阳台后面的厨房里的老姜，发出了一阵尖锐的声音，继而猛烈地臭骂了起来。不过，在老姜的尖锐叫声之间，夹杂着幽幽的啜泣声。很明显，那啜泣声是从哈里森先生后院的小杂物间传出来的。安妮飞奔过去，解开了小杂物间柴门的挂钩。

天哪！多拉就在那儿！她满脸沾着泪水，坐在一个木桶上面。安妮把多拉抱了起来。

"多拉，你怎么会在这儿呢？你知道吗，大家都在为你担心呢？"

"我跟德威来这儿瞧老姜！"多拉啜泣着说，"可是，我们无法看到老姜。德威在失望之下，不停地用他的脚踢门，使老姜更为恼怒。然后，德威把我带到这儿，自己却溜了出去，再把门儿关了，挂上门钩，所以我就无法出去啦！我已经哭了好一阵子了呢！安妮姐姐，我好害怕！我又冷又饿。我以为你永远找不到我了呢！"

"什么？是德威把你关在这儿的？"安妮久久不能言语，心情沉重地把多拉抱回家。得知德威做出这种事情，安妮感到心痛万分，以致连发觉多拉的喜悦也在无形中消失了大半。关起多拉的作为并非绝对不能原谅，但是，他撒了一个大谎。这件事情是如假包换的事实，安妮绝对不能睁只眼闭只眼了事。

安妮失望之余，差一点就瘫痪在地上流泪悲泣。因为安妮打从心眼儿里爱着德威……至于她爱德威到什么程度，一直到今天她才明白过来……想不到德威故意撒谎愚弄她，怎能叫她不感到痛苦！

玛莉娜默默地听着安妮的倾诉。巴利先生笑着说，最好立刻找到德威，好好教训他一番。待巴利先生回去后，安妮抚慰着在不断啜泣和打哆嗦的多拉，给她暖身，叫她吃晚饭，接着带她到房间睡觉。

等安妮回到厨房时，玛莉娜紧绷着一张脸，抓着浑身都是蜘蛛网的德威，把他拉到厨房里面。原来，德威躲在马厩最黑的角落里。

玛莉娜把德威拖到厨房中间铺着垫子的地方，然后，她再坐在东侧的窗边。安妮失魂落魄地坐在西侧的窝边。小犯人被两个女人挟持着，背对着玛莉娜。

此刻，对着玛莉娜的德威的背部，看起来似乎有一种从顺、又害怕又畏惧、完全被击败的样子。不过，朝向安妮的德威的面孔虽然多少有羞涩的表情，但是炯炯发光的两眼，仿佛在对安妮说，我不是故意的啊！不过，安妮完全没有笑容，叫德威寒透了心。

德威的期望落了一个空，安妮灰色的眼睛并没有任何微笑的影子。如果德威只是单纯的恶作剧，安妮灰色的眼睛也许会荡出笑意。如今，安妮不但丝毫没有笑意，反而有一种叫德威畏缩的凛然之气。

"德威，你怎么忍心做这种坏事呢？"安妮悲哀地责备道。

德威不安地蠕动着身体。

"我只是寻一下开心啰！这儿真叫人感到无聊透顶，因此，我认为让大家惊慌起来，一定很有意思。"

德威虽然很畏惧，甚至有些悔恨，但是想起他导演的一场闹剧时，还是有一点儿自得地笑起来。

"不过，你撒了一个大谎！"安妮更为悲伤地说。

德威装出一副浑然不知的表情说："什么是大谎言呀？是否指信口雌黄？"

"就是指说一些不真实的事情呀！"

"我确实撒了一个大谎。如果我不出语惊人的话，你们也不会吓坏呀！所以我不得不尝试一下。"

安妮气得发起抖来，她感到极度失望。德威这种不体恤别人的态度，叫安妮的内心犹如被刀割一般的痛苦，以致大颗的泪水夺眶而出。

"啊……德威，亏你说得出口！"安妮的声音在发抖，"你不知道那是一件很邪恶的事情吗？"

德威愣住了。

安妮涕泗滂沱……啊！是我害得安妮姐姐哭泣的呢！德威的小胸膛犹如波涛一般，涌上了一波又一波的悔恨之情。他跑到安妮身边，爬上安妮的膝盖，把小脸儿贴在安妮的脖子上，哇的一声哭了出来。

"我实在不知道'信口雌黄'是一件坏事。因为史洛普先生跟他的孩子们在信口雌黄以后，都在自己的胸前划十字。我想保罗·艾宾绝对不会信口雌黄。自从来到这儿后，我一直想学习保罗，做一个好孩子，为此，我一直在努力呢！安妮姐姐，想必你不会再爱我了吧？对不起，我惹你哭泣，以后，我再也不会信口雌黄了。"

德威把小脸蛋埋在安妮的肩膀上，哇哇大哭。安妮因为德威肯主动认罪而感到喜悦，她紧紧地拥抱德威，再越过他卷曲的头发看看玛莉娜。

"玛莉娜，德威并不晓得撒谎是一件坏事。只要他答应以后不再重蹈覆辙，我们就原谅他这一次的过错。"

"我再也不信口雌黄了，因为我已经知道那是坏事。"德威抽泣着说，"如果你们再发现我信口雌黄的话……"说到此处，德威在脑子里搜寻着比较适当的惩罚，"你们可以活生生地剥我的皮，安妮姐姐。"

"德威，不要再说'信口雌黄'，你就说'谎言'吧！"安妮说。

"为什么呢？"德威抬起了沾满泪水的小脸蛋，有一点迷惑地问，"为什么可以说成'谎言'，而不能说成'信口雌黄'呢？"

"因为那句话比较不雅。小孩子不宜使用不雅的话。"

"天哪，小孩子不能做的事情实在太多啦！"德威叹了一口气说，"我做梦也想不到禁忌会那么多。天哪！不能撒谎一事，实在叫人受不了啦！因为它能给人方便啊！不过，既然它是坏事，那么，我绝对不再说谎了。今天我撒了谎，你们要如何处置我呢？"

安妮不敢贸然回答，只好看看玛莉娜。

"我一向不喜欢对孩子们太严格。而且，从来就没有人教导这个孩子撒谎是恶劣的行为。史洛普的孩子本来就不是理想的玩伴。至于玛莉嘛……一年到头卧病在床，并没有及时对德威施教。要求六岁孩子凭直觉晓得这一件事情，根本就是奢求。德威对于所谓的正确行为浑然无所知，因此，我们必须从头教导他。不过，他把多拉反锁在小屋里面的过错，非处罚不可。我只能够想到不许他吃晚饭，就叫他上床睡觉的处罚方式，但是这一方式也实施过好多次了。安妮，你既然有那么丰富的想象力，那么，你就想想应该如何处罚德威吧！"

"可是，处罚这件事儿太可怕啦！我只会想象愉快的事情呀！"安妮紧抱着德威说，"世上有太多叫人感到厌恶的事情，因此，我再也不要想象下去了。"

结果呢？德威被赶入他的卧房，而且必须关在卧房里到第二天的中午。德威似乎想到了某件事情。因为当安妮准备进入自己的房间时，德威悄悄地叫着她。安妮进去时，德威正坐在床上，两手肘放在膝盖上，两手支撑着下巴。

"安妮姐姐，"德威正经八百地问，"是不是每个人都不能撒谎呢？"

"是啊！"安妮回答。

"成年人也不行吗？"

"是啊！"

"那么……"德威斩钉截铁地说，"那么，玛莉娜阿姨就不对啦！因为她撒大谎呢！而且玛莉娜的罪过比我深重，因为我不知道撒谎是不对的，而她是明知故犯。"

"德威！别乱嚼舌根！玛莉娜从来不撒谎。"安妮愤慨地说。

"可是，玛莉娜在这个星期二说过，如果晚上再不祷告的话，将发生恐怖的事情。但是，我一连一个多星期都不曾祷告过，却没有发生任何可怕的事情。"德威喜滋滋地说。

安妮很明白，现在如果笑出来的话，将前功尽弃，所以她拼命忍住快要爆发出来的笑声，挣扎着摆出一张一本正经的面孔。

"德威，"安妮很沉重地说，"今天不就发生了一件很恐怖的事情吗？"

德威摆出了一副不解的面孔。

"安妮姐姐，你是指我没有吃晚饭，就被赶进卧室这件事情吗？"德威轻蔑地说，"不过，这一招吓不了我，虽然我并不喜欢，但是因为这一招被重复了好多遍，我已经习惯了。这种幽禁方式是不管用的。因为到了第二天早晨，我会吃两倍的东西。"

"我并不是指你被幽禁的事情，而是指今天你撒谎那件事情。德威，"安妮向前走一步，严肃地指着小犯人说，"男孩子最恶劣的行径，莫过于撒谎。这是最可怕的一件事情……也是最要不得的一件事情。可见，玛莉娜所说的事情是正确的！"

"我以为玛莉娜所说的坏事，是叫人感到坐立不安的事情呢！"德威不服气地抗议。

"你怎么想都行，但是跟玛莉娜无关。坏事并不一定指那些会叫人感到坐立不安的事情，有时也会叫你吃不了兜着走呢！"

"当看到玛莉娜跟你在瞧古井里面时，我觉得真是好玩极了！"

安妮一直装着一副正经八百的德行，但是她走到楼下以后，立刻倒在客厅的椅子上面，笑疼了肚皮。

"到底有什么好笑的呢？说出来听听，"玛莉娜有些不高兴地说，"今天好像没有值得开怀大笑的事情。"

"你听了，也免不了会哈哈大笑的！"安妮说。

经过安妮解释以后，玛莉娜果然咧了咧嘴笑了起来。自从收养了安妮以后，玛莉娜已经爽朗了许多，但是很快她又叹了一口气。

"有一次，我听到牧师这样对孩子们说，但是我实在不应该对德威说。只是，我太气愤了！那一天，你到卡摩迪出席音乐会去了，我哄德威睡觉。他竟然对我说，在神还不想饶恕人以前，祷告是没什么用处的。安妮，那个孩子真叫我头大。我实在拿他没办法，我几乎受不了啦！"

"玛莉娜，你快别那么说。你就想想我刚来到这儿的情形吧！"

"你一点也不坏呢！现在，我才痛感到这一点。如今，我已经领教到什么才是叫人头疼的根源。的确，你时常出糗，但是完全是出于善意，这一点跟德威不能同日而语。德威那个浑小子，一直想做坏事呢！"

"玛莉娜，没那么严重。德威并非是个坏到不可救药的孩子。他只是喜欢恶作剧。况且，这个地方对他来说未免太静谧了一些。这儿不仅没有玩伴，甚至没有任何能够引起他兴趣的事情。多拉娴静、文雅，所以成不了男孩子的玩伴。玛莉娜，我认为把他送到学校比较妥当。"

"那样不妥当！"玛莉娜斩铁截铁地说，"我的父亲时常说，七岁以前不宜把孩子关进学校，亚兰牧师也这么说过呢！你不妨在家里教教双胞胎，但是在七岁以前，不宜把他俩送入学校。"

"那么，我们就在家里教导德威吧！"安妮很爽朗地说，"德威虽然有很多缺点，但是他仍然是个很可爱的孩子。我实在不能不爱他。玛莉娜，也许我这么说未免太残酷了一点。说句心里话，比起多拉来，我更爱德威，虽然多拉很乖巧。"

"不知怎的，我也跟你一样，"玛莉娜也坦白地说出了她的感受，"我们实在不该如此说。多拉是个乖孩子，永远不会叫人操心，像她那样的孩子已经很少了！不过，像她那么乖的孩子，即使在家里，也实在叫人感觉不到她的存在。"

"多拉太乖了。别人不必指点，她自己就能够把事情做得很圆满。多拉一出生，就带着教养来啦！所以她不需要我们，"安妮分析道，"通常情形下，我们都会去爱需要我们的人。德威非常需要我们呢！"

"那个小家伙确实需要教导，"玛莉娜同意安妮的说法，但是她又说，"如果是蕾洁收养他的话，她一定会说，德威最需要的是打屁股！"

第十一章

孩子们的书信

　　"教书是一份挺有趣的工作呢！"安妮写信对皇后学院的朋友说，"琴恩说教书这件差事叫她感到厌倦，我却不这么认为。因为几乎每天都会发生叫人喷饭的事情，而且孩子所说的话，叫人感到趣味盎然。琴恩说，当学生对她嬉皮笑脸，说些不三不四的话时，她都会用皮鞭抽他们。我想，也许就是因为如此，她才感到厌倦吧！

　　"昨天下午，吉米·安德鲁想写'雀斑'两个字，但是一直写不出来。后来他只好放弃书写那两个字，但是他说：'我虽然无法用文字表达出来，但是我知道它是什么玩意儿。''它到底是什么东西呀？'我如此问时，他很快地答复我说：'老师，那就是圣·考利亚的脸呀！'的确，圣·考利亚的脸蛋上长满了密密麻麻的雀斑。不过，我要阻止学生们在这点上大作文章——因为小时候，我也是满脸雀斑呀！所以我很理解雀斑儿童的心情。不过，圣·考利亚不在乎这点。在放学回家时，圣·考利亚之所以揍了吉米，是因为吉米叫他'圣·考利亚'！

"昨天，我教算术时，曾经问洛蒂·华特——如果你的一只手拿着三块糖，另外一只手拿着两块糖，那么，合起来总共有多少块糖呢？她回答'一张嘴的分量'。还有自然科学课上，我问学生为何不能捕杀癞蛤蟆时，宾奇·史龙很认真地回答：'捕杀癞蛤蟆的话，第二天就会下雨呀！'

"强忍住要笑的冲动，也是一件很不好受的事情呢！史蒂拉，凡是叫人喷饭的事情，我都得强忍下来，回到家里自己的房间后，再开怀大笑。玛莉娜时常说，听到我没来由的、山崩地裂的笑声时，她浑身的鸡皮疙瘩都会起来呢。她告诉我，克兰顿有一个癫狂的男人，刚开始时的症状就如我一般，时常发出山崩地裂似的笑声。

"教书时，最有趣的事情，就是叫孩子们发表对各种事物的想法。前一天，在吃过午餐以后，我叫孩子们围拢在我身边，问他们最想要的东西是什么。虽然有不少渴望布娃娃、马儿和溜冰鞋等一般答案，但是也有不少独创性的回答。例如，赫丝达·鲍儿就说，她希望每天都能够穿着最漂亮的衣服，在自己的房间里吃三餐。哈娜·贝尔则希望自己在毫不费力之下，变成一个好女孩。玛乔莉·怀特更绝啦！她虽然只有十岁，但是很希望自己是一个寡妇。我问她为什么会有这种想法时，她一本正经地回答：'如果不嫁人的话，将被人讥笑为卖不出去的烂货。至于嫁了人嘛……免不了要忍受丈夫的作威作福。如果是寡妇的话，根本就没有任何的烦恼……'这听起来也不无道理呢！

　　"最叫人感到妙绝的是莉莉·贝尔的愿望。她说她自己一直想要蜜月。我非常纳闷，追问她为什么，天晓得！她所谓的'蜜月'，竟然是指最新式的脚踏车呢！

　　"有一天，我叫他们说出自己最调皮捣蛋的一件事情。关于这个问题，大孩子始终不开口，但是三年级那一班的学生却是一个接一个地说了出来。伊莱莎·贝儿在她婶婶的假发上面点了火。我问她是否有意烧掉她婶婶的假发时，她连连喊冤说，她只是好奇心作祟，想瞧瞧假发会如何烧起来。谁知一点上火，它就轰的一声烧掉了！爱玛森·姬丽丝用本来要献给教会的一毛钱，购买了一支棒棒糖。亚妮达自认为最大的罪行，是吃了一颗长在坟墓旁的野草莓。威利·怀特则是穿着自己最好的裤子，从羊圈的屋顶滑下好多遍，以致整个夏天，他的父母罚他穿着有补丁的裤子上安息日学校。威利认为，做了坏事，一旦受罚以后，就没有悔改的必要了。

　　"我希望你瞧瞧孩子们写的作文。因此，我特地寄上几篇给你看看。上个星期，我对四年级的孩子们说，书写一些自己喜欢的事情，再以书信的方式寄给我。我一再叮咛书信必须写在信纸上面，再放入信封里面，收信的人名写成'安妮·雪莉'。不过，千万不能叫别人代写。

　　"星期五早晨，我的桌子上面堆积着山一般高的信封。那一夜，我才深深感到教书固然很辛劳，但是仍然能得到不少的欢娱。阅读了那些书信以后，我日常的劳苦不仅消失殆尽，而且还感觉到有不少的鼓舞作用呢！

"以下是尼多·克雷亲手写给我的书信。

小　鸟

安妮·雪莉老师，在这一篇作文里，我想写写小鸟。说实在的，小鸟儿实在是非常有用的动物。我家的猫一直想抓鸟，但是，我没看见便罢，可要被我瞧到它对小鸟图谋不轨时，我就会把鸟儿吓跑。猫的名字叫"威廉"，不过，爸爸一直叫它"汤姆"。它的全身都有斑纹，去年冬天，它的一只耳朵冻得掉下来啦！以致只剩下一只耳朵。不然，它可称得上猫族的帅哥。

我的伯父也饲养了一只猫。那只猫有一天到伯父家玩，谁知竟然不回去啦！伯父说它是一只健忘的猫。从此以后，伯父就让这只猫坐在他的摇椅上面。伯母抱怨说，伯父爱那只猫，胜过爱自己的亲生子女。伯母说，爱猫、疼猫，拿新鲜的奶给它喝，固然无可厚非，但是疼它胜过自己的子女，那就不太好啦！因为我只能想到这么多，暂时就写这么多吧！

爱德华·克雷　敬上

"圣·考利亚的作文总是那么短，但是要领抓得很好，自始至终，他绝对不说一句多余的话。像他之所以选择以下的题材，又打出'再启'，并非基于恶意，而是缺乏想象力，以及不够机灵的缘故。

安妮·雪莉老师：

您叫我们写稀奇古怪的事，再寄给您，所以我想写写艾凡利公众聚会堂的事情。该聚会堂有两个门，一个在内侧，一个在外侧。玻璃窗总共有六个，烟囱一个。两侧又有走廊。因为墙壁被涂抹成了青色，看起来总给人一种不伦不类的感觉。它耸立于卡摩迪街道的低洼处。在艾凡利，它是第三栋重要的建筑物。其余两栋分别为教会和打铁店。讨论会和演讲都在聚会堂举行。

耶可夫·多尼尔　敬上

再启：

公众聚会堂的颜色是一种刺眼的青色。

"亚妮达·贝尔的书信实在太长啦！我吓了一大跳！其实，亚妮达并不善于舞文弄墨，每次书写的作文恰如圣·考利亚的一般，简短而不拖泥带水。亚妮达是个娴静又懂得礼节的模范生，不过，完全没有独创性。以下就是她写的信札。

最亲爱的老师：

我写这一封信的目的，是要表达我爱老师有多深。我愿意把自己的全部心灵献给老师，心无旁骛地爱老师，并且永远为老师鞠躬尽瘁……这也是我的特权，正因为如此，我要尽可能做一个好孩子，并且认真地学习。

老师您真的很美丽。我的好老师，您的声音恰如黄莺出谷，眼睛仿佛含着晨露的紫罗兰一般。您是高高在上、可望不可即的女皇。您的头发是波浪似的金黄色。安东尼·派尔说是红色，但是他每次所说的话都不足信。

认识您才不过两个月，不过，您已经深深进入我的心坎里。对于认识您的今年，我将认为它是我毕生最灿烂的一年，我将永久回味追忆。同时，今年也是我从新桥搬到艾凡利的第一年。因为对老师的那一份浓浓的爱，我的人生变得非常充实，足够保护我毕生不受到任何灾害的侵袭。亲爱而温柔的老师，这都是您的恩赐。

不久前，你穿着一身黑衣服，头发上插着花儿，实在美如天仙，叫我永远无法忘怀。就算我俩都老了，我心灵深处的你仍然美艳如昔。我最爱的老师，我一整天……包括清晨、下午和黄昏……无时不在想你。不管你嫣然一笑，叹息连连，还是盛气凌人时，我都爱你……我不曾见过老师生气的脸儿，安东尼·派尔却说老师的脸始终带着怒气。不过，我认为，就算您以怒容对待安东尼，那也无可厚非，因为他太调皮了！无论你穿什么衣服，我都非常喜欢……

我最爱的老师，请您好好休息吧！太阳已经西沉了，星星开始眨眼……那些星星就像您的眸子一般美丽。我要吻你的脸儿和手儿。亲爱的人儿，神会永远保护你，使你永远不受到任何灾害。

亚妮达·贝尔　敬上

　　"我被这封热情的信件吓了一跳。第二天的休息时间，我带亚妮达到小河边散步，再叫她说出有关那封信件的真相。如此一来，亚妮达急得大哭，坦白说出了一切原委，她从来不曾写过信，实在不知道该如何写，应该写些什么。所幸，她母亲的衣柜抽屉里面，有一叠她母亲的情书。所以嘛……亚妮达就把它们派上了用场。

　　"'不过，那些并非爸爸写给妈妈的信，'亚妮达抽泣着说，'那是一个准备做牧师的人所写的，所以才能够写得那么棒。但是，我妈妈还是没有嫁给他。妈妈曾经告诉过我，她实在不懂那个人所说的话，以及他所想的事情。但是他的那些信写得实在很棒，正因为如此，我在写信给老师时，处处模仿他的句子。例如，我把'女士'改成'老师'，再加入一些我自己想到的句子，或者改变一下字句。他书写的'情绪'二字，我把它改为'衣服'。因为，我不知道'情绪'是什么玩意儿，我还以为是穿在身上的东西呢！我实在做梦也想不到老师知道两者之间的不同。老师，您怎么知道那封信并非全是我写的呢？由此看来，老师实在太聪明了。'

　　"我告诉亚妮达抄袭别人的信件，实在是一种很要不得的行为。不过，亚妮达不停地抽泣着说：'就算我套用牧师所写的字句，然而，信里所说的事情，无一不是事实啊，因为我打从心眼儿里喜欢老师啊！'

　　"亚妮达既然这样说，那我就是想骂她，也骂不出来啦！

　　"接着是芭芭拉·萧写的书信。不过，原文中所有的墨汁污迹已经不见了。

安妮老师：

老师说过，可以写拜访别人家的经过。可是长到这么大，我只去过别人家里一次。那是去年冬天，我到玛莉阿姨家所发生的事情。

玛莉阿姨是做事情有板有眼的主妇。第一天喝茶时，我不小心把水瓶摔在了地上，水瓶彻底坏了！玛莉阿姨说，她嫁到这儿时，那个水瓶就在了，从来都没摔过呢。另外，当我从桌子边站起来时，不小心踏到了阿姨的裙子，把裙子上面的折子踏坏了。第二天早晨，我不小心拿水瓶碰到洗脸盆，使两件东西都没用了。吃早餐时，我碰倒了一个瓷碗，使桌子上面一片汪洋。帮阿姨做午餐时，我又摔破了一个瓷盘子。当天晚上，我又从楼上跌下来，摔断了腿骨，不得不卧床一个月。那时，我听到阿姨对姨丈说："我被这个孩子折腾惨啦！幸亏她现在趴在病床上，否则的话，家里的东西不被她收拾干净才怪……"

我的腿好了以后，便赶紧回家。坦白说，我很不喜欢到别人家里。可是到学校就不一样啦！我一向喜欢上学，搬到了艾凡利以后更是如此。

芭芭拉·萧　敬上

"以下是威廉·怀特的信件。

给我最尊敬的老师：

我要给老师介绍一位非常勇敢的婶婶，这位婶婶居住在恩泰利洛。有一天，婶婶想进入仓库时，发现后院有一只很大的狗。婶婶认为狗不能待在后院，于是拿起了一根木棍，把那只大狗赶进仓库。

不久以后，一个男子来寻找从马戏团走失的狮子。原来，婶婶赶走的那一只并非狗，而是狮子呢！婶婶没有被狮子吃掉，真是一件不可思议的事。尽管如此，我认为婶婶还是很勇敢。埃玛逊·吉利斯说，那是因为婶婶把狮子看成了狗，所以才不怕它。那么赶一只狗，又有什么勇敢可言呢？我想，埃玛逊之所以会这样说，是因为他只有叔叔而没有婶婶——换句话说，他是在嫉妒！

威廉·怀特

"我把最好的一封留在最后。如果我说保罗是天才的话，或许你会笑我，不过，只要你看过保罗的信函以后，一定会认为这孩子的确与众不同。保罗在海岸附近，跟着他的奶奶生活，平时连一个玩伴也没有，我是指人类的玩伴。每个人都喜欢保罗，就连挑剔的林顿夫人也不例外。林顿夫人说，她从不曾如此喜欢过一个美国人呢！在学校里，每个男孩子都喜欢他。保罗虽然喜欢做梦，但是一点也不懦弱。他很像一个男人，几乎可以参加每一项运动。不久以前，他就跟圣·考利亚决斗过。

因为圣·考利亚说英国的国旗比美国的星条旗更像一面国旗。

"他俩的决斗结果是打成平手。从今以后，他俩再也不争执了，声称将尊重彼此的国旗。

"以下就是保罗的信函。"

亲爱的安妮老师：

老师，您说过，可以书写我们周围有趣的人物。以我认识的人来说，首推"岩岸的人们"最有趣。这一件事，我只对父亲和奶奶说过。但是我认为——老师既然那么理解我，告诉您也无妨。正因为有很多人不理解我，我就是对他们说，也等于在白费力气。

顾名思义，我的"岩岸的人们"就居住在海岸。除了冬天，每天到了日落黄昏时，我就会去拜访他们。那儿是一个绝妙的地方。我第一次接触的人是诺拉，因此，我特别喜欢她。诺拉居住在安德鲁斯湾，拥有一头黑发和一双黑亮的眼睛。她认识美人鱼和水中的精怪。有机会，我会把她说给我听的故事，说给大家听。

还有一对双胞胎水手。他俩并不居住在陆地上面，而老是坐在船里面。不过，有时他们也会走到海岸上面，跟我摆龙门阵。他俩都是愉快而开朗的人，看过这个世界所有的东西。安妮老师，您知道双胞胎中的弟弟发生了什么怪事吗？有一天，他划着小船到处游荡时，竟然进入了月儿的小径。所谓"月儿的小径"，是满月后海面上升时，在水上面形成的通道。弟弟顺着月儿的小径划动小船，不知不觉间，竟然来到了月的世界。月世界的外头有一扇镶金的门扉。弟弟打开了它，把船儿划了进去。弟弟在月世界里开始了种种冒险……不过要写出来的话，这封信将会很长，所以只好"忍痛割爱"啦！

海岸的岩石之屋里居住着一位"黄金美女"。她的金发长可及地，身上的衣服闪闪发光。她有一个黄金的竖琴，整天都在演奏歌曲……如果您想听天籁似的音乐，那您就到海岸侧耳倾听吧！不过对一般人来说，他们将把它当成吹过岩石间的风儿。关于黄金美女的事，我不曾说给诺拉听，因为我担心她会不高兴。

我通常在斑纹岩石的地方跟双胞胎水手见面。弟弟的气质比较好，哥哥有时会浮现出狰狞的表情，我觉得他一定有什么来路，搞不好他曾经当过海盗呢！有一天，他大声吆喝我。我的奶奶曾经告诉过我，别跟粗暴的人在一起。我就一五一十地对他说，或许我以后再也不能跟他见面啦！听了这句话，他慌张了起来，请求我原谅他。如果我肯原谅他的话，他就带我到夕阳那边一游。

第二天黄昏，我坐在斑纹岩石上时，哥哥水手划着一艘魔术船靠近我，叫我坐在里面。那艘小船犹如贝壳的内侧一般，全部由珍珠和彩虹做成，而且还扬起了月光一般的船帆呢！我俩就笔直地朝夕阳那儿划去。安妮·雪莉老师，您想想看，我就那样进入夕阳里面了呢！

夕阳那一个国家，恰如一座无边际的花园，开满了缤纷灿烂的花儿，花坛则由云雾形成。我俩进入金黄色的巨大港口，

在那儿登陆。原来那儿是一望无际的大牧场，开满了大量犹如
玫瑰的金莲花。我好像在那儿待了将近半年。但是哥哥水手说，
前后只不过两三分钟。

原来，在夕阳那个国家里，时间比我们这儿长多啦！

保罗·艾宾

再启：

当然啦，这封信里所描述的一切，皆非事实。

第十二章

十分难过的日子

这个倒霉的日子，实际上从前一晚就揭开了序幕。安妮由于牙疼，一夜辗转不能入眠。所以在寒冷而阴霾的早晨起来时，安妮感到人生充满了痛苦，了无生趣。

安妮板着一张脸到学校。她的面颊都肿了起来，脸上的肌肉一直在作痛。教室里既寒冷又烟雾弥漫，因为炉火不曾好好地燃烧起来。

孩子们一面打着哆嗦，一面紧靠在炉边。安妮以从未有过的尖锐叫声，把孩子们赶回各自的座位。安东尼·派尔以那种目中无人的表情，高昂着额头回到了他的位置，随后跟他的邻座交头接耳，再瞄一下安妮，然后咿咿笑起来。

安妮从来就不曾如此心神不宁，就连学生小小的交谈声，以及铅笔在纸上爬走的沙沙声，都叫她感到心烦不已。芭芭拉·萧拿着她的计算题目，想给安妮瞧瞧，想不到由于过度紧张，她绊倒了放煤炭的盒子。结果，煤块四面八方地到处乱滚，芭芭拉的石板跌得粉碎。当她爬起来时，脸上沾满了煤粉，成了黑脸猫，惹得男孩子咯咯大笑。

正在听二年级阅读的安妮，看看芭芭拉，用冷若冰霜的声音说："芭芭拉，你太差劲啦！如果非绊倒东西不能走路的话，你就乖乖坐在自己的位置上吧！那么大的女孩子啦，还那样冒失，你该感到惭愧才对！"

可怜的芭芭拉跌跌撞撞地走回自己的位置。她脸上的煤粉加上泪水，更塑造出一种恐怖的效果，男孩子们停止了笑，芭芭拉却哇的一声哭了出来。在这之前，自己最敬爱的老师，最温柔体贴的老师，始终不曾如此吆喝过她，正因为如此，她感到伤心欲绝。安妮也受到了良心的谴责，更显得焦躁不安。时到如今，二年级的学生仍然忘不了那时艰苦的算术演算，以及安妮板着脸的授业方式。

正当安妮叫二年级学生演算练习题时，圣·考利亚上气不接下气地奔了进来。

"圣·考利亚，你整整迟到三十分钟呢！你到底在干什么呢？"安妮从鼻孔里说出这些话。

"雪莉老师，我家今天要宴客。谁知女佣人克拉莉丝病了！所以我不得不帮妈妈做布丁呀！"圣·考利亚如此说时，男孩子哄然大笑了起来。

"快坐好！我要罚你做八十四页的六道算术题目。"安妮的口气让圣·考利亚吓了一大跳，但他还是乖乖地走到自己的座位上，取出了石板。接着，他偷偷地把一个小包递给通道那边的乔·史龙。

看到了这种情形的安妮，对那个小包下了一个错误的判断。

海勒的奶奶最近为了增加收入，制造出一种"核桃饼"出售。对小男孩来说，这种核桃饼具有无限的魅力。安妮为此还劳累了好几个星期。男孩上学时，只要手头上有几个钱就会去购买那种核桃饼，并悄悄带进学校里，不是在上课时间里吃，就是请同学们吃。安妮曾经恫吓孩子们说，再把核桃饼带来学校的话，立刻要加以没收。

现在，狠话才放出几天，圣·考利亚竟然堂而皇之地在安妮面前，把海勒奶奶用包装纸捆好的东西，交给了乔·史龙。

"乔！你把那一包东西拿过来！"安妮冷静地下了命令。

乔惊讶得瞪大了眼睛，不过，他不得不服从老师的命令。乔是一个胖嘟嘟的男孩，惊讶时，他的脸蛋就会变红，说起话来也会变得结结巴巴。

"快！把那玩意儿扔进火里！"安妮下了命令。

乔感到茫然。

"可是……可是……那是……老师……我……"

"不要拖泥带水！快按照我的话做！"

"可是……可是……老师……那是……"乔拼命想解释。

"乔，你不想按照我交代的去做吗？"

就算是比乔更大胆、更沉着的年轻人，看到了安妮此时恶狠狠的眼光，听到她凶巴巴的口气，也得害怕三分。因为现在的安妮，是孩子们不曾见过的崭新的安妮。

乔一面无可奈何地看看圣·考利亚，一面走近火炉，并张开了他那四方形的大嘴。在圣·考利亚跳起来大叫以前，他就把那一包东西抛进火炉，再如一只大虾子一般弹了回来。

就在那一刹那，教室里响起了类似地震和火山爆发的巨响，叫艾凡利小学的一伙人顿时陷入了恐惧的深渊。安妮认定为海勒奶奶的核桃饼的小包，原来包满了鞭炮和其他的烟火。那是威廉·史龙打算在那晚的庆生会上使用的东西，是他拜托圣·考利亚买来的。那些鞭炮发出很大的炸裂声，烟火则一面咻咻作响，一面疯狂地在教室里乱窜。安妮整个人颓然地坐进椅子里面，女孩子们发出了尖叫，跳到桌子上面。

乔好像变成了化石，呆呆地伫立于骚动的人群中间。圣·考利亚笑弯了腰，摇摆着身子，在通道里走来走去。

普莉莉昏了过去，亚妮达则歇斯底里地发作起来。好似经过了一个世纪之久，虽然事实上前后只有两三分钟，最后的烟火熄灭了。

安妮突然清醒过来，飞快地打开所有窗户，使教室里面的烟雾和火药味能够飘散出去。接着，她跟一些女孩子把昏倒的普莉莉抬到入口处的走廊。芭芭拉一心想帮忙，却不小心把半桶水泼到了普莉莉的脸上和肩膀上。

大约过了一个小时，四周才又恢复了日常的平静，但是学生们都感觉到——虽然经过了一场焰火的爆炸，老师却仍然不曾恢复平常的娴静。除了安东尼·派尔，始终不曾有一个人说话。

安妮也很清楚此时自己的脸色一定很臭。她也很清楚，今夜她将成为每一家人晚餐桌上的笑柄。然而，越是想到这点，她的内心越是沸腾起来。在情绪很平静时，她或许可以一笑置之，但是现在的她却办不到。于是，她仍然摆出傲然的态度，似乎完全无视这件事情。

午饭后，安妮再回到学校时，她发现孩子们仍旧如平常一般坐在各自的位置上，把脸蛋埋在课桌上面睡午觉，只有安东尼·派尔例外。他透过教科书偷看安妮的眼睛正闪动着好奇和轻蔑的眼神。安妮打开桌子的抽屉，想取粉笔。不料，一只生龙活虎的老鼠从中逃了出来，站在桌子上面待了一会儿，接着跳到地上跑开了。

安妮犹如看到一条蛇一般，尖叫了起来，赶忙跳开。安东尼则咯咯笑了起来。

接下来，课堂里面一片沉静，始终没有发出任何声响。亚妮达·贝尔考虑着是否应该再歇斯底里地发作一次。不过，老鼠已经不知跑到哪儿去了，以致亚妮达决定不再发作。既然老师还板着脸，始终红着一双眼睛，就算歇斯底里也起不了任何作用。

"是谁把老鼠放进我的桌子里面的？"安妮的声音虽然很低沉，却令保罗·艾宾的背脊感到一阵寒意。乔的目光与安妮的不期而遇，安妮一时认为那是他的责任，但是他仍然拼命地为自己辩护。

"老师，并不是我呀……老师，不是我……绝对不是我……"

安妮不再看可怜的乔，转而凝视安东尼·派尔。安东尼心虚地看着安妮。

"安东尼！是你吗？"

"是啊！不是我，又会是谁呢？"安东尼傲然地说。

安妮从桌子里面取出教鞭——那是一根很长的硬木鞭子。

"安东尼，你过来！"

这是安东尼从来不曾体味过的处罚。因为平时，纵然安妮的愤怒犹如烈火一般，也不可能残酷地体罚学生。这一次却是完全不同，鞭子牢牢地吃进了安东尼的皮肉，使得他再也神气不起来啦！他开始节节后退，眼睛里也流出了泪水。

到此，安妮非常自责，她放下了鞭子，叫安东尼回到他的座位。安妮面对着桌子坐下来，内心的羞耻感和后悔的念头澎湃着。一阵愤怒过后，她很想哇的一声哭出来。

往日，她自信满满地说的事情，竟然是这种结果……到底还是拿鞭子打了学生……如果琴恩知道的话，她一定会充满胜利感地笑出来！至于哈里森先生嘛……他虽然不会露骨地嘲笑，但是偷笑总是难免的。最叫安妮感到遗憾的一件事情，不外乎是——再也不能获得保罗的敬爱了。从今以后，保罗对安妮的好感，势将大打折扣。

那一天，安妮以超人式的定力，忍住了她的眼泪。一回到家，她就把自己关在房间里面，整个人伏在床上，把所有的羞耻、后悔都变成眼泪倾泻了出来。由于安妮哭得太久，玛莉娜很担心，于是进入房间，问安妮究竟怎么了。

"没什么，我只是良心受到苛责，"安妮抽泣着说，"今天是我最倒霉的日子。玛莉娜，我感到很羞耻！因为我在发火之余，拿鞭子打了安东尼·派尔。"

"你做得好极啦！"玛莉娜斩钉截铁地说，"你早就应该这样做啦！"

"玛莉娜，我非常后悔打了安东尼，我觉得自己好卑劣，再也没有勇气面对那些孩子啦……玛莉娜，您绝对想象不到我那时穷凶极恶的面目，尤其是忘不了保罗的眼神——他看起来好失望，那是一种惊骇至极的表情呢！啊！玛莉娜，我为了博得保罗的敬爱，一向都全力以赴……想不到一切都泡汤了。"

玛莉娜用她那消瘦的手，慈祥地抚摸着安妮光泽而散乱的头发。待安妮的抽泣转为平静以后，玛莉娜再以慈母般的口吻说："你这孩子，做事一向认真得可怕。安妮，任何人都会犯错……不过，绝大多数的人犯了过错以后，很快就把它忘掉了。而且所谓的倒霉这件事，任何人都会碰到……就算安东尼那孩子真的不喜欢你，那又有什么关系呢？你何必为此耿耿于怀呢？好歹只有他一个人而已。"

"玛莉娜，我不能不耿耿于怀呀！因为我希望他比谁都敬爱我。所以，他表示讨厌我时，我总是会感到非常悲哀。玛莉娜，您就听我慢慢道来吧！"

玛莉娜认真地倾听着。有时，她会慈祥地微笑一下，但是安妮并没有察觉到。

待安妮讲完时，玛莉娜说："好啦！什么都别去想啦！就像你时常说的，没有任何失败的明天就要来临了！你快下楼去吃晚餐吧！吃了我做的可口甜饼，你准可以振作起来。”

"再可口的饼也医不了疼痛的心呀！"安妮忧郁地说。但是玛莉娜认为安妮既然搬出了她的名句，那就表示她心情好转了。

晚餐桌上很热闹。双胞胎笑嘻嘻地坐在一起。玛莉娜拿手的李子馅饼嘛……德威一个人就吃了四个……看了这种情形，安妮产生了不少的勇气。那晚，她睡得很香甜。第二天醒来时，昨夜降下的瑞雪在晨曦里闪闪发光，仿佛把过去的失败、屈辱都扫除殆尽了！

> 早晨是一切的开始，
>
> 早晨的世界是崭新的……

安妮一边换衣服，一边哼着小曲儿。

因为下了雪，安妮必须绕过街道上学校。当她走出绿色屋顶之家的小径时，安东尼·派尔也拨开冰雪，往这边走过来。使安妮吓了一大跳的是——安东尼竟然取下他的帽子，向她行了一个礼，嘴里还说："雪莉老师，道路很不好走。我帮您拿书本吧！"

安妮把书本交给安东尼，不过一直怀疑自己在做梦。安东尼一直沉默地走到了学校，安妮去接她的书本时，对安东尼诚恳地一笑……并非往日对安东尼徒具形式的"亲切笑容"，而是突然萌生的"友善笑容"。安东尼也对安妮傻乎乎地一笑。这时安妮察觉到，她或许还未获得安东尼的敬爱，但至少已经获得了他的尊敬。

星期六来拜访的林顿夫人证明了安妮的猜测。她说："安妮，你真行！终于打败了安东尼·派尔。安东尼说，你虽然是女流之辈，但是伟大之处绝对不输须眉。他还说，你使鞭子的手法，绝对不输给男人。"

"可是，我并没有存心用鞭子叫安东尼就范呀！"安妮很悲伤地说，"这实在不是一件好事情。我要贯彻的理论——一直以亲切的态度对待人们——并没有错啊！"

"你的想法虽然没有错，但是对派尔一家人来说，任何规则都行不通。因为，那是不自爱的一家人嘛！"林顿夫人自信满满地说。

听到了安妮鞭打学生的消息，哈里森说："我早就料到了。"

琴恩则以胜利者的姿态说："安妮是自己在打自己的嘴巴呢！怎么，她认输了吧？"

第十三章

好棒的野餐

　　安妮准备到奥杰·史洛普家去，当她走到魔鬼森林的小河上的圆木桥时，碰到了走向绿色屋顶之家的黛安娜。于是，她俩就在妖精之泉旁坐了下来。小小的羊齿草打开了本来卷着的叶尖，使人联想到午睡刚醒过来的绿色鬈毛小妖精。

　　"我正想去邀请你呢，星期六，请来帮我庆祝生日吧！"

　　"生日？你的生日在三月呀？"

　　"那并不是我决定的，"安妮笑着说，"如果父母跟我商量的话，我的生日可能就不会在三月啦！当然啦！我非常乐意生于春季。跟五月的花儿一起来到这个世界，是一件很浪漫的事情。我总认为自己跟五月的花儿是小姐妹的关系。不过现实是我并非生于五月，正因为如此，我才想到要在百花缤纷时庆祝生日啊！星期六那天，普莉西拉会光临，琴恩也会回来。咱们四个女孩就到森林里，接近春天，快快乐乐地度过一天吧！咱们中的任何一个人，都不曾真正跟春天接触过。我个人认为在森林里迎接春天，比在任何地方迎接春天更为恰当呢！我喜欢到原野和人迹罕至的地方去探险。森林里面虽然被一些人的视线接触过，然而，仍然有很多被忽略的美妙角落啊！我们就到那儿探险、游乐，跟风儿、蓝天、太阳交朋友，然后，用心灵的船儿把春天载回来吧！"

"听起来似乎很诗意。"对于安妮言语的魔术，黛安娜仍然有一点儿担心，"不过，由于下过一连串的雨，森林里面相当泥泞呢！"

"那还不简单，穿橡皮鞋就得啦！"安妮说，"你星期六早晨过来，帮我做午餐吧！我准备带一些美味佳肴去……就是那些适合春天吃的东西。譬如小小的果冻糕、小饼干、牛油蛋糕等。对啦！还有三明治。不过'三明治'三个字不太诗意。"

星期六是很难得的野餐的日子。天空放晴，一片蔚蓝，微风徐来，阳光普照。带着芳香的春风，在牧场和果树园里徘徊。向阳的原野、暖和的小丘一片嫩绿，其间点缀着醒目的花儿。

就连一把年纪、感觉变得迟钝的哈里森先生，在田野间工作时，由于受到春天魔术般的感染，内心也多少沉醉了起来。他看到四个少女带着午餐篮子，行走在田园的尽头。从那儿开始，就有一条路通往长满桦树和枫树的森林地带。哈里森听到了少女们愉快的谈话声和爽朗的笑声。

"这种叫人神采飞扬的日子，就是一个颓废的人也会振奋起来的！"安妮用她特有的口吻说，"咱们就把今天当成黄金的日子吧！将来，我们可以时时回顾今天的事情，好让我们的喜悦更进一层。现在，咱们就去寻找所谓的'美'，除了它，再也不要看其他的东西了。走开吧！叫人感到颓废的不安心理！琴恩，你又在想昨天学校里的不如意事了吧？"

"咦？你怎么知道啊？"琴恩说。

"那还不简单，你把一切都写在脸上了啊……我也时常会显露出那种表情。不过，你可以把它赶出你的心灵呀！千万别让它折磨你到星期一。大伙儿瞧瞧那些紫罗兰！我们终于找到了记忆的美术馆了！我们可以把那些紫罗兰收藏在记忆的美术馆里面，这样到了八十岁时——如果能活到这个岁数的话——一旦我们闭起了眼睛，那些紫罗兰就会出现在眼前。它是在这一天里，上苍送给我们的第一件礼物。"

"如果说，人们在拥吻时，眼睛还能够看到东西的话，我认为它一定是紫罗兰。"

听了这句话，安妮的脸上充满了光彩。

"普莉西拉，我很高兴你能把想到的事情说出来，而不深藏在心坎里。如果每个人都肯把他想到的事情说出来的话，这个世界将更充满情趣……譬如，你现在所说的话就充满了情趣。"安妮眉飞色舞地说。

"可是，有些人会冷嘲热讽呢！"琴恩有些不以为然地说。

"或许真的这样吧！不过，那是由于那些人说出不堪入耳的话。总而言之，大伙儿最好把今天所想到的事情都说出来。因为在这样的日子里，我们总会想到美丽的东西！正因如此，每个人一旦想到了什么事情，立刻就可以把它说出来。这也正是所谓的'交谈'吧！啊，这儿竟然有条羊肠小道呢！过去我怎么从未发现啊！咱们过去瞧瞧！"

那条小径又蜿蜒又曲折，真是名副其实的小径，少女们只好排成一列走路。纵然是这样，枞树的枝丫还是抚摸着她们的脸蛋。枞树下面的小径覆盖着天鹅绒般的青苔，越往前走，树木群越矮小，越疏朗，地面上长着数不尽的各种草儿。

"哇！遍地都开满了象耳（秋海棠）！"黛安娜大叫起来，"它们太美啦！我要摘一些做花束。"

"为什么把如此优雅柔和的花儿称为'象耳'呢？实在太不适合啦！"普莉西拉说。

"那还不是因为第一个为它取名字的人，太缺乏想象力了。不然，就是想象力太丰富！"安妮说，"噢……大伙儿瞧瞧那个！"

安妮所谓的"那个"，是指森林里面的浅水池。她们走的那条小径旁有一块小小的空地，而池塘就在空地中央。看来，不久以后，它就会干涸殆尽，而将长出一大片茂密的羊齿草。不过目前，池水恰如圆盘子的水那般平静。同时，澄清犹如水晶，并且微微地在发光。

浅水池被年轻的桦树包围着，水边长满了小小的羊齿草。

"噢……真漂亮！"琴恩说。

"我们就客串森林的水妖精的角色，在小池周围跳舞吧！"安妮说罢，放下午餐盒，伸出了双手。

可惜，舞蹈不能圆满地进行。因为地面太滑了，琴恩的橡皮鞋都滑掉了。

"穿橡皮鞋的水妖精太缺乏诗意啦！"琴恩说。

"说得也是。那么，我们就为它取一个名字再走吧！"琴恩所说的话不无道理，因此，安妮也就让步了，"我们四个人各取一个名字，再抽签决定，采用哪一个。黛安娜，你要为它取什么名字呢？"

"白桦之池！"黛安娜不假思索地说。

"水晶之湖！"琴恩如是说。

站在黛安娜、琴恩两个人后面的安妮对普莉西拉使了一个眼色，暗示她别取一个陈腐的名字。

普莉西拉发挥了她的才华，取了一个别致的名字——闪动的菱镜！

安妮则取为"妖精之镜"！

四个少女在桦树的树皮上写下了她们的名字，再由琴恩把写着名字的树皮割成四片，放入安妮的帽子里面。普莉西拉闭起了眼睛，抽出了一小片树皮。

"啊！是'水晶之湖'呢！"琴恩得意地念出声来。于是，浅水池就变成了"水晶之湖"了。安妮认为这个称呼并不出众，但是她并没有把这种想法说出来。

离开浅水池以后，少女们拨开草丛前进了一小段路，抵达了赛拉斯·史龙的牧场。穿过牧场后，她们又发现了贯穿森林的小径入口，于是下定决心展开彻底的探险。这次探险，她们收获颇多，因为途中发生了一连串叫她们感到惊讶的事情。

首先，绕过史龙先生的牧场周边后，她们发现了一条盛开的樱花"隧道"。少女们摘掉了她们头上的帽子，把它们挂在手肘，并用白色蓬松的花儿装饰她们的头发。待小径折成直角以后，就进入了葱郁的中国桧的森林，少女们恰如在傍晚时摸索着行进。

"这儿住着森林的邪恶小鬼，"安妮柔声细语地说，"那些小鬼们心术不正，喜欢恶作剧，调皮又捣蛋，但是他们不会危害我们。因为在春天这个季节里，上天不允许他们捣蛋。你们瞧瞧！有些小鬼在扭曲的老枞树旁看着我们呢！你们察觉到了吗？刚才我们拐过弯时，一小撮小鬼坐在有斑点的毒菇上面交谈呢！凡是正派的妖精，无不住在向阳的地方。"

"如果真的有妖精就好了，"琴恩说，"假如能够使三个愿望实现的话，那该多好！就是一个愿望能够实现也不错啊！如果能够实现一个愿望的话，你们希望实现什么愿望呢？我个人希望有钱、漂亮聪慧。"

"我希望自己能够长得高挑一点。"黛安娜无限憧憬地说。

"我希望自己能够成名。"普莉西拉说。

安妮立刻想到了她的头发，但是，她很快就打消了这个无聊的念头，说："我希望一年四季都是春天。不仅是季节如此，希望大伙儿的心灵和生活也都如此。"

"噢……如此一来，人世不就变成天堂了吗？"普莉西拉说。

"我只希望人世跟天堂的一部分一样。至于其他的部分嘛……当然以拥有夏、秋、冬为宜。到了天堂以后，我仍然希望那儿有银色的雪原，以及白皑皑的寒霜。琴恩，你觉得呢？"

"这个嘛……我就不知道啦……"琴恩有一点儿迷惑地回答。琴恩是个善良的姑娘，希望自己能扮演称职的教师角色，至于别人教导她的事情，她几乎每件事情都相信，是一个很虔诚的基督教徒。但是对于所谓的"天堂"，她并没有什么概念。

"我的妹妹蜜妮曾经问过我，到了天堂，人们是否每天都能够穿着自己最好的衣服。"黛安娜说着笑了起来。

"那么，你告诉她，可以那样穿了？"

"我才没有那样说呢！我对她说，天堂里面的人，并不在意自己穿什么衣服。"

"我认为可以稍微考虑一下这个问题……"安妮很热心地说，"因为一个人到了天堂以后，将有很多思考的时间呀！因为在那儿，大伙儿能够永远活着，所以我在想……大伙儿很可能会穿自己最漂亮的衣服……以我个人来说，刚进入天堂的两三个世纪里，我希望能够穿粉红色的衣服……我也估计不出来，一直到我厌倦粉红色为止，必须耗费多少时间。我一向狂热地爱着粉红色，可是在这个人世里，我却穿不得……"安妮有一点儿忧郁地说。

穿过了中国桧的森林以后，小径延伸到阳光普照的空地。而贯穿过洼地的小河上面，则架着一座圆木桥。渡过了圆木桥，一片浴着阳光的桦树就展现在眼前。流动于那儿的大气就如黄金之酒般透明，树叶都是嫩绿色，森林的地面漏出了镶嵌模样的阳光。

走过这个地段后，前面是一大片的野生樱花，再过去是枞树群生的小山谷。

到了这个地方，小径变成了陡峭的上坡路，少女们喘着气很卖力地爬上去。不过，小丘顶端竟然是一片空地，四周景色优美，少女们惊讶不已！

遥远的前方是农场的田园，那儿有一条街道通到卡摩迪。其稍前方，有一个朝南打开的角落，三方都由桦树和枞树包围着。那个角落有一个庭园……过去很可能是一个庭园。如今，周围的石墙已经崩塌，院内也长满了杂草和青苔。东侧排着一列犹如顶着雪花的白樱。

往昔的小径依稀存在，中央处两排玫瑰丛，其余的地方则长着黄色与白色的水仙，此刻正在细嫩的草丛上面，在微风吹拂下盛开着。

"哇！真漂亮！"三个少女同时叫了起来。安妮则单独默默地眺望着这片好景色。

"那个地方怎会有这么漂亮的庭园呢？"普莉西拉惊讶地问。

"那一定是赫斯达·克雷的庭园。绝对错不了！"黛安娜说，"我的母亲曾经告诉过我，不过，我始终不曾见过。我以为那只是传说呢！想不到真的存在！安妮，你听说过吗？"

"没有。不过，这个名称我倒是很熟悉。"安妮回答道。

"啊……我是在坟场看到的。赫斯达被埋葬在那一棵白杨树的旁边。你见过附有门扉的茶色墓碑吧？那一块墓碑上刻着'赫斯达·克雷之墓，享年二十二岁'。乔丹·克雷被埋葬在赫斯达的旁边，但没有墓碑。玛莉娜没跟你说过这事情吗？实在叫人想不通。安妮，那已经是三十年以前的事情了，也许大家都忘记了。"

"或许是这样吧！如果有一段悱恻故事的话，你就说给大伙儿听听吧！"安妮说，"咱们都坐在水仙旁，听黛安娜慢慢道来吧！哇！这么多灿烂的花朵……下面还有美丽的景色呢！这一片庭园，好似同时被日光和月光照耀着一般。说真的，这真是一个大发现呢！我们居住的地方距离这儿不到一里，整整六年，我竟然毫无所知。黛安娜，你就快说吧！"

"很久以前，"黛安娜开始娓娓道来，"这一片农场是大卫·克雷爷爷的财产。不过，克雷爷爷并不住在农场……他住在现在赛拉斯·史龙的地方。他有一个名叫乔丹的儿子。有一年的冬天，乔丹到波士顿工作。他就在那儿认识了一个名叫赫斯达·玛莉的姑娘。

"玛莉在一家店铺里工作，但她非常厌恶那份工作。她生长在朴实的农村，所以一直都想回去。乔丹向她求婚时，她表示，只要乔丹肯带她到一个静谧的地方，一个只要有树木和原野而没有人的地方，她就愿意嫁给他。

"于是，乔丹就把赫斯达·玛莉带到了艾凡利。

"林顿伯母说，乔丹胆敢跟美国北佬结婚，简直是吃了熊心豹子胆！赫斯达·玛莉很柔弱，几乎无法做任何家务，不过，她长得很漂亮，性情又柔和。我的母亲说，乔丹对玛莉崇拜得五体投地呢！

"大卫爷爷把这一片农场送给了乔丹，乔丹就在农场里盖了一栋屋子，一对小夫妻在那儿住了四个寒暑。玛莉很少出门，而到她家拜访的人只有林顿伯母，以及我的母亲。乔丹为玛莉开辟了这个庭园，种花植树，弄得美轮美奂，叫玛莉喜欢得不得了。因此她整天都在庭园里生活。

"赫斯达·玛莉不擅长做家务，却善于种花栽草。俗话说'天有不测风云，人有旦夕祸福'，玛莉病了。我母亲说，玛莉在来到艾凡利以前，很可能已经得了肺病。玛莉虽然并不整天躺在床上，但是身体越来越孱弱。乔丹不放心别人照顾玛莉，便亲自安排每一件事。

"我母亲说，乔丹做事很细心，思考细密，而且温柔有如女性。

"乔丹每天都把玛莉抱到庭园看花草。玛莉躺在庭园的长椅子上面，显得很开心。有人说，玛莉每天早晚都叫乔丹跪在她的身边，跟她一起祷告，但愿她能够死在美丽的庭园。结果呢？他俩的祷告灵验了。

"有一天，乔丹把赫斯达·玛莉抱到庭园的长椅子上，让她躺了下来，再把园子里绽开的玫瑰摘下来，放在玛莉的身上。玛莉看着乔丹莞尔一笑……缓慢地闭上了眼睛……就这样踏上了不归之路……"黛安娜一口气把真实的故事说完了。

"啊……好缠绵的一则爱情故事。"安妮幽幽地叹一口气，擦了眼泪。

"乔丹后来怎么样了？"普莉西拉问。

"赫斯达·玛莉死后，乔丹卖掉了农场，去了波士顿。杰

贝·史龙先生买下了那一片农场，又把那一栋小屋拖到了街道
旁。十年后，乔丹过世，遗体被送回故乡，葬在了赫斯达·玛
莉的旁边。"

"赫斯达·玛莉为什么会放弃一切，到这种地方隐居起来，
我实在不懂。"琴恩说。

"我却懂得，"安妮若有所思地说，"如果是我的话，我可能
也会那样做。我虽然爱森林、原野，但是，我也爱着人类和动
物。不过，我也理解赫斯达·玛莉要那样做的心情。那种大城
市的噪音，那一大群冷漠的男女，一直在她的眼前晃来晃去。
他们自私，对别人丝毫不关心。难怪玛莉想逃到没有人迹、静
谧而有浓荫的地方休息。所幸，玛莉达成了她的愿望。死之前，
她度过了一段仿佛诗歌的美丽岁月，所以我认为人们对她的羡
慕可能多于对她的同情。在最爱的人保护之下闭上眼睛，在一
堆玫瑰花之下，进入永眠之境……啊！实在太美了！"

"瞧！那边的樱花树是赫斯达种植的，"黛安娜说，"她生前
曾经对我母亲说过，她虽然不能活到能吃到樱桃的时候，但是
想到自己种植的花树能够在身后引领风骚，她就心满意足了。"

"来到这儿真好！"安妮闪动着她的灰色眼睛说，"今天是
我自选的生日。有关于这个庭园的故事，正是我生日的最好礼
物。黛安娜，你母亲告诉你赫斯达的长相了吗？"

"没有……我母亲只说她长得很美。"

"这样也好。如此一来，不必受到眼、鼻等形状的干扰，我
就可以自由自在地想象她的长相。我想……赫斯达很可能长得

娇小，体态玲珑，一头漆黑的卷曲秀发，一双柔和略带胆怯的茶色大眼，一张笼罩着淡淡哀愁的苍白色脸蛋……"

少女们把午餐盒放在赫斯达的庭园里，又到附近的森林、原野徜徉，发现了更多别人所不知的美丽地方，以及蜿蜒曲折的小径。

少女们感到饥肠辘辘时，便并肩坐在庭园最美的地方——陡坡下，小河潺潺地流动，翅膀似的草丛中间，长着幼嫩的白桦树，打开了午餐盒。她们坐在树根旁，吃着安妮所做的可口午餐。新鲜的空气，加上刺激性十足的探险，她们的食欲大增，就连不怎么富于诗意的三明治也颇受欢迎。

安妮为她的同伴带来了杯子和柠檬水，但是她自己则用桦树皮做成的杯子，掏取小河之水饮用。小河的流水由于积雪融化不久，难免带着一些泥臭味，但是安妮认为此刻饮用它，比饮用柠檬水更合适。

"你们看到那些诗歌了吗？"安妮突然如此问。

"在哪儿？"琴恩与黛安娜以为桦树干上刻着古代文字的诗歌，所以睁大了眼睛。

"喏！就在那儿！在河底。就如用梳子梳理过一般，鼓起小波浪流动的水底，不是有一截长着青苔的圆木吗？一缕太阳光不是照耀在河床的圆木上面吗？啊！那么美的诗歌，我还是第一次看到呢！"安妮感性十足地说。

"那是一幅图画呀！"琴恩说，"诗歌，应该是用文字表现的东西啊！"

"不见得吧！"安妮自信满满地摇摇她戴着山樱花冠的头说，"文字书写只不过是诗歌的外套。就像你衣服上面的绉边和衣褶一般。琴恩，真正的诗歌是指诗文里面的灵魂……那些被描绘出的'美'是诗歌的灵魂。所谓的灵魂，肉眼并不一定能看见……诗歌的灵魂也是如此。"

"你所说的灵魂……是否指人类的灵魂？"普莉西拉做梦似的说。

"是啊！"安妮指着从桦树之间漏出的一缕太阳光说，"只是，他们不具有所谓肉体的形状。我认为所谓的灵魂是由光体形成的。而且这种光体带着玫瑰色的斑点，并且会闪闪发光……还会放出海上月光似的柔和光线呢……也有一些灵魂像早晨的雾霭一般带着青白色。"

"我记得某一本书提起过，灵魂就如花儿一般。"普莉西拉说。

"那么说来，你的灵魂是金黄色的水仙喽？"安妮说，"黛安娜的灵魂是红色的玫瑰。琴恩是苹果花，粉红、健全而优雅的花儿。"

"如此说来，你安妮的灵魂是白色的三色堇，花苞部分有着紫色的条纹。"普莉西拉如此做了结论。

琴恩对黛安娜耳语说："她俩在胡扯些什么啊？我完全听不懂。"

四个少女把摘自赫斯达庭园的水仙花，装满了竹篮子，沐浴着宁静的金黄色夕阳，踏上了归途。吟游诗人一般的知更鸟，在枞树林中啾啾叫着，池沼的青蛙也在歌唱。山丘间的浅水池

发出了红宝石一般的光芒。

"今天来到这里，实在太好啦！"黛安娜说。出门时，她可不这么想呢！

"今天的确是一个黄金般的日子。"普莉西拉说。

"我也喜欢森林！我太喜欢森林啦！"琴恩说。

安妮默默地眺望西边的天空，心里想着娇美而纤弱的赫斯达·玛莉。

第二天，安妮悄悄地走到荒园，把那一束白水仙花插在赫斯达·玛莉的坟前。

第十四章

神的帮助

某个星期五的黄昏，安妮在从邮局回家的途中，碰到了林顿夫人。林顿夫人就跟往常一般，把教会与国家的苦难扛了起来。

她对安妮说："刚才，我去过帝摩西·考顿那儿，问他是否能让爱丽丝·刘易斯来帮我干两三天的活儿。上周，我已经为这件事求过他了。爱丽丝虽然做起事来慢吞吞的，手脚又不利落，但是总比没有人帮忙好得多啦！想不到，帝摩西还是不肯让她来。他呀，坐在那儿咳个不停咧！十年来帝摩西像风中残烛，好几次差点就没了命，看来他的命还挺大的，依我看哪，再挺个十年大概也不成问题！像他那种人哪！就是死了也有一连串的问题呢！帝摩西那一家人太窝囊啦！以后将变得如何？我也不敢预料，恐怕只有万能的神才晓得！"

接着，她叹了一口气，又对安妮说："星期二，玛莉娜不是去做过眼睛的检查吗？医生怎么说呢？"

安妮眉飞色舞地回答："医生很高兴地说，玛莉娜的眼睛已

经好了很多。现在已经不必担心会失明了。不过，他仍然叮嘱玛莉娜别看太多的书，更不宜从事很细微的手艺活。林顿伯母，您的义卖会进行得如何啦？"

教会的妇女举行义卖会，准备举办一个晚餐会，林顿夫人带领的娘子军非常活跃。

"进行得相当不错呢！说到晚餐，我倒想起了一件事情。一位牧师太太提议，盖一间像旧式的厨房一般隔间式的餐馆，在晚餐时间提供炒豆、甜甜圈和馅饼之类。咱们就是为了这个，正到处张罗古意盎然的道具呢！"

"赛门·弗雷杰答应提供他母亲编织的地毯，利威·波尔达愿意把古意盎然的瓷器借给我们，玛莉·萧则愿意提供附有玻璃门的餐具橱。我想玛莉娜也肯把黄铜烛台借给咱们吧？除此以外，古意盎然的盘子嘛，当然是多多益善。不过牧师太太说过，最好有一个精致的银盘子应景。可是我一直想不起来谁拥有精致的银盘子……"

"啊！我想起来啦！黛安娜的姑妈约瑟芬女士拥有一个。我写信问问她，或许能借到也不一定。"

"如果能借到的话，那是最好了。这个晚餐会两星期后就要召开。艾普·安多鲁爷爷说那时会刮台风，我想，到时一定会恰好相反，来一个大晴天。"

这位艾普爷爷虽然自许为预言者，但是在他的故乡，他并没有受到人们的尊重。因为他的天气预报简直一次也不准。大伙儿都把他当成老宝贝看待。爱利夏·莱特说，在艾凡利这个地方，根本就没有人想看《夏洛镇日报》，尤其是不屑于看天气预报栏，人们都问艾普爷爷明天的天气如何，然后，再期待着跟他的回答相反的天气。虽然人们如此捉弄他，但他仍然乐此不疲，不停地在预测天气。

"她们都想在选举以前结束义卖会。因为如此一来，候选人一定会来这儿花很多的钱。尤其是保守党一直在收买人心，自然会在这方面花很多钱。我想，即使只有一次也行，给他们一个正当的地方耗费金钱，总是一件很不错的事情。"

由于马修的关系，安妮一向热烈地支持保守党。不过，她始终不曾说过一句话。她很清楚，只要自己说出一句话，林顿夫人就会滔滔不绝地展开政治演讲。

安妮手里拿着一封寄给玛莉娜的信函，信封上盖着哥伦比亚的邮戳。

回到家以后，安妮很兴奋地说："一定是德威的舅舅寄来的！噢……玛莉娜，不知他说了些什么？"

"你把它打开，不就知道啦？"玛莉娜若无其事地说。

其实，玛莉娜的内心也甚感兴奋，但是，她努力克制着。

安妮打开了信封，看了那一封文词写得有些不通的信。

"德威舅舅说，明年春天他没法接养双胞胎，因为整个冬季他都躺在病床上，只好把婚期延后。他希望咱们能把双胞胎代养到明年秋天，到时他就会来接他们。他写这封信的目的就是要征求咱们的同意呢！玛莉娜，你会把双胞胎留下来的吧？"

"那还用说吗？"玛莉娜的脸上很平静，但是内心却如放下担子一般，"不管怎么说，那一对孩子比以前乖巧多了，不必叫我费很大的心。或许我俩已经习惯了吧？我总觉得德威乖巧多啦！"

"是啊，他比以前更懂得礼节啦！"

前一天晚上，安妮从学校回来时，玛莉娜正在出席妇女会，多拉在厨房的安乐椅上面睡觉。至于德威呢？他竟然跑到客厅的壁橱里面，有滋有味地舔着玛莉娜的糖腌李子。玛莉娜曾经告诉德威，那些东西是"宾客们的果酱"，不能随便动。于是，当安妮扑向德威，犹如老鹰抓小鸡一般把他逮到时，德威感到害羞异常。

"德威！你难道不晓得那些果酱不能吃吗？玛莉娜阿姨不是一再交代，那个壁橱里面的东西不能碰吗？"

"嗯……我知道我不能这样做。但是李子果酱太好吃了，我只是稍微看它几眼，因为抵挡不了美味的诱惑，所以想用手指沾一些来舔舔……"听了这种说法，安妮摇了摇头。德威又说："本来，我只是了无痕迹地用手指沾了一些，但是它实在好吃得要命……所以嘛……我就一不做二不休，干脆拿一把汤匙来，吃个痛快。"

为此，安妮严肃地教训起了德威。德威这个小不点儿，受不了良心的谴责，给安妮一个亲热的吻，再答应安妮，绝对不再做那种事。

"无所谓啦！天堂一定有很多吃不完的果酱。"德威好像很心安的样子。

安妮强忍住笑意说："或许有吧！凡是我们所需要的东西，

天堂里可能应有尽有。可是，你为什么会那样想啊？"

"因为问答里面就有呀！"

"才不呢，教会的回答里面根本就没有写这件事情！"

"有啦！就有一节说及神制造果酱的地方！"德威坚持道，"上星期天，玛莉娜阿姨教我的问答里面，就有这么一节——'我们为何非爱神不可呢？'关于这个问题，答案就是：'因为神制造'Preserve'（具有保护和蜜饯等腌制食物之意），帮我们的忙啊！'Preserve是砂糖腌制的食物，果酱也属于砂糖腌制的食物。《圣经》不称它为果酱，而称之为Preserve呢！"

"我去喝一些水，你等着我。"安妮从那种场面撤退。

再度回到德威身边时，安妮对德威说，问答里面的"Preserve"并非指砂糖腌制的食物，而是指保护。但是为了使德威理解这句话的含义，安妮费了好一阵子的口舌。

"这也难怪。正如赞美歌所说的，天堂那地方每天都是安息日，神当然就没有时间制造果酱啦！安妮姐姐，我真不想去天堂。为什么天堂里只有星期天，而没有星期六呀？"

"谁说的呀？天堂里不仅有星期六，更有其他美好的日子呢！而且天堂里的日子一天比一天更美好，例如今天比昨天好，明天将比今天更好……"安妮如此说着，庆幸玛莉娜不在当场。否则的话，她一定会骂安妮乱说！

玛莉娜对双胞胎实施古典式的宗教教育，正因为如此，她完全排斥个人幻想式的臆测。对于多拉跟德威，她每个周日都实施宗教教育，赞美歌、教理问答，以及《圣经》各教授两章。

多拉很温顺地背诵，甚至她的理解与趣味的程度，也跟一般机械相差不远。

德威则刚刚相反，他屡次表现出鲜活的好奇心，屡次问玛莉娜叫她发抖的荒谬问题。

"杰斯达·史龙说，天堂里的人什么事也不做，成天只穿着自己的衣服晃来晃去，最多只是弹奏竖琴。所以他表示非到爷爷级的年龄，不然他绝对不想去天堂。而且对于天堂里的男子穿女人的长袍衣服一般的事儿，他表示深恶痛绝。就连我也感到恶心透啦！"

"安妮姐姐，男天使为什么不能穿长裤呢？这类事情，杰斯达·史龙知道很多。他家的人希望他当一名牧师。他的奶奶早就准备好了一笔钱供他上大学，如果他不想上大学的话，他就得不到那笔钱啦！

"他的奶奶很希望家里出一名牧师般的伟大人物，但是杰斯达在内心里却很憧憬打铁匠的生活。他说既然已经没有选择的余地，只能当一名牧师，那就只好在成为牧师以前，把自己感兴趣的事情全部搞定。因为，有朝一日当了牧师，那就再也不可能做那些自己感到有趣的事啦！换成是我，我才不搞那些讨厌的牧师玩意咧！我要像布雷亚老爹一般，在店里面摆放一大堆糖果和香蕉，当一名风风光光的老板。如果吹奏口琴能够替代拨弄竖琴的话，我倒想到姐姐所说的天堂走走。安妮姐姐，到天堂时，他们允许我吹口琴吗？"

"他们当然会允许，只要你一心想吹口琴的话。"安妮也只能如此回答了。

那一夜，在哈蒙·安德鲁家召开了改善会的座谈，因为要讨论重要的事件，全体会员都被邀参加。此时，改善会正处于最盛的状态，而且已经做出了很辉煌的成绩。远在早春时，梅杰·史宾塞就实现了他的诺言，在自己农场面临街道的部分，铲除了一部分的残株，使树木的配合显得均匀，再沿着街道撒播些矮草的种子。继而十多家的人为了表示不落后，也纷纷开始仿效。也有一部分改善会会员，力劝自己的家族向梅杰看齐。结果呢？本来杂草丛生的不洁场所，变成了一片如天鹅绒般矮草覆盖的地带。

就连十字路的三角地带也整了地皮，完成了撒播种子的工作，安妮的天竺葵花坛也在草坪的中央欣欣向荣，且没有牛儿践踏。

一切进行得非常顺利，改善会的会员感到心满意足。在这种欢欣鼓舞的气氛里，只有波尔多例外。改善会的会员们虽然慎重地选出了几个委员跟波尔多交涉，但是他拒绝了拆掉菜园中的废屋的要求。

在这一个晚上，改善会的会员恳求学校的负责人，在校园的四周建立围墙。如果改善会的资金足够的话，打算在教会旁种植几株装饰用的树木。

改善会的会员集合在安德鲁家的客厅以后，琴恩站了起来。当她准备指定几名委员，负责寻找那些树木，以及打听价钱时，打扮得花花绿绿的卡蒂芭，装模作样地走了进来。卡蒂芭老是改不了迟到的恶习。关于这一点，坏心眼儿的人们都说，她无非是想有效地展现浑身的装扮罢了。的确，卡蒂芭进来时，她的姿态非常引人注目。她恰如舞台上的演员，闯到房间的中央，再迅速停下脚步，高举两手，骨碌着眼睛，然后嚷叫起来："不得了啦！刚才我听到了一个惊天动地的消息！你们猜猜看，到底是什么消息呢？原来，那个铜臭味熏人的杰多逊·帕克把农场沿着街道的围墙，全部租给制药公司，当成一面广告墙咧！"

自出生以来，卡蒂芭第一次很成功地达到了哗众取宠的目的。

"那不可能是真的吧？"安妮茫然地问。

"我刚刚听到这个消息时，也是这样说的呀！"卡蒂芭似乎唯恐天下不乱，乐陶陶地说，"一开始，我也认为杰多逊·帕克不会做得这么绝。不过，我的父亲昨天问了杰多逊，他竟然说那完全是真的！"

"你们想想看！杰多逊的农场面临新桥的街道。如果沿着那条道路乱七八糟地贴上药丸、膏药之类的广告，那……街道的美观将荡然无存啦！你们懂得我的意思吗？"

不用说，改善委员们都很透彻地明白这一点。即使是最缺乏想象力的人，也可以料想得到，长达半里的围墙一旦被贴上花花绿绿的广告以后，将变成何种模样。到了这种地步，再也没有人去担心教会的树木啦！更没有人去谈及学校的地皮，甚至所谓的议事规则都飞到九霄云外了。安妮没有心思写议事录。因为每个人都争先恐后地想发表意见，会场变得一片混乱。

"好啦！大伙儿镇静一些吧！"安妮的嘴里虽如此说，然而，她却是最激动的一个人，"事到如今，咱们只好来研讨一下，如何才能够使杰多逊·帕克先生改变主意。"

"就是天上的神仙也无法叫杰多逊改变主意！"琴恩嚷叫了起来，"杰多逊的为人，又有谁不知道呢？只要有钱可赚，他什么事情都干得出来。对于什么公德心，什么美的观念，他根本就懒得去理睬呢！"

看起来形势甚为不妙！杰多逊·帕克的妹妹玛莎在艾凡利根本就没有亲戚，就是想拜托亲戚说服他俩，也无从下手。玛莎·帕克则是一个芳龄已高的女人，对年轻人想做的什么改善会，她根本就不屑一顾，同时对改善会的委员也没有好感。

杰多逊外表爽朗，一张嘴巴很会说话，说起话来小心翼翼，对待人也蛮客气的，却没有知心朋友。或许，这是太会做生意的缘故吧？一向很善于捞钱的人，普遍受不到世人的青睐。杰多逊在一般人的印象里，是"太精明的人"，以及"不太值得信赖的家伙"！

"杰多逊这个精明鬼，就是只有一便士的赚头，他也会牢牢抓住呢！"弗雷德·莱特补充了一句。

"难道没有一个人能够说服杰多逊？"安妮虽然感到很绝望，但是仍然如此问。

"我要去白沙镇的路易斯·史宾塞家。或许，我可以请求路易斯说服杰多逊。"凯莉·史龙说。

不过，吉鲁伯特表示反对。他说："路易斯压根儿就不行！我太清楚他的为人了。他才不管什么村庄改善会呢！他的眼里只有金钱。如果你告诉他的话，他非但不会阻止杰多逊，搞不好反而会鼓励他呢！"

"事到如今，只好使出杀手锏啦！咱们就选几个委员，到杰多逊家表示抗议！"朱莉亚说，"委员必须是女性才行，如果是男性的话，对方是不会好好接待他的……不过，我不想去，所以不要指定我。""最好派安妮单独去，我相信安妮能够说服杰多逊先生。"奥利弗·史龙说。

听了这句话，安妮站起来抗辩。她说，她答应前往杰多逊家，跟对方谈谈，但是必须有其他人跟她一起前往，当她精神方面的支持者。于是，黛安娜跟琴恩被指名陪同。

这以后，改善会的委员恰如发怒的蜂儿一般，非常愤慨，哇啦哇啦大嚷着离去。安妮由于过度忧心，那一夜久久不能入睡。到了天色快发白时，她才进入似睡非睡之境。那时她做了一个古怪的梦。在梦境里，学校的理事们在学校四周建了围墙，并且贴上了药厂的广告——请试试紫色药丸！

第二天午后，改善会的委员们本来打算到杰多逊那儿抗议。安妮为了制止他们冲动的举止，费了好一番唇舌才说服了他们。接着，安妮在黛安娜和琴恩的陪伴下，浩浩荡荡地来到杰多逊家里。

杰多逊一开始用一些虚言假词敷衍她们，说是他实在很难拒绝漂亮小姐们的恳求，不过生意就是生意，在这一方面，他可不能被人情击垮。

"不过，我可以做一些让步，"杰多逊浑圆的眼睛浮现出为难的表情说，"我会要求制药厂尽量使用漂亮的色彩！譬如红色与黄色。不管在什么情况下，都不准他们用冷冷淡淡的'蓝色'。"

"咱们已经尽力啦！剩下来的，只好交给万能的神去安排了……"琴恩不知不觉模仿了林顿夫人的口气和举止。

"亚兰牧师有办法吗？"黛安娜问。安妮却摇摇头。

"麻烦亚兰牧师也是徒然的，"安妮说，"尤其是他的婴儿正在生病呢！就算他专程跑一趟，杰多逊如若还是用对我们一般的口气跟他谈，他还是会一筹莫展。"

"真是千古怪事！竟然有人出租自己的围墙呢！找遍艾凡利，可能只有杰多逊一个人了！"琴恩愤慨地说，"罗伦·怀特跟利威·保尔虽然也属于坏胚子，但也绝对不会做出这种事情。因为他俩毕竟还会担心引起共愤。"

这件事情蔓延开去以后，一般的舆论的确对杰多逊非常不利。不过事态仍然没有好转。杰多逊很得意地在窃笑，以为别人拿他毫无办法。改善会的委员只好作罢，等待着新桥街道最美丽的一段，遭受到广告的污染。

万万令人意想不到，在后一次改善会委员集会时，安妮慢吞吞地站起来报告说，杰多逊取消了把围墙租给制药厂的计划。

听到了这个消息，不仅黛安娜与琴恩，就连其他的改善会委员也瞠目结舌，惊讶得一时说不出话来。

原来，在前一天的黄昏，安妮拜访完保罗的奶奶回家时，抄了近路，沿着海岸的荒野，穿过了罗伯·狄克森家下面的桦树林。走过了那一条小径后，再从闪耀的湖泊上方，进入乡间大道。

在进入小径的街道尽头，两个男人勒住了马，一块儿坐在马车里面休息。其中一个人就是杰多逊·帕克，另外一个人是住在新桥的杰利·寇考兰。林顿夫人形容这位先生说，他只能在黑夜里出没，见不得太阳光。这位先生经营了一家农业器具贩卖的代理店，不过在政治方面也颇为闻名。有关政治方面的各种策划，他都会插一手。眼看加拿大的大选就快到了，这几个星期以来，为了造成对他党派候选人的有利局面，他频频在各处活动。

安妮在低垂的桦树枝头下听到寇考兰说："杰多逊，如果你投了艾斯巴利的票，我就把今天你买两把耙子的支票还给你，你以为如何？"

"好啊，你既然这么说，我哪有不答应的道理呢？其实，这种交易挺不错嘛！"杰多逊说罢，皮笑肉不笑地说，"在这种日子并不太好过的时势下，每个人都得为自己找到赚钱的门路呀！"

就在这个节骨眼上，他俩发现了安妮，赶紧闭上了嘴巴。安妮抬了抬下巴，有点蔑视地瞧了瞧杰多逊，便走了过去。

不久以后，杰多逊追上了安妮说："安妮，上马车吧！我送你回家。"

"不必啦！谢谢你的好意。"安妮从牙缝中说出这句话。

虽然杰多逊·帕克的良心已经麻痹，然而，他仍然有一种被刺痛的感觉。他的脸蛋涨红了，用力地拉了一下缰绳，再小心翼翼地停了马车，不安地看着安妮。安妮懒得瞧他一眼，自顾自走路。

想必安妮已经听到了杰利·寇考兰对我说的话喽？我回答

寇考兰的话儿，她想必也听到啦？杰利这个畜生！为什么说话总是那么不小心呢？如此下去的话，有一天他必定会吃亏的！而且这红发女孩，还是个老师啊，真是天晓得！她为什么会神出鬼没似的从森林中跳出来呢？如果安妮果真听到了我们的谈话的话……杰多逊想，她一定会把这件事情散布出去。通常情形下，杰多逊并不在乎一般人的意见，但是接受贿赂这种事情，绝对不能传扬出去。如果这件事情进入了爱沙克·史宾塞的耳朵的话，他就不能跟富农的女儿——露依莎结婚了。杰多逊·帕克很清楚史宾塞对他的印象并不好。所以，他要尽可能避免危险的行为。

"嗯……安妮，之前我就想找你。我考虑再三以后，决定绝对不把我的围墙租给制药厂。像你们搞的那种改善会，非常有意思，应该好好奖励。"

安妮的内心稍稍开朗些，说："谢谢你的夸奖。"

"对啦！我刚才……我刚才跟杰利谈的话，你千万别跟别人提起呀！"

"你放心！我绝对不会跟任何人提起！"安妮很冷漠地说。

她心想，如果必须跟出卖自己投票权的卑劣男子交易的话，她宁愿艾凡利街头的所有墙壁，都被贴上密密麻麻的药品广告。

"那就好……那就好……"杰多逊以为安妮向他妥协了，便说，"我也认为你不是个多嘴的姑娘。其实，我只是在敷衍杰利。那个家伙是自恋狂呢！他满以为自己的尊容跟智慧都是天下第一。我嘛……才不会投艾斯巴利的票呢！我打算把我那神圣的一票投给克兰多——只要选举完毕，就不难分晓。我只不过在试试杰利会说出什么话儿罢了。关于'围墙'的事情就这样决定了。你就去向改善会的人公布吧！"

"唉……这个世界啊，什么样儿的人都有！而且里面有不少多余的人哪！"那一夜，安妮对着自己房间里的镜子自言自语，"那一件丢人的事情，我才不会对任何人谈起呢！正因为如此，我的良心也不会受到苛责。不过，我应该感谢谁呢？对于这件事情，我并没有什么贡献呀！会不会是万能的神，利用两个无耻之徒的政治交易，帮了我安妮的忙呢？"

第十五章

暑 假

一个静谧的黄昏，安妮在校舍上了锁。风儿对运动场周围的针枞树柔声细语，接着依依不舍地刮过去。针枞树长长的黑影子，一直伸到森林的边缘，仿佛是向着风儿在招手。安妮舒了一口气，把钥匙放入口袋里面。一个学年业已结束，而明年的教书契约也已经签好。安妮收到很多称赞的言词——只有哈蒙·安德鲁氏提醒安妮，必须不断使用皮鞭。

如今，漫长的两个月假期正向着安妮招手。安妮手提着花篮走下小丘，感觉到全世界正逐渐跟她融为一体。

自从山楂子开得满山遍野后，安妮每星期都要上马修的坟一次。艾凡利这个地方，除了安妮与玛莉娜，大家都把内向而不显眼的马修给忘了。但是对安妮来说，马修仍然活在她的心中，她对马修的记忆永不会忘却，直到永远……永远……安妮的童年时代过得非常凄惨，一直缺乏爱与亲情。所以对第一个向她表现同情爱怜的马修，一直感到难以忘怀。

山麓的针枞树荫里，一个少年坐在围栅上面——看他的眼神就不难知道，他正在做着又大又美的绮梦。他的脸蛋小巧而精美，显示出了他是个敏感的少年。一看到安妮，他马上跳下木栅，微笑着走到安妮的身边。仔细一瞧，他的面颊上还有泪痕呢。

"我正在等您呢！雪莉老师。我知道老师会来坟场。"少年说罢，悄悄地把他的手举到安妮的面前，又说："我也要到坟场——奶奶叫我把这个天竺葵的花束，供在爷爷的坟头。雪莉老师您瞧瞧，这些白玫瑰是我要送给母亲的。我想把它们供在爷爷的坟旁——因为我不能到母亲的坟上。母亲能够体会到我的心意吗？"

"保罗，你的母亲当然能够体会到你的心意……"

"雪莉老师，到今天为止，我母亲已经去世三年了。这好像是一段十分漫长的岁月，然而，我还是悲凄欲绝——我好想看看母亲。有时，因为哀痛和思念之心交加，我简直要肝肠寸断了……"保罗的声音变得沙哑，嘴唇在颤抖。

他垂下眼睛去看白玫瑰，希望安妮不曾看到他眼眶里噙着的泪水。

安妮娴静而温柔地安慰着保罗。

"雪莉老师，我实在不喜欢悲苦着一张脸。别的事情我都能够轻易地遗忘，但是唯独对于母亲永难忘怀。老师，您认为是不是这样？"

"嗯……你说得很对。"安妮说。

"雪莉老师，您很理解我，但是别人根本就不理解我！就连最疼爱我的奶奶也不理解我。我的父亲虽然也理解我，可是，关于母亲的琐事我不能跟他说太多，因为那样会叫父亲痛不欲生。每当父亲用他的双手把脸遮起来时，我就知道非停止不可了。可怜的父亲，我不在他身边时，他一定会感到非常寂寞。父亲因为工作的关系，在家里的时间很少。除了母亲，就是奶奶对我照顾最多了。等我长大以后，我要回到父亲那儿，永远不离开他。"

保罗一直在谈他父母亲的事，安妮突然产生了一种错觉，觉得自己好似很久以前就认识了保罗的父母。安妮私自认为，保罗的气质、性格跟他的母亲完全一致。时至今日，安妮才明白，保罗的父亲——史蒂夫·艾宾的外表很冷静而沉默，但是骨子里却是个感情很细腻的人。

"我的父亲是一个叫人难以理解的人呢！"安妮记得保罗曾经对她说，"一直到母亲过世以后，我才理解了父亲的为人。他实在是一个很完美的人。这个世界上，我最喜欢父亲，再下来是奶奶和老师。事实上除了父亲，我最喜欢的人是老师您。但是，因为奶奶一直在照顾我，所以我基于感恩的心理，把她排在第二。我一直希望奶奶把灯火放在床边，直到我睡着为止。但是，奶奶一看到我上了床就把灯火拿走了。我虽然不害怕，但是一直希望身边有一盏灯火。我母亲就不同啦！她会一直坐在我身边，握着我的手，露出慈爱的笑容，到我睡着为止。现在我才知道母亲都是那样的……雪莉老师，想必您也知道吧？"

其实，安妮根本就不曾体验过那种感受，安妮很悲伤地想起了自己的母亲。认定安妮是"世界上最漂亮的女孩子"的母亲，在很久以前就去世了。她被埋葬在很遥远、没有人祭扫的坟地，就那样跟年轻的丈夫在一块儿长眠。

安妮对自己的生身母亲没有任何记忆，所以有一点羡慕保罗。他俩沐浴着北国六月的阳光，走上了漫长的山坡路。

"下周三是我的生日。父亲写信对我说，他会送给我梦寐以求的东西。我想，父亲送来的生日礼物已经到了吧。因为奶奶突然把书橱的抽屉锁上了。这可是破天荒第一次呢！我在好奇心驱使之下，问奶奶为何要上锁时，她神秘兮兮地说，小孩子不要知道得太多。生日这种东西，实在叫人感到坐立不安呢！

"奶奶说我太小啦！根本就不像十一岁大的男孩。她又说我之所以长不大，是麦片粥吃得太少的缘故。其实，我吃得挺多的呢！奶奶还嫌不够，把我的碗装得满满的——奶奶巴不得我吃掉所有的麦片粥哩！

"有一天从主日学校回家时，我不是跟老师您谈及祈祷那件事吗？那时，您曾经告诉过我，遇到困难时就要祈祷。于是打从那一天起，我每晚都向神祷告，保佑我能够吃下奶奶拿给我的那一大碗麦片粥。谁知道今天，我仍然吃不下那些麦片粥！我实在搞不懂，这是因为麦片粥太多了呢，还是神的保佑不够？

"奶奶说，父亲也是吃麦片粥长大的。的确，父亲的体格很魁伟，肩膀很宽！不过，我吃了太多的麦片粥，感到非常烦腻，简直是烦死了呢！"

关于艾宾奶奶沿用老旧的教养法，养育孙儿一事，艾凡利的居民全都知道了。

安妮用爽朗的口吻说："保罗，你的岩岸的朋友怎么样啦？那个双胞胎水手哥哥，如今懂得礼节了吗？"

"我想，他非懂不可！"保罗很肯定地说，"如果他不改过变善的话，我是永远不会理他的！这点他一定比谁都清楚。"

"时到如今，诺拉还不知道你认识'黄金美女'的事儿吗？"

"嗯！不过，她可能已经略有所闻了吧！上次我到岩屋时，她好像很不开心的样子。就算诺拉知道了，我也不在乎。我之所以不告诉她，只不过是不想伤她的心。"

"如果我跟你到海岸去，是否能够看到你的岩岸的朋友呢？"

保罗很沉重地摇了摇头说："我想，老师可能看不到我那些岩岸的朋友。只有我能够看到他们。不过，老师您也可以看到您的岩岸的朋友啊！老师也是拥有那种能耐的典型人物啊，咱俩都是那类人呢！"说着保罗握紧安妮的手，"老师，这种类型的人不是很棒吗？"

"是啊，是很棒呢！"安妮闪耀的灰色大眼睛，往下瞧着保罗蓝色的慧眼。

安妮跟保罗都知道——

想象之窗打开的王国，是最美、最叫人陶醉的地方。

同时，他俩也知道如何才能踏上通往幸福之国的小径。那儿，充满喜气的野玫瑰开遍山谷以及溪流旁。晴朗的天空里，没有一丝遮蔽阳光的黑云，清扬的钟声不杂半丝噪音，心有灵犀的人们都集合在一起。

关于那一国的地理——太阳之东，月亮之西——的玄妙知识，是在任何市场都买不到的贵重知识。这是婴儿刚生下来时，善良的仙女们所给予的赠物。不过，它们并不会随着岁月的迁移，而变得丑陋，或者遗失掉。就算住在简陋不堪的阁楼，只要具备这种知识，将胜过住在宫殿好几倍。

艾凡利的坟场仍旧是杂草丛生的荒凉之地，难怪改善会的委员们对它特别注目。在前一次集会时，普莉西拉提议大幅度地改善坟场。于是委员们打算在不久的将来，拆掉长满青苔的木板围栅，改为一道铁丝网围墙，再铲除杂草，扶正倾斜的墓碑。

安妮把花束供在马修坟前，再坐在那儿休息时，草丛上面突然出现了一个人影。她抬头一瞧，原来是亚兰夫人。于是她俩并肩走回家。

亚兰夫人的脸蛋已经不像她五年前刚来艾凡利时那般稚嫩了。那种年轻而花俏的气息，曾几何时已经去掉了大半，如今，她的眼睛四周，以及嘴唇周围，已经隐隐地浮现出感情受到煎熬的纹路。这个坟场里的那个小孩墓冢，也就是形成她脸上纹路的原因。不久以前，那些纹路差不多完全消失了，想不到她的小儿子最近生病时，又在她脸上出现了。不过，她的酒窝仍然如往日一般的美，时常在她的脸上若隐若现。她的眼睛仍旧明亮而澄清，洋溢着诚实的气息。虽然少女之美已成昨日黄花，但是不时显露出的温柔韵味，以及坚韧的气息，足可弥补那些失去的东西。

"放暑假了，安妮，你感到高兴吗？"走出了坟场以后，亚兰夫人如此问。

安妮点点头说："嗯……我把休假这句话，当成可口的菜肴一般，不时地在品味呢！我想今年的暑假一定会多姿多彩，其中之一是摩根夫人将驾临这个岛，只要想到这件事情，我就会跟小时候一样，浑身感到不自在。"

"安妮，你就好好享受暑假吧！这一年的努力并没有白费呀！你已经获得了空前的大成功。"

"哪儿的话！我碰到了好多不如意的事呢！去年秋天开始执教时，我并没有很成功地完成内心的计划——也就是说，并不曾实现自己的理想。"

"我们每个人都那样啊！"亚兰夫人叹了一口气说，"安妮，罗威尔①不是这样说过吗？'失败并非一件坏事。目标设定得太低，才是一种罪恶。'我们每个人都必须抱持着理想，就算不容易成功，也必须努力去实现它。没有理想的人生是最悲惨的一件事情。正因为有了理想，人生才会变得很伟大呀！安妮，你必须抱持着自己的理想。"

"嗯……我会尽可能试试。不过，我已经抛弃了自己大部分的理论，"安妮低声笑笑，"我刚执教时，抱持着很崇高的理论，

①1819～1891，美国诗人，毕业于哈佛大学。

想不到它们经不起考验，全部付之东流了！"

"就连体罚的理论也不例外，对不？"亚兰夫人揶揄地笑笑。

安妮顿时满脸飞霞，说："关于我打安东尼的那件事，我一直不能原谅自己呢……"

"你错啦，安妮！安东尼是罪有应得。使用鞭打的方式教训他，可说是最合适的方式了。你想想看，自从那一次以后，安东尼是不是不敢再作怪了？安东尼逢人便说你是英雄呢！他表示很崇拜你。如今他不再顽固地认为女人都是窝囊废啦！"

"或许，安东尼认为他是罪有应得，但是我仍然厌恶自己。如果那时的我，不曾大动肝火，莫名其妙地大发雷霆的话，我就能够保持比较冷静的态度，那样的话，我就不会鞭打他了。一想到此，我就惭愧万分。"

"安妮，我们又不是神仙、圣人，有哪个人能够绝对不犯错呢？所以就把它当成过去的云烟吧！检讨和忏悔过错，引以为戒固然是好事，但是，不宜一直耿耿于怀——啊，吉鲁伯特骑脚踏车过来啦！他一定是回来度假的……对了，你跟吉鲁伯特的学业进行得如何了？"

"我们都进行得还不错。今晚，我就要把瓦基鲁的诗章看完了——因为只剩下二十行了。然后嘛……一直到秋天，我不准备接触任何课本。"

"对进大学有把握吗？"

"这个嘛，我也说不上来啊！"安妮如此说着，犹如做着美梦一般，遥望着猫眼石一般颜色的地平线。"玛莉娜的眼睛不会比现在更好，也不会恶化，值得安慰，而且又有一对双胞胎需要照顾。这一对双胞胎的舅舅迟迟不来接他们，所以我们准备继续收养他俩……或许，大学就在拐个弯的前方也未可知。不过，我还没有走到拐弯处，为了避免过度失望，我叫自己别想太多。"

"我只是认为你能进入大学更好。不过话又说回来，就算你不能进大学，也不必过度失望。因为不管我们身处何地，我们努力地创造自己人生的心是不会变的……大学充其量只是使它变得更容易。至于我们人生的道路会变得宽坦或者狭窄，这就要看我们能够把何物填入人生里面了。"

"亚兰夫人，我懂得您话里的含义，"安妮稍微想了一下又说，"而且，我必须感谢的事情实在太多太多啦！例如，我的工作、保罗·艾宾、可爱的双胞胎，以及朋友们。我一直很感谢大伙儿的友情。因为，友情能够美化人生呢！"

"真正的友情对我们的确有益处。我们要建立理想崇高的友情。但是绝对不能以缺乏诚实的态度，污染了这一份崇高的友情。有不少人就假借友情的名义，建立起一种似友情又非友情的亲密关系。"

"是啊，卡蒂芭跟朱莉亚·贝尔就是这种关系。她俩貌似很亲密，老是黏在一起，出双入对。不过，一旦到了朱莉亚不在的时候，卡蒂芭就会到处说她的坏话。如果听到有人说朱莉亚的坏话时，卡蒂芭就会表现出乐不可支的神情。如果这也可以称做友情的话，那未免太搞笑了吧？如果要交朋友的话，那就只能看到对方的好处，再利用我们的好处去影响对方。只要这样做，友情就会变成世界上最美丽的东西呢！"

"友情的确是很美丽的东西。不过，曾几何时……"说到此处，亚兰夫人立刻紧闭了她的嘴。她身旁的安妮正用率直的眼光看着她。与其说安妮是女人，不如说是孩子比较恰当。安妮的内心只有友情与抱负，亚兰夫人不忍心从她的一片天真中，赶走如幻一般的美梦。于是亚兰夫人决定，几年后再把剩下的话说出来。

第十六章

令人兴奋的信函

当安妮在厨房阅读书信时，德威爬到了安妮所坐的皮革面椅子上说："安妮姐姐，我饿瘪啦！"

"好吧！我立刻拿牛油面包给你吃。"安妮心不在焉地应道。

很明显，信函的内容一定是叫人兴奋的消息，因为安妮的面颊恰如庭园里盛开的玫瑰花，泛出了绯红色，一对灰色的大眼睛发出了星星般的光辉。

德威嘟起了一张嘴说："可是，我这种饿法并非想吃牛油面包啊！我是非吃李子酱蛋糕不可的！"

安妮扑哧一声笑了出来，放下信纸，紧紧地抱起德威说："如果你肚子饿又想挑食的话，那表示你根本就不饿。而且玛莉娜阿姨交代过，正餐之间只能吃牛油面包。"

"好吧！那么，请你把面包给我吧！"德威好不容易也能够说出"请"字啦！

安妮拿来一片厚厚的面包，德威看着面包说："安妮姐姐，你涂的牛油又多又厚。而玛莉娜阿姨……一向只涂薄薄的一层。其实，牛油必须又厚又多，面包才能够顺利滑进肚子里面。"

看到那面包很快就消失了，就不难知道它的确很顺利地滑入德威的肚子里面了。德威以倒栽葱的方式滑下安乐椅，再在地毯上面翻了两个筋斗。爬起来后他说："安妮姐姐，我决定不进入天堂啦！因为所谓的天堂就是赛门·弗雷杰的阁楼，而我又不喜欢赛门·弗雷杰。"

"什么！赛门·弗雷杰的阁楼就是天堂？"安妮因为吓了一跳，根本就笑不出来，"德威，你为什么会这么想呢？"

"米鲁帝·波达就是这样说的！"德威告诉安妮，"上个星期天，在主日学校听艾利耶跟艾利榭的故事时，我站起来问罗杰森先生：'天堂到底在哪儿？'经我如此一问，罗杰森先生表现出怒不可遏的模样。因为，他一开始就感觉到非常生气呢！刚上课时，他问我们：'艾利耶进入天堂时，给艾利榭留下了什么东西？'谁知又笨又呆的米鲁帝竟然回答：'旧衣服。'听了这句话，我们都不约而同地笑出了眼泪。

"罗杰森先生气呼呼地说，天堂是神居住的地方，我实在不该那么问！就在这个节骨眼上，米鲁帝抓着我的衣角，放低嗓门对我说：'天堂就是赛门姨丈的阁楼呀！回家时，我再慢慢跟你说。'果然在回家途中，米鲁帝就对我说啦！米鲁帝说得头头是道呢！原来，米鲁帝的妈妈跟赛门太太是同胞姐妹。当表妹琼爱莲死时，米鲁帝跟着他母亲一起去参加葬礼。琼爱莲表妹分明躺在棺木里面，但是，牧师却说她上了天堂。后来，大家把棺木抬到了阁楼。在仪式告了一段落以后，米鲁帝跟他母亲到二楼取帽子。那时，米鲁帝曾经问母亲：'天堂在哪儿？'母亲指着天花板说：'喏！就在那儿啊！'米鲁帝知道天花板上面就是阁楼。正因为如此，他就认定天堂在赛门姨丈的阁楼上。从此以后，他再也不敢上赛门姨丈的阁楼啦！"

安妮大笑了一阵子，再把德威抱到她的大腿上坐着，很认真地把他带出了神学的迷途。关于这件事情，安妮就比玛莉娜强许多。因为，她仍然很清楚地记着自己的孩童时代。对成年人来说，即使很简单明了的事情，十岁大的小孩子往往也会做异想天开的解释。安妮好不容易使德威领悟到赛门的阁楼并非天堂时，在庭院里拔豌豆的多拉跟玛莉娜进来了。

勤勉的多拉在可能的范围内，用她小小的一双手帮着玛莉娜，唯有在这些时刻里，她感觉到最为快乐。多拉喜欢喂小雏鸡、洗盘子、捡一些柴薪，或者接受差遣。她喜欢干净，对人对事都很忠实，只要是被教导过的事情，她再也不会忘怀，对自己分内的事，也绝对不会马马虎虎。

相对的，德威却是粗枝大叶，总是忘东忘西。不过他有一种引人注目的绝招，使得安妮跟玛莉娜都不得不爱他。

多拉得意地剥着豌豆荚，德威用火柴盒跟豌豆荚做帆船时，安妮对玛莉娜提起了信函的内容。

"噢……玛莉娜，普莉西拉写信来说，摩根夫人已经驾临爱德华王子岛了。如果星期四天气好的话，她想拜访艾凡利，十二点左右可以抵达。当天下午，她准备在咱们这儿度过，到黄昏才回白沙镇的饭店。因为摩根太太的美国朋友住在白沙饭店。啊！玛莉娜，这不是一件叫人感到兴奋的事情吗？我仿佛是在做梦。"

"摩根夫人跟一般人又有什么差别呢？"玛莉娜有些冷淡地回答。事实上，她的内心也异常兴奋。摩根夫人是著名的人物，而且从来就没有伟大的人物访问过艾凡利。

"那么，她一定会来这儿吃午饭喽？"

"嗯……是啊。玛莉娜，午餐方面就由我来安排吧！为了请《玫瑰花蕾之园》的作者吃一顿饭，我会全力以赴。玛莉娜，你就答应我吧！"

"谁喜欢在这种严热的天气里，躲在炉灶间受罪呀！如果你要代劳的话，那是最好不过的事情啦！"

"哇，那就太谢谢你啦！"安妮很感激地说，"今晚我就要拟定一份菜单。"

"你最好不要兴奋过度，否则的话，到时恐怕会出糗。"听到菜单这句话，玛莉娜感到些许恐惧。

"玛莉娜，我绝对不会再出糗啦！我今年十七岁啦！又是一名小学教员，虽然我仍然不像一个稳重的成年人，而且心思也不够细腻，但是我绝对不会再出糗了。我会尽量使自己变成端庄的淑女，动作方面尽可能地接近姑娘家……啊！德威！你别把豆荚子扔在台阶上面啊，会叫人滑倒的！

"玛莉娜，我想第一道出清汤，你以为如何？再来嘛，就是洋葱奶油汤……你不是说过，我很会做这道汤吗？接下来是红烧鸡、马铃薯、豌豆煮奶油，再用莴苣做一盘色拉。至于甜点方面嘛……我准备了浇上冒泡的奶油的柠檬派、咖啡、奶酪和小馅饼。

"柠檬派跟小馅饼明天就要准备好。再来嘛，非得准备白色毛纱的衣服不可。今晚得通知黛安娜才行……因为，黛安娜也有些事必须要准备呀！摩根夫人笔下的女主角几乎都穿着白色毛纱的衣服呢！因此黛安娜跟我在很早以前就商量好了，如果有机会跟摩根夫人在一起的话，我俩也非穿白色毛纱的衣服不可。

"德威！你不要把豆荚塞入地板的裂缝呀！对啦！我们也得邀请亚兰夫妇以及史黛西老师才行！因为，她们都很想念摩根夫人呢！德威乖，不要把豆荚子放进水里，当成小船儿玩耍呀！把豆荚子统统拿到院子的水槽里，玩你的海盗大战去吧……啊！但愿星期六有个好天气，而且非好天气不可！昨天，艾普老爷子到哈里森那儿，预言说这个星期几乎都会下雨呢！"

"他既然那么说，天准会放晴！"玛莉娜附和着说。

那一晚，安妮跑去告诉黛安娜时，黛安娜也感到非常兴奋。她俩就在巴利家庭院的巨大柳树下，一面躺在吊床里轻荡，一面谈论着这个问题。

"安妮，让我来帮你烹饪吧！你也知道，我很会做生菜色拉啊！"

"好啊！还有，装饰方面的工作你也帮帮我吧！我想把客厅布置成花园般呢！而且我还要用野玫瑰把桌子打扮一下。啊！真希望一切都进行得顺顺利利的，因为，摩根夫人笔下的女主角从来就不曾出丑，更不曾遭受过意外的失败。她们都是很冷静而沉着的家庭主妇呢！你想想看！在她写的一部小说里面，一个八岁大的女孩子竟然会照顾她的父亲，而且把家务做得井井有条呢！

"我在八岁大小时，只会照顾小孩，其余的事根本就不懂呢！从摩根夫人对少女纤细的描绘判断，她一定是少女问题方面的权威者。正因为如此，我希望她对咱们有个良好的印象。我嘛……已经想象了很多事情。例如，摩根夫人是何等人物，她可能会说些什么话儿，以及我会对她说些什么话儿。告诉你吧！我已经想象出了十二种呢！

"对啦！我好担心自己鼻子旁边的雀斑哩！你瞧！不是有七颗吗？上次改善会举行野餐时，我没戴帽子，任由太阳晒着，才形成了雀斑。不过，已经不像以前那样，脸上的雀斑比天上的繁星还要多。我应该心存感激才对，但是为了迎接摩根夫人，我还是希望它们能消失……因为，摩根夫人笔下的女主角，个个都拥有很好的皮肤呢！我从没见过她描写女主角有雀斑的文词。"

"你那几颗雀斑根本就不显眼啊，今晚睡前，你不妨擦一些柠檬水。"黛安娜如此安慰安妮。

第二天，安妮烘烤了小馅饼，并且准备了白毛纱的衣服，把家里彻底地打扫一番。其实根本就没有这种必要，因为玛莉娜一直把绿色屋顶之家打扫得窗明几净。只是安妮认为为了迎接摩根夫人，纵然地面上有一粒尘土也会构成失礼之举，所以连台阶下面放置破烂东西的地方，她也使劲地打扫。事实上，摩根夫人根本就没有机会看到那种地方。

安妮对玛莉娜说："此刻我的内心深处，很想把能够看到的任何地方都打扫干净。摩根夫人所写的小说《黄金的钥匙》里面，有两个女主角，分别为爱丽丝与露依莎。她们一向以朗费罗[1]的诗章作为自己的座右铭：

> 从前有一个木匠，
>
> 他全心全意，很认真地在工作，
>
> 凡是眼睛能够看到的角落，他都不会放过。
>
> 因为，万能的神能够看到任何地方。

"正因为如此，爱丽丝与露依莎连通往地窖的阶梯都擦得光可鉴人，甚至连床下也不忘打扫。如果摩根夫人驾临时，看到放置破烂东西的地方很肮脏的话，我会感到非常没有面子的。自从去年四月，阅读了《黄金的钥匙》以后，黛安娜跟我都以那首诗为座右铭呢！"

那一夜，安妮叫德威上床后，还特别交代他："德威，明天一定要乖哦！"

"如果我明天特别乖的话，后天能不能尽量调皮捣蛋呢？"

"那可不成！要是你做一个乖宝宝，安妮姐就带你跟多拉去划船，然后再爬到砂山上去野餐。"

---

[1]美国诗人，1807~1882。

　　"安妮姐姐，你可不能说话不算数哦！我本来要摸黑到哈里森那个老宝贝那儿，再亮出我的新玩具枪打老姜。既然你答应带我们去划船，那就改天再打老姜吧！明天一定是一个无聊的日子。不过，后天可以到砂山上吃野餐，所以嘛……我倒是可以忍耐一下的……"

第十七章

等得心焦的日子

那一夜，安妮总共醒过来三次，还走到窗边瞧瞧外头，看看艾普老爷子的预报是否正确。不久以后，东方出现了珍珠色的晓日，美好的一天终于来临了。

才吃过早餐不久，黛安娜就一手抱着花篮，一手抱着毛纱做的白色衣服来报到了。因为白色的毛纱衣服必须在准备好午餐后才可以穿，所以目前的黛安娜穿着粉红色的印花布衣服，再加上打褶的麻布围裙，看起来又清爽又可爱。

"你呀！看起来总是那么可爱！"

黛安娜却叹了一声说："唉……我的每件衣服都得放宽一些。从七月到现在，我又胖了四磅。安妮，不知要到什么时候，我才不会再发胖呢？摩根夫人笔下的女主角都长得十分高挑，身材又窈窕呢！"

"你不要在乎那些嘛！你不妨把烦恼抛到脑后，专门去想一些快乐而幸福的事情吧！牧师夫人曾经说过，当想到了叫人心烦的事情时，不妨再想一下叫你感到雀跃的事情，这样就可以消除那些烦恼了！就算你真的胖了一些，但是你有别人很少有的酒窝啊！鼻子旁边虽然有少许雀斑，可是，鼻子不是长得挺秀气的吗？对了！黛安娜，你看看柠檬水是否对我产生了效果？"

"嗯……的确发挥了很好的效果呢！"

经黛安娜如此说以后，安妮感到相当安慰，率先走入庭院。在那儿，到处都有凉爽的树荫，金黄色的光辉正在左右摇晃着。

"首先，我俩来装饰客厅吧！时间还很充足呢！普莉西拉说，她们大约十二点半才能够抵达这儿，所以我们可以先吃午饭。"

就以这时的安妮与黛安娜来说，恐怕找遍了加拿大和美国，都无法找到如她俩一般，心坎里跃动着最大幸福的少女了！那些剪花的声音，以及花儿被摘下来时，仿佛都在嗫嚅着"摩根夫人今天要驾临"。安妮瞧着哈里森在对面的菜园子里锄草，实在很佩服他离了谱儿似的平静态度。

绿色屋顶之家的客厅可说是较阴沉的地方。家具上面都覆盖着厚重的深色毛织品。窗帘的花边看起来叫人心惊胆战。就连椅子上面垫的白布，也是放置得方方正正的。而且，不管举出什么理由，玛莉娜都不许任何人改变这间客厅。因此，安妮根本就没用武之地。

不过，用一些花儿装饰以后，那种阴沉的气氛消失殆尽啦！当安妮跟黛安娜完成了客厅的装饰时，它竟然脱胎换骨，好像变成了另外一间客厅。

擦得光可鉴人的桌子上面，放着一个巨大的蓝色花瓶，里面插满了雪球花，充满光泽的黑色壁炉棚台上，密密麻麻地插了玫瑰花和羊齿草。就连黑暗的壁炉两边角落也放置着水壶，插着黄色的罂粟花。

除了色彩缤纷的花儿，从窗户间蔓延的忍冬花的藤子间，射进了白昼的光线，把花与叶的影子，投射到墙壁和地板上面，到微风起时，花叶还会婆娑起舞呢！平常甚为幽暗的一间客厅，顿时变成了安妮想象中的"花榭"。本来想泼冷水的玛莉娜，见了这种玄妙的变化，甚至停止了脚步，力赞一番呢！

"好吧！我们来装饰餐桌吧！"安妮仿佛将要举行神圣仪式的女巫一般，用神秘的口吻说，"中间放一个大花瓶，插满玫瑰，每个盘子前面，各放置一朵玫瑰，至于摩根夫人将坐的地方嘛……特别地放置一把玫瑰——意味着——'玫瑰花园'。"

接着，安妮又搬出了玛莉娜珍藏的麻布桌巾、最好的盘子、玻璃器之类、银制的汤匙和叉子。这些东西都被擦得铮亮。

两个少女到厨房时，炉灶间飘出了叫人垂涎的香气。红烧鸡正在冒着油烟。安妮切着马铃薯，黛安娜则料理豌豆跟蚕豆。安妮因为兴奋与溽热，脸蛋通红地调制着红烧鸡的淋汁，以及切洋葱片，充作煮汤的材料，最后，再把浇柠檬派用的奶油打出泡沫。

在这些时间内，德威又如何了呢？他是否遵守着做一个乖孩子的诺言呢？的确，他是做到了。他安静地坐在一角，一心一意地在解开鱼网的结，这个鱼网是他在海边捡到的。

十一点半，莴苣色拉已经做好，金色而浑圆的柠檬派已经浇上了冒泡的奶油。炉灶一带发出咻咻、嗞嗞的声音，显得热闹非凡。安妮说："我们上楼换衣服吧！客人将在十二点钟到达。时针指向一点钟，我们就开饭吧！至于汤嘛，必须现做现喝，所以，到时再动手做吧！"

东边的房间正在很庄严地举行换衣服的仪式。安妮很忧心地照照镜子，注视着她的鼻子。当她发现自己的雀斑一点也不显眼时，内心顿时感到欣慰。她弄不清楚，那是柠檬水的功劳呢，还是因为面颊发红而看不见？总而言之，在换装以及打扮以后，两个少女都焕然一新，显得美丽而楚楚动人，看起来完全不输给摩根夫人笔下的女主角。

"我实在不甘心只坐着不开口，我想偶尔不妨也开口说说话，"黛安娜忧心地说，"摩根夫人笔下的女主角，个个能言善道，风趣幽默。我很担心自己连一句话也说不出来，只会在那儿发愣。而且我可能会说出那一句'硬是要得'！自从史黛西老师教了我们以后，我就从没说过那句话了。不过，我好担心自己兴奋时，会在摩根夫人面前说出'硬是要得'这句话，那我一定会害羞死了！"

"不会那么严重啦！我也担心了一阵子，后来终于想通了。到时，不会有说不出话儿的尴尬现象发生的。"

安妮在毛纱衣服外边系起了围裙，到楼下的厨房煮汤。玛莉娜跟双胞胎都换上了整洁的服装，脸上浮现出难得一见的兴奋表情。十二点半，亚兰夫妇跟史黛西老师到了。一切都很顺利地进行着。然而，安妮却开始心烦了起来。照理说，普莉西拉跟摩根夫人已经到了才对。安妮恰如《蓝胡子》故事里的女主角（名字也叫安妮）从尖塔的窗口探望一般，多次走到门口瞧瞧小径那一边。

"如果摩根夫人不来的话，咱们该怎么办？"

"不可能那样。如果那样的话，实在叫人受不了啦！"黛安娜也开始感到不安。

玛莉娜从容地从客厅出来说："安妮，史老师想瞧瞧约瑟芬姑妈的印花盘子呢！"

安妮立刻从壁橱里取出那个盘子。那个盘子是安妮写信向夏洛镇的约瑟芬姑妈借的。约瑟芬姑妈收到信后立刻把那个盘子寄给了安妮，并且附带着一封信说，那个盘子是耗费了二十美元购买的，叮咛安妮千万要小心，不要摔破了。

那个盘子在义卖会发挥了功效以后，又回到了绿色屋顶之家的壁橱。因为安妮表示，她要亲自把盘子还给约瑟芬姑妈，以便当面向她致谢。

客人们都到大门口乘凉，安妮也就把约瑟芬姑妈的盘子带到那儿。当一伙人轮流鉴赏完毕，盘子再回到安妮的手里时，厨房的方向突然传来了轰轰的声音！玛莉娜跟黛安娜飞奔过去，安妮把约瑟芬姑妈的盘子匆匆放在第二级楼梯以后，也立刻跑进厨房。

进入厨房以后，三个人的眼前展现出一幕悲惨的景象，德威带着充满了罪恶的表情，从桌子下爬了出来。他身上原本洁静的外衣沾满了黄色的奶油。桌上的柠檬派已经不知去向了。

德威好不容易把那一面鱼网全部解开，再把鱼网的丝线缠缩成球状。然后试着把它放到料理台上方的搁板上。如今，搁板上面已经放了二十个线球。为了能够把手伸到搁板上面，德威必须爬到料理台边缘，不料他脚下一滑，整个人成一"大"字的状态，仰倒在柠檬派上面。那件漂亮的外衣完全脏了，柠檬派也变成了一摊"烂泥巴"。

"德威！"玛莉娜摇着德威的肩膀说，"我不是叫你别再爬到料理台上面吗？"

"我……我忘掉了嘛！"德威哭叫了起来，"因为阿姨说这也不行，那也不准……实在太多了嘛！我实在记不住呀！"

"好吧！你到楼上去！直到我们吃完午饭为止。到时，你可能就会记起来了。德威，赶快上楼。"

"那么，我不能吃午饭了吗？"德威嚷叫了起来。

"当然可以吃啊。不过必须等我们都吃过以后，你才可以到厨房里面吃。"

"那就成啦！"德威放心地说，"到时，安妮姐姐一定会留一些可口的东西给我吃。安妮姐姐，你说是不是？我又不是故意掉到柠檬派上面的。安妮姐姐，柠檬派既然不能用来请客了，那你就拿一些柠檬派的残骸给我吃吧！"

"去吧！德威，你不必操心柠檬派的事情！"玛莉娜把德威推到楼梯下面。

"那么，甜点该如何凑合呢？"安妮有点不舍地瞧着柠檬派的残骸。

"安妮，你把糖腌草莓的瓮子拿过来！大碗里还剩下很多泡沫奶油呢！"

一点钟终于到了。可是，普莉西拉跟摩根夫人还是没来。安妮感到失望透顶！不管是煮的东西，红烧的东西都做得非常可口，就连羹汤也做得非常成功，然而，它们可不能一直摆在桌子上面呀！

"真想不到，她俩还是不来。"玛莉娜有点不高兴地说。安妮跟黛安娜面面相觑。

一点半，玛莉娜从客厅里走出来说："不开饭不行啦！大家都已经饿瘪啦！而且再等下去也没有用。普莉西拉跟摩根夫人不会来啦！"

到了这种地步，安妮跟黛安娜只好准备端菜上桌了。

但是，她俩都感到浑身没有一点力气。

"唉！我连一口也吃不下去啦！"黛安娜叹了一口气。

"我也感到没有食欲呢！不过，为了亚兰夫妇和史老师，我俩还是要全力以赴啊！"安妮有气无力地说。

黛安娜把豌豆盛在盘子里面，稍微试了一下味道，接着露出奇妙的表情。

"安妮，你在豌豆里面放糖了没有？"

"嗯，我放了一匙。"安妮尽义务似的，用心捣碎马铃薯，"我跟玛莉娜都那样做。怎么，味道不对劲儿啦？"

"不过在放入炉子以前，我又放了一匙糖呢！"黛安娜说。

安妮停下捣马铃薯的手，尝了少许，顿时皱起了眉头：

"哇！这是什么味道啊，甜得离谱！"

"那是掌厨的人太多的必然结果啊！"听了两个少女的交谈，玛莉娜满脸抱歉地说，"我原以为你忘了放糖咧！你就时常这样……所以我也放了一匙。"

客厅里的人听到厨房里响起了爆笑声，然而他们并不知道发生了什么可笑的事情。只是，那盘豌豆终于不曾在午餐桌上出现。

"好吧！"安妮叹了一口气说，"反正，还有色拉呢！黛安娜，那些蚕豆没有异常吧？好吧！我俩就把食物统统端出去。客人一定饿坏了。"

这一顿午餐并不算成功。亚兰夫妇、史黛西小姐都拼命在制造笑料，期望气氛会变得轻松一些，玛莉娜的态度犹如平常一般从容。不过，安妮与黛安娜由于过度失望，以及上午太兴奋的反作用，都一副有气无力的样子，不想吃，也懒得多说话。安妮一心一意为客人着想，一直想振作起来，加入他们的闲谈，但是始终达不到目的。

诚如那句谚语"不幸会重复出现"一般，客人刚刚告辞不久，楼梯方向就传来古怪的声响，好像是重的东西滚下石阶，滚到了最下面时，突然响起了哐当的声音。一伙人立刻冲向客厅。安妮尖叫了起来。

楼梯的最下面，滚下了一个很大的海螺，在它的周围则是已经变成碎片的约瑟芬姑妈的盘子。楼梯上面，表情畏缩的德威睁大着眼睛，瞧着这副光景。

"德威！"玛莉娜的声音叫人毛骨悚然，"你是故意把海螺投到盘子上面的吗？"

"我才不会那样做呢！"德威抽泣了起来，"我只是静静地跪在这儿，通过扶手的间隙瞧瞧阿姨一伙人。因为那个海螺碰到了我的脚，我在愤怒之下，一脚把它踢到楼下，不过，我并没有看到盘子啊！我肚子饿得发慌……阿姨老是罚我到楼上不准下来，所以……每次我都感到非常无聊。我实在非常不喜欢。倒不如把我痛揍一顿，速战速决。"

"玛莉娜，您不要再责备德威啦！"安妮用颤抖的手捡着破片说，"都是我不好。我不应该把盘子放在楼梯下面，忘了收起来。这是我应该得到的惩罚……唉！不知如何向黛安娜的姑妈解释。"

"你不要过度担心。那个盘子并非先祖留传下来的东西，而是姑妈用钱买的。"

安妮跟黛安娜很少说话，怀着一颗扫兴的心，到厨房洗盘子。不久，黛安娜因为头痛先回家了，安妮也忍着头疼上了楼上的房间。

黄昏时分，玛莉娜从邮局带回普莉西拉在前天寄出的信函。信里说，摩根夫人的脚受伤了，就连房间也不曾走出一步。

"哦，安妮，非常抱歉，这种情形，摩根夫人万万不可能到绿色屋顶之家拜访了。待她脚部的挫伤痊愈了以后，她又得到多伦多的阿姨家……"

安妮叹了一口气，把信函放在她坐着的红沙石台阶上面。布满了晚霞的天空，看起来煞是漂亮。

"我早就觉得摩根夫人肯到绿色屋顶之家实在有点不寻常。果然泡汤啦！不过，这也不算是非常不寻常的事，更不寻常的事我都碰到过了呢！但是今天这件事情，的确有些好笑。或许我跟黛安娜变成了白发老太婆时，仍然会想起这件事情而开怀大笑呢！"

"安妮，遇到某件不遂心的事情，你总是会露出无精打采的样子。"玛莉娜说。

"就是嘛，"安娜也只好承认说，"每当我认为将发生很棒的事情时，我就会长出两个想象中的翅膀，飞翔起来。但是当我清醒过来时，差不多已经掉落在地上啦！不过，我在飞翔时，感觉非常舒服呢！就好像要飞到夕阳里面。就算扑通一声掉下来，也仍然很值得呀！"

"或许是那样吧！如果是我的话，我宁愿静静地走。我才不要飞到半空中，然后又摔下来呢！不过话又说回来，每个人都有他独特的生活方式。往日，我以为正确的道路只有一条，但是养育了你和双胞胎以后，就感觉到事实不见得那样。安妮，对于约瑟芬姑妈的那个盘子，你要如何处理呢？"

"我打算赔她二十美元。幸亏这不是祖先留下来的传家宝物，否则就无法赔偿了。"

"如果你能够找到一个一模一样的盘子，买回来再赔偿她的话，就再好不过了。"

"我想，这恐怕很难办到。因为那种古老的盘子并不多见呢！林顿夫人一心想在晚餐会使用那种盘子，却一直找不到呢！

我想只要能够找到同样古老的盘子，约瑟芬姑妈也一定会接受的。玛莉娜，你瞧瞧！哈里森先生家前面的枫树林上面，正有一颗大星星在闪耀呢！背后一片银色的天空，使它显得更神秘，更充满了静谧的气息。看到它我就会产生想祈祷的念头。只要能够看到那种星星与天空，小小的失望与灾难都算不得什么了。"

"德威到哪儿去啦？"玛莉娜看了一下星星问道。

"我叫他上床啦！我答应明天带着他跟多拉到池塘里划船，再到砂山上野餐。当然！我叫他必须尽量做一个好孩子。德威也答应我了，所以，我不能叫他失望啊！"

"你想在池塘里划那种小船啊？小心掉进池子里喝水！我在这儿住了六十年啦，也从没去过那个池子边。明天你可要特别小心哦！"玛莉娜叮咛道。

"玛莉娜，你也一块儿去玩玩吧！"安妮说，"明天就把房子锁上，暂时忘却烦恼，在池子里玩个痛快吧！"

"还是算了吧！像我这一大把岁数的人在池子里胡闹，不笑掉人家的大牙才怪！我好像听到林顿夫人在笑我装嫩呢！啊！哈里森驾着马车，不知要到哪儿去呢？他去追伊莎贝拉·安德鲁的风言风语，是真的吗？"

"不可能吧？我记得有一晚，他为了询问工作方面的问题，曾经到哈蒙·安德鲁那儿。林顿夫人看到他穿着白色竖领的衣服，才以为他是去求婚呢！我认为哈里森先生不可能结婚，因为他对结婚一直很反感。"

"是啊，那个老光棍真叫人费解。不过，他穿着白色竖领的衣服，总叫人感觉怪怪的。他从来就不曾如此打扮过。所以，我认为蕾洁·林顿的说法不无道理。"

"会不会是他想跟哈蒙·安德鲁建立良好的交易关系呢？这种情况，人们就会格外注意自己的穿着，哈里森先生也这样说过——'只要穿得像一个老爷子，看起来气派一点，对方就不敢随便诓人，更不敢动不动就算计人家'。玛莉娜，我觉得哈里森先生很可怜，除了一只鹦鹉，他没有任何伴侣，一定会感到非常寂寞。不过，他很不喜欢别人同情他。关于这一点，我想不只是哈里森先生，或许，每个人都这样吧！"

"安妮！你瞧，吉鲁伯特从小径的那边过来啦！如果他要带你去划船的话，别忘了穿外套和长筒靴，因为今晚的露水很重呢！"

第十八章

多里街头的冒险

"安妮姐姐，睡觉的国家到底在哪儿啊？"德威从床铺上爬起来，用他的手指支撑着下巴，问，"大伙儿到了夜晚，不是都会到睡觉的国家去吗？我知道在梦里，我会去很多很多好玩的地方，可是我并不知道它们在哪儿啊……咱们是不是一定要穿睡衣，才能到那种地方呢？实在很奇怪，它们到底在哪儿啊？"

安妮在西边房间的窗户旁跪着，凝视着布满晚霞的天空。眼前的天空仿佛是火一般黄色的花蕊，再加上番红花的花瓣一般，看起来甚为艳丽。安妮看着德威，犹如梦呓一般地说：

> 翻越月亮的山岳，
>
> 走下影子的山谷。

如果是保罗·艾宾的话，可能懂得这句话的含义，就算不懂，他也会想尽办法，寻求一个自认为正确的解释。然而，现实主义者的德威，因为没有丝毫的想象力，感到迷惑万分，始终用不满的表情看着安妮。

"安妮姐姐，你别开玩笑了！"

"小家伙，始终说着正经事的人，不是呆瓜就是蠢货。"

"可是，我一本正经在问你时，姐姐也应该一本正经地回答呀！"德威好像很不高兴。

"因为你还小，所以不懂呀！"说出这句话时，安妮突然感到很后悔。因为在自己幼小时，每当成年人如此对她说时，她都会感到非常愤慨。正因为如此，她下了最大的决心，绝对不对孩子说出这句话。谁知她仍然说出来啦！理论与实际之间，竟然有如此大的距离。

"我一心一意想迅速长大呢！可是，我再急也不能很快长大。如果玛莉娜阿姨不那么吝啬果酱的话，也许，我就能够很快长大。"

"玛莉娜阿姨才不吝啬呢！德威，你别瞎说！"安妮有点生气地说，"你实在太坏啦！为什么会讲出这种话呢？"

"关于吝啬，有个比较好听的说法，可是，我硬是想不出来！"德威皱着眉头说，"我记得玛莉娜阿姨说过一次。"

"你所指的字眼，是不是所谓的'经济'呢？'经济'这两个字跟'吝啬'的含义，相差很多呢！合乎经济是一件很好的事情。如果玛莉娜阿姨吝啬的话，你母亲死时，她就不会把多拉跟你接到这儿了。难道你想去威金斯先生那儿吗？"

"我才不要去那种地方呢！我也不想去李察舅舅那边！就算

玛莉娜阿姨在我的面包里涂抹再少的果酱，我也想待在这儿。因为这儿有安妮姐姐！安妮姐姐，在我进入梦乡以前，说一些故事给我听好吗？我不要听白马王子的故事。这种故事只适合女孩子听。我想听一些厮杀的故事，或者击落枪炮的故事！"

就在这个时候，玛莉娜呼叫的声音传了过来："安妮，黛安娜发出火急的信号了呢！很可能有什么重要的事情，你快去看看吧！"

安妮急速奔到楼上东边的房间。的确，薄暮中，黛安娜房里的灯光一明一暗。

这是她俩在幼时规定的暗号，表示"有很重大的事情，请快点过来"！

安妮很快拿了一件披肩，穿过魔鬼的森林，横跨贝尔家的牧场，来到巴利家。

"我要告诉你一个好消息，安妮。我刚刚跟母亲从卡摩迪回来。在布雷亚先生的店里，我听到玛莉·圣多纳提起，多里街道的考甫姐妹拥有一个跟约瑟芬姑妈一模一样的盘子，而且她俩很可能要脱手呢！就算她俩不肯脱手，史宾塞维尔的威斯利·基森也有一个。据说他也肯出售，不过，盘子的花纹是否跟约瑟芬姑妈的盘子相同，就不得而知啦！"

"明天，我非到史宾塞维尔跑一趟不可！"安妮斩钉截铁地说，"黛安娜，你得跟我一起去。这样的话，我肩膀上的重担就可以减轻很多啦！我俩不是决定在后天一块儿到卡摩迪吗？如果我没有带着印花盘子的话，哪有脸见你的约瑟芬姑妈呢？以

前，我跳到你家客房的床上时，不是很诚恳地向你的姑妈赔过罪吗？这一次啊，光是赔罪，可能还不够呢！"

她俩不觉莞尔一笑。在她俩仍然幼小时，有一天晚上，约瑟芬姑妈躺在客房的床上睡觉。安妮跟黛安娜在不知情之下，从外面奔进屋里，几乎同时跳到那张床上，使得约瑟芬姑妈差一点就吓破了胆。当她知道是两个小女孩子搞的鬼之后，立刻暴跳如雷。但是，由于安妮鼓起勇气，诚恳地赔罪，黛安娜的姑妈才消了气。

第二天午后，安妮跟黛安娜动身前往史宾塞维尔。不过，这一天实在非常不适合驾马车旅行。从艾凡利到史宾塞维尔足足有十里远。由于天气非常闷热，又连续干旱了六个星期，路上扬起了漫天的灰尘。

"希望老天爷快点下雨，"安妮叹了一口气说，"不管是什么东西都那么干旱。周围的样子真叫人不忍多瞧一眼。树木好像都伸出了手臂在求雨。一走到外面的庭园，我的心就会痛起来。不过庄稼人的农作物也还盼不到甘霖，我又怎么好意思为庭园里的花木叫屈呢？哈里森的牧场已经干得让那些可怜的牛儿几乎连一口青草也吃不到了。哈里森先生说，看到牛儿的脸时，他的心里就会感到非常不忍，而且还会抱怨老天，为何要如此残酷地对待动物。"

她俩好不容易抵达了史宾塞维尔，再转到多里街道。那儿是行人稀少、青翠遍布的地区。只要瞧瞧车辙之间长着的茂盛草儿，就不难想象人迹稀少。伸出到道路的针枞树，连绵地被种植于街道两旁，中断的地方，不是农场菜园子的围墙，就是一片残株，其间也盛开着一些野花。

"为何管这条道路叫多里街道呢？"安妮问。

"因为这条街道除了考甫姐妹，以及住在街道尽头的自由党人马丁·鲍尔爷爷，再也没有任何居民了。保守派的多里党政府在全盛时代，为了表现出他们的魄力，建造了这条街道。"

黛安娜的父亲是自由党，因此，黛安娜与安妮从来不谈政治，因为绿色屋顶之家的成员属于保守党。

两位姑娘终于抵达考甫家。她们仔细观察了屋子以及周围，认为它的干净清爽程度决不输给绿色屋顶之家。房子是古老的样式。由于建筑在斜坡，一边的末端变成了石造地下室。主厢房和外面的建筑物都涂成醒目的白色。由白色的墙所围绕的厨房后院，连一株草儿也没有长出来。

"百叶窗全部被拉下来啦！好像一个人也没有呢！"

黛安娜大感失望，两个姑娘无计可施地彼此对看了一下。

"我们到底该怎么办才好呢？如果我们找对了地方的话，最好等到屋子的主人回来，假如并非如此而空等的话，将耽误到前往威斯利·基森家的时间……"

正当安妮感到失望时，黛安娜发现地下室上面有一个小型的四方形窗户。

"啊，那一定是厨房的窗户，绝对错不了！这栋房子的构造跟新桥的叔叔家完全一样。我叔叔家的这种窗户下面，也就是厨房呢！所幸，百叶窗并没有被拉下，只要爬到那个窝棚，就可以看到里面的餐具了。不过,这样做妥当吗?"

安妮稍微考虑了一下才说:"那并没有什么不妥当啊!因为我们的动机并非单纯的好奇心。"

那个窝棚的屋顶很尖,本来是用来饲养鸭子的。不过,考甫姐妹认为鸭子很不干净,所以再也不饲养鸭子。这几年来,她们只让母鸡在那边孵卵罢了。虽然涂得白白净净,但是窝棚并不牢固,随时有塌下来的可能。

她们在一个木箱子上面放置了一个木桶,安妮胆怯地把脚伸到屋顶上说:"它会不会塌下来呢?"

"你抓着窗沿吧!"经黛安娜如此说以后,安妮就照着黛安娜的意思做了。

安妮透过玻璃窗看下去,果然在棚架上看到跟约瑟芬姑妈的盘子完全一样的餐盘。到这个时候,本来一直安全无事,但是由于过度高兴,安妮忘了她两脚正踏着危险的地方,居然蹦跳了起来,整个身子贯穿过屋顶,一直掉落到两腋部位,就那样在半空中荡着,完全无法动弹了。黛安娜奔入鸭舍里面,抱着安妮的腰部,试图把她拖下来。

"哎唷!请你别拖啦!"安妮尖叫了起来,"好像有一条长板子卡在我身上了。黛安娜,你去拿点东西放在我的脚下吧!可能会有一些帮助。"

黛安娜急忙搬来刚才的木桶。它的高度刚好能让安妮的两脚踏到,不过,身体仍然不能自由活动。

"我爬到上面的话,能不能把你拉出来?"

安妮摇摇头说："不行啊……板子卡得我好痛。如果能找到斧头的话，那就可以把板子劈开啦……天哪！我的霉运还没有过去呢……"

黛安娜到处寻觅，但找不到斧头。于是，她又回到安妮那儿："我这就去叫人！"

"哦！你千万别叫人来！黛安娜，你可不要叫人来呀！"安妮用强烈的语气反对道，"如果那样做的话，人们就会到处宣扬，到时，我就不敢昂着头走路了。一直到考甫姐妹回来以前，我们都要守着秘密！等她俩回来，就请她俩拿斧头过来吧！只要不移动身体，我不会感到任何痛苦……幸好我们找到了梦寐以求的盘子。如果考甫姐妹肯把那个盘子让给我的话，我所受的难还是值得的……"

"如果考甫姐妹到了晚上……甚至到明天不回来的话，那该怎么办呢？"黛安娜不安地说。

"如果到了黄昏，她们仍然没回来的话，你就去请人来帮忙吧！"安妮无可奈何地说，"唉！同样是碰到了灾难，摩根夫人笔下的女主角总是有浪漫的气息，而我呢？不外是招惹一些让人不快的事。你想想看！等考甫姐妹回来时，发现有一个少女从自己家的鸭舍屋顶露出肩膀以上的部位时，她们又会有什么感想呢？咦？那是货车的声音吗？啊！完全不对头呢！黛安娜，那可是打雷的声音咧！"

黛安娜很慌张地绕了屋子一圈。回来时，她报告安妮说："西北方向有一大堆黑云正压过来，看起来将有一阵很大的雷雨呢！安妮，我俩该怎么办呢？"

"好好准备迎战吧！"安妮沉着地说，"你把马儿和马车放入空无一物的仓库！马车里面不是有两把太阳伞吗？你把其中的一把抛给我。同时也别忘了帽子！玛莉娜说过，到多里这种人迹罕至的地方，何必戴最好的帽子？那不等于暴殄天物吗？玛莉娜每次都说得很正确。"

黛安娜把阳伞跟帽子抛给安妮，再把马儿解下，把它连同马车带进仓库时，大雨倾盆而下。由于雨势实在太大，她几乎看不到撑着阳伞的安妮。所幸，雷声并不大，不过倾盆大雨持续了将近一个小时。

安妮时常把手中的阳伞倾向后面，对黛安娜挥挥手，但是两人之间隔着一段距离，无法很顺利地交谈。

雨好不容易止了，太阳又露出了云端。黛安娜顾不得泥泞，奔到安妮身旁说："你一定淋湿了吧？"

安妮若无其事地说："没有啦！头和肩膀完全没有淋湿，只有一些流到屋顶下的雨水，把裙子稍微弄湿了点。黛安娜，你不必为我难过，我很好！我现在认真地在想——这一场雷雨会带来什么作用？看来，我的那些花花草草一定会感到非常高兴。我刚才一直在想象，最初的一滴雨下来时，我的花儿和花蕾有什么感想呢？我已经想出了花丛中的夜莺和保护庭园的树木精灵的对话。一回家，我就要把它写出来。唉！如果我带着铅笔跟纸张就好了。因为我很担心在到家以前，会把那些最重要的片段遗忘了呢！"

很巧，黛安娜带着铅笔，她又从马车里面取出了一张包装纸。安妮收了滴水的太阳伞，戴上帽子，在黛安娜交给她的小石片上面摊开包装纸，开始写她的诗歌。不过，那儿绝对不是创作的佳境，但是，听了安妮的朗读，黛安娜感到神魂荡漾。

"哦……安妮，实在太美啦！好美、好凄艳！可以投到加拿大妇女新闻去！"

安妮却摇头说："我只是兴之所至，把想到的事写出来罢了，还不够资格发表。普莉西拉说，编者非常在乎构想呢！啊！雪拉·考甫小姐回来啦！黛安娜，拜托你，代我向她解释吧！"

雪拉·考甫小姐很娇小，穿着一点也不起眼的黑色衣服，帽子也缺乏装饰，只是讲求实用。当她目睹自己家里后院的奇景时，正如安妮跟黛安娜预期的一般，一时变得目瞪口呆。不过，她在听过黛安娜的解释之后，表示非常同情，急忙取来一把斧头，很巧妙地挥了两三下后，就把安妮救了下来。安妮有点疲劳，身体也感到有些僵硬，但是她跳下鸭舍，欢天喜地地走到外头。

"考甫小姐，我窥看贵府的厨房，是想确定你们是否拥有印花的盘子！除了它，我什么也懒得去瞧呢！"

"小事一桩，你不必在意，反正你又不是小偷。我们考甫家的厨房一向收拾得干干净净，任何人看到皆不构成失礼之举。太好啦！让那个鸭舍崩塌下来啦！否则的话，明年还得劳累我去粉刷它哩！我对玛莎说过好多遍啦！那间鸭舍不管用啦，不如把它拆掉。天晓得她硬是不肯……今天，她自己上街去啦……刚才我用马车把她送到车站了。你想买下我的印花盘子吗？那么，你肯出多少钱呢？"

"二十美元。"安妮回答。在交易方面，安妮决不是考甫家族的对手。否则的话，在一开始时，她就会把价钱杀得很低。

"它只值这么点钱吗？"雪拉小姐小心翼翼地展开拖延战术，"还好，那个盘子是我个人的所有物。否则的话，我怎敢在玛莎离家时把它脱手呢？玛莎是这个家的女暴君。我实在是不喜欢在别人支配之下生活。这种生活方式叫人忍无可忍呢！好吧，你俩快点进来吧！想必你俩已经够劳累了，肚子也饿了吧？请喝茶。不过，只有面包、牛油和黄瓜。玛莎在出门以前，把那些蛋糕、奶酪和砂糖腌制品都收起来了，而且上了锁。她一直是这样。她说我过于慷慨大方。只要有客人上门，我就会把什么东西都搬出来。"

两个来自艾凡利的少女委实太饿了，所以很高兴地吃了雪拉小姐的牛油面包和黄瓜。待她俩吃饱了以后，雪拉小姐说："那个盘子我可以卖给你，但是，它的现值是二十五美元呢！因为，它毕竟是年代悠久的东西呀！"

黛安娜在桌子下面，悄悄地踏了安妮一脚。黛安娜的意思是："别答应她！只要稍微拖延一下，就可以跌回二十美元。"不过，安妮认为那种贵重的盘子实在很难到手，便立刻答应以二十五美元买进。正因如此，雪拉小姐的脸上分明写着："唉！我为什么不狮子大开口，向她要三十美元呢……"

"好吧！那就成交啦！不怕你俩笑话，我现在必须想尽办法

赚钱不可。因为……"她的瘦削脸蛋染上了红潮，昂起头来，
有些得意地说，"我已经决定要跟鲁沙·威利斯结婚。其实远在
二十年前，他就有意娶我，我也一直心仪着他，只因为他很穷，
我父亲就活生生地拆散了我俩。想不到二十年后，我俩又相逢
了，而且，彼此都不曾婚嫁呢！"

不久以后，黛安娜抓起缰绳，安妮慎重地把盘子放在大腿
上面，坐着马车踏上归途。刚才那一场雨，使多里街道充满了
青翠之色。大姑娘的爽朗笑声，恰如微波一般，一波接一波地
来临，仿佛永不止息。

"明天到卡摩迪，向约瑟芬姑妈提起今天发生的事情，她一
定会大笑起来呢！虽然我感觉到一切并不好受，但是好歹已经
过去了。盘子已经到手，刚才那场雨洗净了灰尘，反正，什么
都叫人满意。"

"可是，咱们还没有到家啊！"黛安娜有点悲观地说，"安
妮，谁敢保证在抵达家门以前，咱们不会遭遇到什么事情呢？
因为，你实在太会惹事了。"

"对于有些人来说，时常在很自然之下发生意外的事情。问
题在于他是否有这种天分。"安妮很沉着地说。

第十九章

幸福的日子

有一天，安妮对玛莉娜说："所谓最幸福的日子，并非指发生叫人惊讶的事情的日子，也不是叫人感到心潮澎湃的日子，更不是发生了不起的事情的日子，而是像一颗颗珍珠滑下系线，不断地带来单纯而小小喜悦的日子。"

绿色屋顶之家的生活，就如这般过去。安妮的冒险和灾难，也跟一般人一样，并不是在一时一刻间引起，而是零碎地被嵌入长期无恙而快乐的生活之中。安妮就这样度过了满载着工作、梦想、欢笑和阅读的一年岁月。

八月末的某一天，仍是属于这种幸福的日子。上午，安妮跟黛安娜带着双胞胎去划船，再从池子上了砂岸，在那儿摘取甜甜的草儿，一会儿又涉入拍岸的小浪潮里面。吹过波浪上面的风儿，一直在奏着古典抒情的曲子。

下午，安妮到老旧的艾宾家访问保罗。艾宾家的北侧有一片蓊郁的枫树。枫树旁的堤防上，保罗正躺在那儿看故事书。

看到安妮时，他立刻高兴地跳了起来。

"安妮老师，真高兴您来了。奶奶不在家，我一个人觉得好寂寞、好无聊哦！老师，您待到吃点心的时间好吗？我一个人吃点心真没意思……本来想叫玛莉乔跟我一起吃，不过，奶奶一定不会同意。因为她老是叫我别跟那个法国人来往。不过，就算奶奶没这么说，我跟玛莉乔也谈不来。每次她一听到我说话，就会笑个不停，而且还说：'我从没见过像你这么疯疯癫癫的小孩子！'所以我跟她是无法沟通的。"

"好的。老师就陪你吃点心吧！其实，老师巴不得你这么说呢！自从上次在这里，吃到你奶奶做的牛油饼以后，老师就一直想再尝尝呢！"

保罗把他的手伸入口袋，小小的俊俏脸蛋上浮现出忧虑之色，说："如果我办得到的话，我巴不得立刻把牛油饼拿给您，但是，我得问问玛莉乔才行。因为奶奶在出门前，曾经对玛莉乔说，牛油饼对小孩子的胃肠不好，所以不能拿给我吃。不过，只要我答应她，我自己不吃，我想她一定会切几片牛油饼给老师尝尝。总之，不到最后关头，我决不轻言放弃。"

"是啊！"安妮很同意保罗说的话，"不过话又说回来，如果玛莉乔坚持不给老师牛油饼的话，你也不必介意，不要为此烦心。"

"老师，真的不要紧吗？"保罗有点难过地问。

"不要紧啦！"

"那么，我就不为那个问题烦心了。"保罗如释重负地吐了一口气。

"今天早上，我吃了整整一大盘的麦片粥，奶奶开心极啦！我费了九牛二虎之力才吃完呢！奶奶很高兴地说，只要我每天都吃这么多，要长成一个魁伟的男人，根本就不成问题。老师，我想请教您一个很重要的问题，希望老师能坦白告诉我。"

"好的，老师会照实对你说的。"

"老师，我的头脑是不是有点问题？"仿佛他的生死是由安妮操纵的，保罗一脸认真地等着安妮的回答。

听了这句话，安妮吓了一跳，说："谁说的？根本就没这回事。保罗，你为什么会有这样的想法呢？"

"那是玛莉乔说的……不过，她并不知道我正在偷听……昨晚，彼德·史龙家的女佣人维洛妮卡来找玛莉乔。我走过客厅时听到她们在厨房里说话。玛莉乔说：'那个叫保罗的孩子是个罕见的怪孩子，尽说些莫名其妙的话，我想，他可能有一些问题。'听到这句话后，我就一直睡不着觉，老是在想这个问题。我又不敢问奶奶这一类的事。想来想去，我觉得还是请教老师您最合适。如果您认为我的脑筋没有问题，那我就放心了。"

"保罗，你放一百个心吧！你连一丁点儿的问题也没有。玛莉乔比较笨，你大可不必在意她的说法。"

"凭老师这句话，我就完全安心啦！我好高兴，谢谢老师。我想玛莉乔之所以会说我有问题，可能是我时常对她说些我心里所想的事情吧？"

"这样一来……也许真会有些危险！"安妮基于自己的经验说。

"老师，我每次心情不好，就一直想对别人说话。又因为我旁边很少有人，所以在万不得已的情况下，只好对玛莉乔说出我心里的话。不过，以后我绝对不再对她说啦！我会拼命忍耐下来。"

"如果你忍耐不下来的话，就到绿色屋顶之家，来找老师说吧！"安妮一脸严肃地说。对于希望成年人能认真对待他们的小孩子来说，这句话比什么都中听。

"嗯……好！就这么决定了。可是我不希望我去的时候，德威在后院做烂泥大饼。因为每次他看到我，都会对我扮鬼脸。我懒得理他，因为他还是一个小孩子嘛！而我呢？已经快长大了。可是，看到德威扮的鬼脸，我的内心还是不怎么好受呢！"

"德威的鬼脸扮得真是厉害！那种眼斜嘴歪的德行，叫人不忍目睹。我真替他担心，长时间扮着这种鬼脸的话，他的小脸蛋恐怕再也恢复不了原来的样子哩！"

"每次我到教会，整个人沉湎于神话时，德威就会扮鬼脸。不过多拉不一样，她悄悄地对蜜妮·巴利说，她喜欢我。而且我也喜欢她。想不到她竟然还对蜜妮说，她长大后要嫁给我。就因为她说出了这句话，我就不再像以前那样那么喜欢她啦！我长大了以后，虽免不了要结婚，不过现在还小嘛！谈那个问题干吗？雪莉老师，您说是不是？"

"是啊，你还很小嘛！"

"一提到结婚，有个问题我实在有点担心。上星期林顿阿姨来我家喝茶时，奶奶吩咐我拿妈妈的照片给林顿阿姨瞧瞧……

也就是在生日时，爸爸送给我的那一张。说实在的，我实在不喜欢林顿阿姨看到我妈妈的照片。林顿阿姨虽然很亲切，又是个大好人，可是，我还是不希望她看到我妈妈的照片。但是，我还是得按照奶奶的吩咐去做。林顿阿姨说，我的妈妈很漂亮，不过，有点像戏子，年纪比我爸爸小了许多……

"接下来，林顿阿姨又对我说：'保罗，最近你的爸爸可能会再结婚。你喜欢有个新妈妈吗？'听了这句话，我惊讶得差一点就不能呼吸，但是我觉得这绝对不能让林顿阿姨看出来，所以我就这样……这样瞧着林顿阿姨的脸说：'林顿阿姨，爸爸娶我妈妈时，是睁大了眼睛，精挑细选的。所以我相信，第二次结婚时，他也会睁大眼睛选一位好女士的。我相信爸爸的眼光。'啊！玛莉乔叫我回去吃点心啦！我顺便去跟她说牛油饼的事情。"

保罗跟玛莉乔"谈判"的结果是玛莉乔不仅切了好几片牛油饼，还拿出了几种砂糖腌制的水果和蛋糕。安妮倒着茶，在海风徐来的古式客厅里，跟保罗对坐着，一面吃点心，一面说着一些"莫名其妙"的事，听得玛莉乔一面打哆嗦，一面又甚感愤慨。第二天晚上，她对维洛妮卡说："那位女老师比保罗更神经哩！她已经无可救药啦！"

吃完点心，保罗带安妮到他的房间里看他母亲的照片。保罗房间的天花板很低，渐渐下沉的夕阳，将他的房间照耀得颇为明亮，从凹入的四角形窗户往外看，茂盛的枞树枝丫正在晚风中婆娑起舞。在这种柔和的光线漩涡中，他母亲眼光柔和得犹如美丽少女的容颜，正在床尾展露笑容。

"她就是我的妈妈！"保罗骄傲地说，"为了每天早晨一醒来就可以看到我妈妈，我请奶奶把照片挂在那儿。现在就算晚上睡觉时，奶奶不点灯火，我也不再害怕啦！因为妈妈就在那儿陪伴我呢！爸爸不曾问我生日时需要什么礼物，却把妈妈的照片送给了我。由此可见，爸爸跟我是'心有灵犀'的呢！"

"保罗，你妈妈很美。你也有点像你妈妈。不过，你妈妈的眼睛和头发的颜色比较浓。"

"我眼睛的颜色跟我爸爸的一样。"保罗在房里跳跃着，把所有的坐垫都集合起来，堆在西边的窗旁，"可是我爸爸的头发是灰色的。他的头发很多、很厚，不过，他快五十岁了，就要步入老年了。但是他人虽老，心却不老。老师，您就坐在这里吧！我要坐在老师的脚边。我可以躺在您的腿上吗？妈妈跟我都是这样坐的。啊！好温暖，好舒服……"

"保罗，玛莉乔认为古怪的那些话，你说给老师听听。"安妮抚摸着保罗的鬈发。

对于志趣相同的人，就算安妮不提，他也会把心事全部倾吐出来的。

"那些话是在星星眨眼的夜晚，我在枞树林子里想到的。当然啦，现实世界里或许不存在，不过，我只是在做一场绮梦而已。老师，您也知道，每到这种情况时，我总想一吐为快，您说对不对？偏偏我的身边只有玛莉乔一个人，您说惨不惨哪！我只好闷闷不乐地走进厨房里，坐在一旁的椅子上面，看着玛莉乔在认真地和面，我就对她说：'玛莉乔大姐姐，你知道我现在在想些什么吗？我认为傍晚的星星，就是妖精之园所使用的灯塔。'听我这么一说，玛莉乔立刻嚷叫起来说：'你呀！完蛋啦！乱说一通，世上哪有什么妖精啊！'听了她的话，我简直气炸啦！我当然也知道，妖精很可能并不存在，但是认为它们存在也无伤大雅啊！我没有显露出气炸了的痕迹，又说：'玛莉乔大姐姐，你知道我现在又在想些什么吗？我在想，等太阳西沉以后，天使就会在世界上散步了……那些长着银色翅膀的天使，对着花儿和小鸟儿歌唱，使他们很快地进入了梦乡。人类的小孩，只要侧耳倾听，同样也能听得到。'玛莉乔听罢，把一双沾满了面粉的手举得很高，叫嚷着：'如果你还胡诌个没完的话，我就用面糊把你的嘴巴堵起来！'她的脸好可怕！所以我就跑到外面，对着庭院说出还没说完的话……

"老师，我家的庭院里有枯萎的桦树呢！奶奶说，那是海浪溅到了它们，它们才会变成那样的。我则认为，那些桦树的灵魂不太灵光，成群结队去观看花花世界后，竟然迷了路，回不来啦！正因为如此，小小的桦树就变得衰弱，然后渐渐枯死。

"当那些不灵光、心思不够细致的桦树灵魂旅游回来，看到桦树枯死的惨状以后，它们也将因为过度哀凄而枯死。

"老师，您知道我把新月看成什么吗？我一向把它看成载满了梦幻的黄金小船。

"当它碰到云朵而倾斜时，梦幻将溢出一部分。而这溢出的一部分将进入我们的睡眠里面，对不对？

"正是这样！老师，您什么都知道嘛！我认为天使在天空打开洞穴给星星居住时，掉下来的碎片变成了羊齿草，而金莲花则是古老的太阳光形成的。至于香豌豆嘛……到了天堂就会变成翩翩起舞的蝴蝶。老师，我想的东西是不是太古怪啦？"

"一点也不古怪呢！那些是不可思议的漂亮想法。正因为如此，耗费了一百年仍想不出那些东西的人，才是不可思议的人物呢！保罗，你继续幻想下去吧！我想，你一定会成为一个诗人。"

安妮回家时，德威一直板着一张小脸蛋，等待着安妮带他上床。安妮替他穿上睡衣后，他就立刻跳到床上，把小脸蛋埋进枕头里面。

"德威，你忘了祈祷啦！"安妮责备他。

"我才没有忘记呢！反正这以后，我再也不祈祷了。因为，我再也不做一个好孩子啦！不管我如何试着去做一个好孩子，安妮姐姐还是比较疼保罗，对不？所以嘛！我觉得做一个坏孩子，做尽一切坏事，比较划得来。"

"你在胡诌些什么呀？我并没有偏爱保罗呀！"安妮很认真地对德威说，"我也很喜欢你呀！"

"我希望你同样爱我们。"德威噘着嘴说。

"对于不同的人，很难给予相同的爱呀！德威，你爱我的心跟爱多拉的一样吗？"

德威坐在床上，认真地想了起来："唔……我爱多拉是因为她是我妹妹。我爱安妮姐姐嘛……那是因为你是安妮姐姐啊！"

"那不就得啦！姐姐喜欢你，是因为你是德威啊，至于姐姐喜欢保罗嘛，那是因为他是保罗嘛！"

对于安妮的解释，德威好似已经领会到了，便对安妮挤挤眼睛说："那么，我还是祈祷一下吧。不过，下床祈祷实在太麻烦啦！干脆就这样吧！明天早晨我祈祷两次。安妮姐姐，这样行吗？"

安妮板着脸不答应，德威便爬下床，靠近安妮跪着祈祷。

祈祷完后，他抬头瞧瞧安妮说："安妮姐姐，我是不是比以前乖多了？"

"是啊！你的确乖很多啦！"只要有些地方值得称赞，安妮总是不吝赐予的。

"安妮姐姐，今天早上，玛莉娜阿姨给我两个果酱面包。一个是给多拉的。其中一个大了很多，而且，玛莉娜阿姨又没有交代，哪个应该交给多拉。不过，我还是把大的那一个给了她。安妮姐姐，我是不是很伟大呢？"

"德威，你好伟大，而且很有绅士风度。"

"多拉说她不怎么饿，只吃了一半，剩下的都给我了。我在不知道多拉会给我的情况下，给了她大的面包。安妮姐姐，我算不算是好孩子呢？"

黄昏时，安妮独自一人到妖精之泉散步时，看见吉鲁伯特穿过魔鬼的森林，正朝向她这边走来。安妮突然感觉到吉鲁伯特再也不是上学时的小孩子了。如今，他看起来已经很像个成年的男子——他的个子已经很高挑，一张看起来忠厚的脸蛋，一双清澈的眼睛，看起来又温和又正直，肩膀很宽。他虽然跟安妮内心所描绘的白马王子全然不同，可是，也称得上英俊挺拔。

其实在很早以前，安妮跟黛安娜就描绘出了自己心仪的男子形象，而很凑巧的是——她俩心仪的男子形象是同一个类型。他必须身材高挑，气质高雅，眼神忧郁，能给人一种高深莫测的感觉。声音必须柔和，而且能给人一种处处体恤人的感觉。

以吉鲁伯特来说，他的容貌方面，谈不上什么忧郁或高深莫测，不过对单纯的友情，并没有什么影响。

吉鲁伯特躺在水泉旁的羊齿草上面，心满意足地瞧着安妮。如果有人问吉鲁伯特心目中的女神是谁的话，他一定会不假思索地说是安妮，还包括她鼻子旁的七颗小雀斑。

吉鲁伯特刚刚脱离了少年期，但是，他已经抱持着很大的雄心。每次他想到未来时，总会在心坎深处浮现出一双清澈的灰色大眼睛，以及一张花一般美妙的少女脸蛋。吉鲁伯特也非常清楚，他必须使自己的未来配合心目中的女神。

在宁静的艾凡利，对吉鲁伯特的诱惑可真不少。白沙镇的年轻人很开放，吉鲁伯特的人缘颇佳，但是他只想做一个能赢得安妮友情的人，再进一步，希望能够获得安妮的爱情。正因为如此，他对自己的言语、思想、行动等，展开严厉的批评，以期能够符合安妮检验的尺度。

对吉鲁伯特来说，安妮最大的魅力，是不像艾凡利的一般少女们那样，动不动就吃醋，或者嫉妒别人，说一些骗人的谎言，随意厌恶人，以及瞎哄瞎抬。安妮跟这些习性完全无缘。而且，她的动机、抱负，皆由水晶一般透明、纯正的性格所形成。

不过，吉鲁伯特并不想把他的内心表现出来。一旦把他的热烈感情暴露出来，安妮很可能会在毫不怜惜的情形下，剪掉刚刚形成的感情蓓蕾，或者，也很可能会再度轻蔑他。吉鲁伯特最害怕的就是这一点。

"安妮！你站在桦树下面，看起来跟真的树木精灵一模一样！"吉鲁伯特揶揄她说。

"我一向都很喜欢桦树。"安妮把她的面颊靠在树干上，再用她的一双手去抚摸树皮。

"那么，我就告诉你一些好消息吧！梅杰·史宾塞为了激励改善会，准备在他的菜园子沿着道路那一段，种植一整排的白桦树。今天上午他告诉我的。艾凡利这个地方，他是最富有公德心的一个人了。威廉·贝尔也准备在他家前面的道路和马车道上，建一道针枞树的围墙。总而言之，我们的改善会已经创下了很好的成绩。安妮，我们已经从试验的阶段进入了既定的事实。

"就连上了年纪的人们也表示很关心呢！影响所及，白沙镇的人们也计划仿效我们组织一个改善会哩！白沙镇饭店的美国人到海岸野餐以后，逐渐改变了他们的想法，力赞我们的道路，说岛上的任何地方都变得又美又清净。正因为如此，其他庄稼人也向史宾塞看齐，在沿着道路的边缘种植树木，或者建立绿色的植物墙。看来，艾凡利将成为这一带最美丽的村庄了。

"妇女会也将提出改善坟场的问题。不过为了达到目的，非得叫居民们义捐不可。至于改善会嘛，那个公众集会所的问题还未解决，当然就无法满足妇女会的要求啰！如今，我们种植在教会范围内的树木，正欣欣向荣地成长呢！理事会也答应，明年将在学校周围建立围墙。等到那一天来临时，我会叫每一个学生种一棵树。再在面对着道路的角落里种植花草。

"到目前为止，咱们的计划几乎个个都成功。只有一件事情是例外，那就是波尔多的古屋。看来这件事情我们得放弃了！利威说什么也不肯拆掉古屋，专门跟我们作对。波尔多家的人都是怪物，利威更是怪得离谱。"

"像他那种人，最好永远不理他。"

"我们就把一切交给神去安排吧！林顿伯母也说过，除此以外，根本就没有任何办法。安妮，到了明年的春天，咱们就可以展开美化草坪的工作！因此在今年的冬季，我们就得撒好种子。暑假就要结束了，星期一就是开学的日子。对啦！琪丽儿将到卡摩迪教书呢！"

"嗯……普莉西拉已经写信告诉我了。因为普莉西拉将回到自己的故乡去，所以卡摩迪的理事会就任命琪丽儿啦！普莉西拉的离去叫我感到悲哀，但是一切都是无可奈何的。幸亏换成了琪丽儿。如此一来，琪丽儿周末时就可以回来了。那么，我们四个女孩——琪丽儿、琴恩、黛安娜和我，又可以结成死党，疯在一起啦！"

安妮回到家时，玛莉娜刚从林顿夫人那儿回来，正坐在后门的石阶上乘凉。

"安妮，明天，我要跟蕾洁一块儿进城。林顿老爷子的身体好了一点，蕾洁要趁着这个机会到城里办些事。”

　　“明天，我得早早起床，因为有许多事情非做不可！”安妮一本正经地说，“首先，我要换新被单。其实我老早就应该换掉它了，但是我不喜欢这种工作，因此拖了一天又一天。这是很要不得的坏习惯，我得克服它。否则，我实在不好意思对学生有类似的要求。接下来，我得烘烤答应送给哈里森先生的饼干，写有关庭园的论文，好在改善会上朗读，再写信给史蒂拉小姐，洗涤毛纱的衣服，再上浆。然后……给多拉缝制新围裙。”

　　“你可能连一半也做不完咧！”玛莉娜摇摇头，悲观地说，“偏偏想做这做那时，往往会碰到意想不到的干扰呢！”

第二十章

不速之客

第二天早晨，安妮果然很早就起床了，迎接灿烂的日出。绿色屋顶之家全部沐浴在阳光下，白杨树跟柳树投下了长长的影子。小径的那一边，哈里森的麦田开始闪出金光，犹如浪潮澎湃的海洋，一直蔓延到无穷尽的地方。

早晨的景色实在太舒爽宜人了，安妮伫立在庭园的篱笆门边，出神地望了十分钟左右。

吃过早饭，玛莉娜就准备出门了。因为她早就答应过多拉要带她进城，便把多拉打扮得像个小公主，带她到卡摩迪去。

"德威，你一定要做个乖宝宝，绝对不能吵安妮姐姐，知道吗？"玛莉娜板着脸教训德威，"如果你一直做个乖宝宝，阿姨就买棒棒糖给你吃。"

不知不觉，玛莉娜也养成了坏习惯——以孩子喜欢的东西为诱饵，逼他做个乖宝宝。

"阿姨，我并不是故意想做坏事。如果我一不小心干了坏事，那该怎么办？"

"那你就处处小心吧！安妮，如果希拉先生来了的话，你就向他买一些上等的里脊肉和烤肉用的肉吧！"

安妮点点头说："今天只有德威跟我在家吃午饭，所以我不想动锅铲了，只吃那些火腿就够啦！晚上我再做一些炸肉排吧！"

"安妮姐姐，今天上午我要帮哈里森先生一起采红藻，因为哈里森先生拜托过我。中午我可能会在他家吃饭。那位伯伯很亲切呢！他很喜欢嗑牙。长大以后，我要跟哈里森伯伯一样，当一名庄稼汉……不过，我不想长成他那模样。我想，我不必担心这一点。因为林顿阿姨说我长得很英俊。安妮姐姐，我能够永久英俊下去吗？"

"当然可以！德威，你真的长得很帅哦！"

听了这话，玛莉娜严肃地说："只有外表长得俊是不够的！你必须变成绅士般的好孩子才行！外表跟内在都重要。"

"上次有人讥笑蜜妮·巴利说，她的脸长得很古怪，惹得她哭了起来。安妮姐姐告诉她，只要心地善良，脸蛋长得如何无所谓，"德威有点扫兴地说，"我一定非做个好孩子不可吗？"

"难道你不想做一个好孩子吗？"玛莉娜又说出了愚蠢的话。

"我是有心做一个好孩子。不过，我不想做一个太好的孩子，"德威小心翼翼地说，"不怎么好的人，也可以当主日学校的校长呢！贝尔先生就是这种人，他实在坏透啦！"

"才没有那回事呢！"玛莉娜愤然地说。

"可是……他自己那样说啊！上星期天，在主日学校祈祷时，他自己那样说的。他说神啊，我是微不足道的卑劣之辈，我是无恶不做的人，背着满身的罪恶——贝尔先生有这么坏啊！他到底做了一些什么坏事呢，玛莉娜阿姨？他是不是杀了人，或者偷了捐款箱里的钱呢？阿姨，你告诉我呀！"

就在这时，林顿夫人的马车已经抵达了后院，玛莉娜便逃出陷阱般地借机溜掉。她认为，贝尔先生在大众面前祈祷，尤其是在好奇心旺盛的男孩子面前祈祷时，实在不应该说出太夸大、太离谱的话。

玛莉娜走了以后，绿色屋顶之家就变成了安妮一个人的舞台。她手忙脚乱地打扫房间，整理床铺，喂养鸡鸭，洗涤白毛纱衣服，再把它晾起来，忙得不亦乐乎。为了换被单，她进入阁楼的房间，随便抓一件藏青色的小衣服穿上。那是安妮十四岁时穿的衣服，现在穿已经显得太紧绷了些，不过穿着它换被单，还不成问题。她的头上戴着马修的红白格子的大手帕，再走进厨房的工作室。玛莉娜在出门以前，已帮安妮把被子搬到了那儿。

靠窗户的地方吊着一面有裂缝的镜子。很不幸，安妮的脸蛋被照到了。鼻子旁的七颗小雀斑似乎更显眼了，也许是窗外的太阳光直射过来的缘故吧！

"啊！昨晚我忘了抹那药水，现在就去抹。"

为了除去那七颗鼻子上面的小雀斑，安妮已经试过多种方法。有时在涂抹药膏以后，鼻子会脱下一层皮，但是雀斑仍然黏住不放。两三天以前，安妮又在杂志里面看到一个消除雀斑的处方，碰巧她手边没有材料，于是说服了玛莉娜，立刻调制试用。

玛莉娜说，如果神有意让七颗小雀斑长在那儿的话，就不妨留下它们。

安妮急速进入厨房。由于窗边有棵巨大的柳树，几乎一年到头遮蔽着太阳光，而且为避免苍蝇飞入，放下了遮阳幕，所以显得异常黑暗。

安妮从棚架上取了一个药瓶子，再用一小片海棉沾着药水，把它抹在鼻子上。这才再回到工作室更换被单。换过被单的安妮，简直成了个面粉人。她的衣服沾满了棉毛，变成了雪白色，从大手帕溢出的额前头发仿佛沾了白霜，看起来很滑稽。

就在这个节骨眼上，响起了敲打厨房的声音。

"一定是希拉先生来了，错不了啦！虽然我三分像人七分像鬼，可是他那个人性子特别急，我这就出去吧！"

奔到了厨房门口的安妮，恨不得一古脑儿钻进地洞里！

厨房外的阶梯上，站着穿着漂亮绸缎衣服的普莉西拉，还有位穿着斜纹布西服的矮胖、满头白发的妇女。另外，还有位身材高挑、颇具威严、穿着华丽的妇女。当安妮看到这位妇女漂亮高雅的脸蛋、长长的黑睫毛和紫罗兰色的翦翦双瞳时，她就认定对方是摩根夫人。

在万分困惑中，安妮想到了"船到桥头自然直"的说法。摩根夫人小说里面的女主角，都有一种特色——那就是很漂亮地克服难关。她们都能够克服种种困难，以发挥出自己真正的价值。正因如此，安妮也认为自己有义务克服这项难关。

事后，普莉西拉说，她对当时安妮的作为表示非常感动。安妮丝毫没有把自己内心的狼狈显露出来，从容地跟普莉西拉打招呼，再来嘛……犹如身上穿着华丽的紫色绸缎礼服，很沉着地被介绍给两位年长的妇女。

原来，安妮以为是摩根夫人的高挑妇女，并非摩根夫人，而是宾德·克丝达夫人。矮小而满头白发者才是摩根夫人。安妮得知后曾一度大失所望，谁知不久以后，她更被卷入一场尴尬的漩涡之中。

安妮把宾客引进客厅以后，再赶到前院，帮普莉西拉解开马儿。

"安妮，我们突然来访实在有点儿冒失，不过我们昨晚才决定拜访你的。因为摩根夫人星期一要回家，今天她本来要到卡摩迪的朋友那儿。不料那位朋友昨晚打电话告诉摩根夫人，说她得了猩红热，叫我们暂时别上门。我知道你一直想见摩根夫人，所以就带着她专程来瞧瞧你。半路上，我们在白沙饭店碰到了宾德·克丝达太太，她是摩根夫人的好友。因此，她也跟着我俩一块儿来了。宾德太太住在纽约，她的丈夫是富甲一方的富翁呢！我们在这待不久，因为宾德太太五点钟以前必须回到饭店。"

当她俩在处理马儿跟马车时，普莉西拉好几次以微妙的表情瞧着安妮，叫安妮感到很不是滋味。

为什么用那种眼光瞧人家嘛！就算你不曾换过被单，你也可以想象得到做了这项工作后，必然有这种结果啊！安妮的内心如此咕哝着。

普莉西拉来到客厅，安妮准备到楼上换衣服时，黛安娜进入了厨房。安妮抓着满面惊讶的黛安娜的手，急切地说："黛安娜·巴利，你知道谁坐在客厅吗？告诉你吧！她是摩根夫人呢！还有一位来自纽约的富家太太……而我呢，竟然是这副模样！我想请她们吃午餐，可是家里只有一些火腿，除此以外，什么东西也没有呢！"

安妮定睛一瞧，原来，黛安娜也跟普莉西拉一样，用一种古怪的表情瞧着她！

"唉……黛安娜，你别用那种古怪的眼光瞧人家嘛！只要去更换被单，再干净的人也会变成我这副样子的呀！"

"不是……不是……不是棉絮啦！"黛安娜欲言又止，"那……那……你的鼻子怎么会……"

"我的鼻子？哦！黛安娜。我的鼻子又怎么啦？"

安妮瞧瞧洗菜槽上面的镜子。只瞧了一眼就够啦！想不到，安妮曾几何时有了这么一个大红色的鼻子！

事情到了这种地步，本来性情磊落、不拘小节的安妮，也立刻颓然地倒入椅子里。

"安妮，你到底怎么啦？"黛安娜好奇地问。

"我以为自己抹了雀斑药水了呢！看来，我是错涂了玛莉娜用来在地毯上做记号的药水。唉……我该怎么办？"

"赶快把它洗掉啊！"黛安娜说。

"我想可能洗不掉啦！以前我染坏了头发，如今又染了鼻子。染坏头发时，幸亏玛莉娜替我剪掉，可是鼻子又剪不得呀！好吧！这是爱慕虚荣的报应，活该！唉……我的运气实在坏透啦！"

所幸，那些染料用肥皂跟水就洗掉了。安妮舒了一口气，爬上了楼上东边的房间，黛安娜则奔回她家里。不久以后，安妮恢复了平静，换穿了另外的衣服下楼来。本来准备在这种场合穿的白毛纱衣服，刚才洗涤过，不能穿上身，只好另穿一件黑麻布的衣服。安妮下楼起火烧茶水时，黛安娜又来了。她穿着白毛纱衣服，手里端着一个附盖的盘子。

"这是我母亲做的呢！"安妮掀起盖子一瞧，原来是一只香喷喷的红烧鸡，正好用来宴请宾客。看了这情形，安妮非常高兴。

除了红烧鸡，还有一些烤面包、上等的牛油、奶酪、玛莉娜的水果蛋糕，以及浮在金色糖浆上面的糖腌李子。桌子用红白两色的菊花装饰。比起以前为摩根夫人准备的大餐和豪华的装饰，这些实在显得太寒酸了。

不过，宾客们或许已经饥肠辘辘，如享受豪华的盛宴一般，津津有味地吃着简单的午餐。一开始，因为缺的东西实在太多，安妮感到非常不放心，不过几分钟后，她就释然了。

对于摩根夫人的外貌，安妮本来稍感失望，但没想到她很健谈，又因为曾到过很多地方旅游，话题非常丰富。人情世故方面也懂得很多，听着她充满机智的言谈，安妮才恍然大悟，她何以能够在作品中创造出如此鲜活的人物。

摩根夫人不但睿智，而且对人非常体恤、亲切，这使得安妮不由自主地对她产生了尊敬以及敬爱之心。同时，她始终不想独占谈话的场面，一直很巧妙地引导他人交谈。正因为如此，当安妮跟黛安娜察觉到时，她俩已经在不知不觉间，说了很多话。

至于宾德夫人呢，自始至终几乎没有说任何话，只是在嘴角和漂亮的眼睛里浮泛笑意，举止优雅地吃着红烧鸡、蛋糕及糖腌李子。那模样仿佛是在品尝着神仙食品和玉液琼浆！事后，安妮曾对黛安娜说，像宾德夫人那样，神仙眷属般的美女，实在没必要开口说话，只要表现她的表情就够了。

午餐后，一伙人外出散步。她们从恋人小径、紫罗兰之谷、白桦之道穿过了魔鬼的森林，来到妖精之泉。大伙儿坐在泉水旁，愉快地交谈。最后的三十分钟就这样过去了。

摩根夫人问起安妮"魔鬼的森林"这个名称的来由。安妮神气活现地说，几年前，在一个鬼哭狼嚎般的黄昏，玛莉娜逼着她走过那片森林，叫她起了浑身的鸡皮疙瘩。

摩根夫人走后，安妮对黛安娜说："这一次，我不仅使自己的心灵世界丰饶了起来，同时也看尽了现实世界中的美色——摩根夫人所说的话和宾德夫人的容貌合并起来堪称'双绝'。现在想起来，我实在不必对食物方面耿耿于怀……黛安娜，你陪我喝茶吧！别急着回去，我们好好聊聊吧。"

"普莉西拉说过，宾德夫人的小姑嫁给英国的伯爵了呢！真想不到，宾德夫人还肯吃糖腌李子呢！"听黛安娜的口气，仿佛这是两件风马牛不相及的事。

不料安妮却很傲然地说："就算是英国的伯爵来到了绿色屋顶之家，吃到了玛莉娜的糖腌李子，他也会感到其味无穷呢！"

那一晚，安妮对玛莉娜提起摩根夫人来访的事情时，并没有说出"红鼻子"事件。

不过，安妮把那些擦雀斑的药水，悄悄地倒在了窗户外面，黯然地自言自语："以后，再也不涂什么美容水啦！或许对小心翼翼的人来说，这么做无可厚非……可是像我这种一向慌慌张张、频频出糗的人，还是不要轻易尝试的好。或许，这是命运在捉弄我吧！"

第二十一章

拉宾达小姐

学校又开始上课了。安妮不再提出任何理论，凭着她一年来的经验，就回归到了工作岗位上。这个学期有不少六岁和七岁的新生，德威跟多拉也在里面。德威跟米鲁帝·波尔多坐在一起。米鲁帝一年前就上学了，可以说是熟悉各种事情的人物了。多拉在上一次上主日学校时，就跟李莉·史龙约好坐在一起，但是第一天李莉缺席了，所以多拉暂时只好坐在米拉贝尔·考顿旁边。米拉贝尔已经十岁了，对多拉来说无疑算是个成年人了。

那一天德威回家时，向玛莉娜报告："阿姨，学校真好玩！阿姨你实在是未卜先知呢！我就是没办法静静地坐着……我把桌子下面的一双脚踢过来又踢过去。大致上说来很不错，因为我可以跟很多男孩子一块儿玩。我跟米鲁帝坐在一起，米鲁帝好伟大哟！他的个儿比我高，但是我比他壮多啦！本来我很想坐在最后一排，这样才能够恶作剧呢！但是一坐上后面的位置，我的两脚就悬空啦！唉……我如果能再长高一些该有多好……

"米鲁帝在石板上面，把安妮姐姐画得好丑好丑，我警告他，如果他不擦掉的话，到了休息时间，我就要他好看！我也在石板上面画起了米鲁帝，再加上一对角和一条尾巴。我心想，如果米鲁帝不服气，我就赏他铁拳吃。米鲁帝说，他根本就不怕我。不过，他在那个女人像旁边写了芭芭拉·萧的名字。因为，米鲁帝不喜欢芭芭拉·萧。原来，她时常抚摸米鲁帝的头，说他是个可爱的男孩子……"

多拉也说她很喜欢学校。这个女孩子平常就沉默惯了，今晚更是沉静得离谱。

夜已经深了，玛莉娜叫多拉上楼睡觉时，多拉一直扭扭捏捏，旋即又放声大哭："玛莉娜阿姨……我好害怕！楼上一片漆黑，我不敢一个人上去呀！"

"你到底怎么啦？整个夏季，你不是一个人睡得好端端的吗？"安妮抱着还在哭泣的多拉，对她温柔地耳语，"不要怕，多拉，有什么事情尽管告诉姐姐好啦！你到底在怕什么？"

"怕米拉贝尔的叔叔！今天在学校里，米拉贝尔把她家族里的人物琐事统统告诉了我。米拉贝尔的家族流行一种'死亡竞赛'，只要有一个人死掉，其他人就会争先恐后地死掉。有一次，米拉贝尔的祖父去世了，结果呢？奶奶、叔叔、婶婶、伯伯、伯母……死了一大串。米拉贝尔还引以为傲呢！她很得意地告诉我他们生病时的情形、死前所说的话，以及放入棺木里面的情形……听得我都尿湿裤子了。她还说有一个叔叔死了被放入棺木埋葬后，竟然在白天里现形，在生前的家周围徘徊啊！据说是米拉贝尔的母亲撞见的。所以……我一直忘不了米拉贝尔变成了鬼的叔叔啊！"

安妮跟多拉上楼，陪着多拉一直到她睡着为止。

第二天上课的休息时间，安妮以柔和而带着威严的声音对米拉贝尔说，纵然她的叔叔在死后变成鬼魂现形，也不应该对同学们说出来，更不宜对年纪尚小的女孩子说。

听安妮这么说，米拉贝尔有点憎恨安妮。因为考顿家没有一件事情值得自豪，唯有吓人的鬼话能够拿出来炫耀，谁知道立刻又被禁止啦！

九月在不知不觉间溜走，充满金黄色和红色的十月又来了。

某一个星期五，黛安娜来找安妮。

"今天，我收到了爱拉·珍鲍儿的信。因为她堂妹爱莲·多伦从城里来，所以她请我俩明天下午去喝茶。安妮，我家的马儿，明天都得派上用场，连一头也使用不得哩！你家的马嘛，腿又不好……想必，明天去不成啰！"

"我俩可以劳驾一双腿啊。只要笔直地穿过森林，就可抵达西段克拉夫顿街道。从那到珍鲍儿的家就很近啦！去年冬天我曾走过，所以我还认得路。至于回程嘛……我想，珍鲍儿一定会用马车送我们的。"

于是，她俩就决定走路去赴茶会，在第二天的午后便出发。从恋人小径穿过卡斯巴德家的农场后面，就可以看到一条道路通往森林。此刻，紫色的静谧充满整个森林，树叶的缝隙中露出了金色的阳光。

黛安娜瞄了一下怀表说：“我们得赶快赶路，没有什么时间啦！”

“好吧！那么就走快点好了。不过，你不要跟我说话，我要沉浸在这一片美景里面……我要一步一步地啜饮幻梦的醇酒。”

或许是过度沉醉于美景的缘故，走到双岔路口时，本应该走右边的道路，谁知安妮却走上了左边的道路。后来安妮回忆说，她从来就不曾犯过这种幸运的错误。走呀走，她俩来到了长满草的街道。道路两侧排列着针枞树。

“咦！这是什么地方呀？分明不是西段克拉夫顿街道嘛！”黛安娜惊叫了起来。

“可不是吗？这是中段克拉夫顿街道呀！”安妮很烦躁地说，“一定是在双岔路口时走错路了。我不知道这里是哪里，看来到珍鲍儿家还有足足三里路呢！”

“那么，我们不能在五点前抵达了，因为现在已经四点半了！”黛安娜瞄着怀表，一副无可奈何的样子，“等我们到达时，茶会已经结束了。”

“我们干脆就回去吧！”安妮有点不好意思地说。

“既然来了，我看还是走一趟比较妥当。”黛安娜考虑了一下说。

她们才走了一小段路，便又碰到了双岔路。

“到底要走哪一条才对呀？”黛安娜拿不定主意。

安妮摇摇头说：“我也不知道。如果再搞错的话，那就完蛋啦！啊，这里有条小径一直通往森林呢！我想在尽头应该有房子，我们去看看。"

"咦！这条小径很富有浪漫的情调嘛，而且又古意盎然。"黛安娜一面走在曲折的小径上，一面感叹道。小径通过参天的古木，因此四周一片微暗，到处长满青苔。两侧又布满落叶，只有几处树叶缝隙中透出阳光。四周一片静谧，给人一种远离尘世的感觉。

"我们仿佛行走在妖精的森林里面。黛安娜，我们就要进入中了妖术的公主城堡啦！你以为我们还能够回到人间吗？"

她们一直到下一个转弯处时，才发现那并非一座城堡，而是一栋小小的房子。不过这个地方，所有的房子都是木制的，而且样式一模一样，所以看到那栋房子时，她们的惊讶程度跟看到城堡时并没什么两样。安妮由于太高兴而停止了脚步，黛安娜则大声叫嚷了起来。

"哦！我知道这是什么地方啦！这里正是拉宾达小姐居住的石屋呀！它好像有一个别致的名字——'回声庄'。我时常听人们提起，但是直到今天才亲眼看到。"

"原来世间真有如此漂亮可爱的地方，我不曾见过，也未曾想象过啊！"安妮大喜过望，"仿佛是从梦里或故事书里逃出来的！"

这栋房子的屋檐很低，用不曾磨光的红砂石砌成。倾斜很急的屋顶，有着两扇窗户，露出了古意盎然的摆设。屋顶有两个烟囱，由于常春藤爬满了房子，受到降霜的影响，叶子变成了青铜色和葡萄酒般的红色。

房子前面有一个长方形的庭院，两位少女就从篱笆门进到里面。庭院的一端被房子占据着，其余三方则围着石墙。因为长满了青苔和羊齿草，乍看之下，很像是青翠的河堤。

右边和左边，分别种植着苍翠的针枞树和棕榈，石墙的下面是一个小小的牧场，形成了缓和的斜坡，最低处，由克拉夫顿河的清流围成了一个圆圈。除此之外，再也看不到任何房子和耕地，举目所望，只有长满枞树的山丘和幽谷。

打开篱笆门以后，黛安娜说："拉宾达·露依丝不知长得怎样？据说她性情很古怪。"

"如此说来，她必定是一个很有趣的人物喽？"安妮说，"所谓古怪的人，在别的方面我不敢说，但是他们通常都很有趣。我不是说过，我们能够进入妖精们的城堡吗？小鬼们在那条小径上施法术，并非完全没有理由啊！"

"可是，拉宾达小姐跟妖术的公主，还差十万八千里呢！"黛安娜说，"她已经是老小姐了。听说她已经四十五岁了，头发都全白了呢！"

"噢……那也是妖术使然啊！"安妮自信满满地说，"她的内心还很年轻，而且也很美呢！如果我们能够替她解除妖术的话，她一定能够恢复往昔耀人的美呢！可惜我俩并不懂啊，只有她心目中的王子才懂……我想拉宾达小姐的王子很可能是碰到了大灾难，所以还不能来这儿……不过这样一来，将违背童话故事的结局。"

"我认为王子已经来过，又走啦！因为拉宾达小姐在年轻时曾经跟史蒂夫·艾宾订婚……也就是保罗的父亲。"

"嘘！门大开着呢！"

两个少女站在常春藤垂下来的入口处敲门。里面响起了叭哒叭哒的脚步声，接着，门口出现了一个奇妙的人物——是个十四岁左右的少女，脸上犹如洒了芝麻，长满了雀斑，不但有个朝天鼻，还有一张裂到耳朵的大嘴巴。两条金色的辫子上面，系着两个大得离谱的蝴蝶结。

"请问拉宾达·露依丝小姐在家吗？"黛安娜问。

"噢……在！在！小姐们请进！小姐们请这边坐。我这就去通知小姐。我家小姐在楼上咧！"说完，小小的女佣人就走了。两个少女兴趣盎然地瞧着四周。

房间里的天花板很低，小小的四方形玻璃窗户，有着打褶的毛葛布窗帘家具，都属老式，不过由于照料得很好，看起来仍然很宜人。不过最吸引走了四里路的少女的东西，是那一张桌子。

桌子上面放着盛满佳肴的青色陶器，以及散乱在桌布上面的金黄色羊齿草。这两样东西都洋溢着节日的气氛。安妮嗫嚅着："原来，拉宾达小姐在等着来喝茶的客人呢！总共有六张椅子。刚才那个女孩子很古怪，看起来仿佛是小鬼国的使者。我们可以向她问路，不过，我现在很想瞧瞧拉宾达小姐。"

当她俩瞧见出现在入口处的拉宾达小姐时，由于过度惊讶，竟一时忘了礼节，只是瞠目结舌地看着她。本来，她俩都期待

能够看到一般未婚的老小姐。通常老小姐的外貌是身体充满了棱角，皮肤苍白，戴着眼镜，梳着发髻。然而，拉宾达小姐却完全不一样。

她长得娇小，白雪一般的漂亮鬈发，波浪式地起伏着，梳理得甚为整齐，双颊如少女般泛着桃红色。嘴唇的线条柔美，褐色而静谧的大眼，一对酒窝若隐若现。她身上穿着奶油色、点缀着淡青色玫瑰花的毛葛布衣服。这种花俏的衣服穿在别的中年妇女身上，往往会更衬托出老态，想不到穿在拉宾达小姐身上，却非常合适。

"乔洛达四世说，你俩要见我……"就连声音也跟山谷中的黄莺一般悦耳。

"我们想问您，去西段的克拉夫顿该怎么走，"黛安娜说，"爱拉·珍鲍儿小姐请我俩喝茶。我俩进入森林后，竟然走错了路，到了中段克拉夫顿街道。我俩应该往贵宅的右边走呢，还是左边？"

"应该是左边……"拉宾达小姐迟疑了一阵子，瞧着桌子，下了一个大决心似的说，"你俩就在这儿跟我喝茶吧！等你们到珍鲍儿小姐家时，恐怕茶会已经结束了。如果你俩肯留下来的话，乔洛达四世跟我都会感到很高兴的。"

黛安娜瞧了一下安妮。

"如果不打扰你们的话，我俩就留下来吧！"安妮很快就答应了，因为，她想更进一步了解拉宾达小姐，"不过，您不是还有其他客人吗？"

　　拉宾达小姐再度瞧了瞧桌子，双颊泛上红霞说："你们一定会认为我头脑有点问题吧？我确实有点问题……每当被人看穿时，我就会感到羞耻万分……其实，根本就没有什么人要来……只是我梦想着客人会翩然而至！你瞧，我不是生活得很寂寞吗？所以……我非常欢迎有客人光临……我是说性情相同、谈得来的朋友。不过，因为我离群索居，根本就不曾有客人来访。乔洛达四世也闷得发慌，因此，我做出了办茶会的样子。我做一些佳肴，装饰餐桌，使用婚礼时用的陶器，又把自己打扮一番。"

　　黛安娜心想，拉宾达小姐果然是个犹如传说中的怪物。都已经四十五岁啦，还玩家家酒哩！但是，安妮却是两眼闪闪发光，喜极而忘形地叫起来："哇！您的想象力也挺丰富的嘛！"

　　听了那一个"您"字，拉宾达小姐领悟到安妮跟自己是同道中人，便勇气十足地招认："嗯……是啊！或许有人会认为我是老顽童，不过，我的这种生活方式又不会妨得到他人，更不会扰乱社会。如果没有想象力的话，如何能够单身生活呢？反正啊，必须有一样东西来填补精神的空虚呀！有时我甚至认为，如果不幻想的话，我根本就活不下去呀！所幸，我那幼稚的举止不曾被他人撞见，否则，后果实在不堪设想。乔洛达四世一向很沉默，今天因为你俩光临，她高兴得眉飞色舞呢！如今，茶点都准备好了，你俩就把帽子放在客厅吧！再上楼到白色门扉的房间。我去厨房帮乔洛达四世泡茶。她是一个好孩子，不过，茶水老是泡得太浓。"

　　拉宾达小姐脚步轻盈地走向厨房，安妮跟黛安娜则上了二楼。客厅里面跟门扉一样刷成白色，从爬着常春藤的屋顶窗口采光。正如安妮所说，她仿佛正在做着幸福的梦。

"这是一场很美的冒险。拉宾达小姐诚然有些古怪，但是为人很温和亲切呀！她实在不像一般未婚的老小姐。"黛安娜说着。

"她仿佛是一首悦耳的小曲。"安妮也说了一句。

她俩走到楼下时，拉宾达小姐拿着茶壶进来。她的背后跟着笑容可掬的乔洛达四世，她的手里捧着刚刚烤好的饼干。

"告诉我你们的尊姓大名吧！我很高兴年轻人驾临。因为我一向偏爱年轻人……跟年轻人在一块儿时，仿佛自己也变得年轻了……我很不喜欢去想，自己已经年纪一大把了……"说到这儿，拉宾达小姐皱了一下眉头，"好吧！报上尊姓大名吧！噢……黛安娜·巴利，安妮·雪莉？咦？好像一百年前就认识你们了……我能叫你俩黛安娜跟安妮吗？"

"当然可以呀！"两个少女同时回答。

"好的，那就坐下来吧！"拉宾达小姐很高兴地说，"不要客气，尽量吃吧！乔洛达你也坐下来吃啊！幸亏我做了蛋糕和甜甜圈。如果我说是为了幻想中的客人准备的话，你俩或许会笑我吧？乔洛达也不只一次嘲笑过我呢！乔洛达，今天笑不了我了吧？因为，我终于有了真正的客人……不过，若是没有客人光临——其实除了你俩，根本就没有人光临过——我跟乔洛达必须耗费很多天，才能把那些东西吃完……只是，蛋糕不能放太久……"

在快乐而令人难忘的茶点后，一伙人来到了夕阳光辉笼罩的庭园。

"这么漂亮的地方，世上并不多见。"黛安娜很感动地瞧瞧四周。

"为什么取了'回声庄'的名字呢？"

安妮如此问时，拉宾达小姐说："乔洛达四世，你去屋里把时钟架上的那支角笛拿来！"

乔洛达奔回屋里，把角笛取出来。

"乔洛达，你吹一下。"

乔洛达吹出的角笛发出了尖锐的声响，有那么一点刺耳。在那一瞬之间，四周静谧异常……然而过了一瞬间，从河流对岸的森林，恰如妖精之国的全部角笛，一齐朝向布满晚霞的天空吹奏，美妙如银铃的回声一连串地回响起来。

安妮跟黛安娜连连发出欢欣的叫声。

"乔洛达，你笑吧！大声笑起来呀！"

只要拉宾达小姐说出一句话，乔洛达无不照做。于是，她爬到石椅上面，开心地大笑起来。如此一来，仿佛一群妖精在学习她，笑声从紫色的森林传了过来。

"不管是什么人，对于我的'回音'都很感动呢！"拉宾达小姐说话的口吻，好像回声是她自己一个人的所有物，"我也非常喜欢。当我无聊时，它可以说是最好的伴侣……只要稍微加入一些幻想，就可以达到十全十美的境地。每逢宁静的黄昏，我就会跟乔洛达坐在这儿，享受回声带给我们的快乐。乔洛达！你把角笛放回原来的地方去！"

"您为何叫那女孩子为乔洛达四世呢？"黛安娜对于这一点甚感好奇。

"我如此称呼她，是想把她跟别的乔洛达分开来。因为她们实在太像啦！叫我无从区别呀！这女孩子的真正名字并非叫乔洛达，而是叫……等一等……让我想想……咦？到底叫什么来着？是不是叫蕾奥诺拉呢？对啦，就叫蕾奥诺拉。她们一世、二世的来历是这样的。十年前，当我母亲亡故时，我觉得自己一个人住在这里很无聊，但是，我也没有多余的钱可雇用女管家。于是，就以供给食、衣、住的方式，叫一个名叫乔洛达·波曼的女孩子跟我一起生活。这个女孩就是乔洛达一世。那时，她刚好十三岁。到十六岁为止，她一直住在这儿，后来因为找到了更好的地方，就离开了这儿，到美国的波士顿去了。接下来，她的妹妹乔莉达到我这儿来了。她太像她姐姐了，所以我老是叫她乔洛达。又由于乔莉达一点也不在乎，于是，我就叫她为乔洛达二世。乔洛达二世走了以后，又来了一个爱维莉娜，她也就是乔洛达三世。所以现在的女孩子就是乔洛达四世啦！她今年十四岁，到了十六岁，她或许也想到波士顿去吧？到时，我又该怎么办呢？一想到这个问题我就头大。乔洛达四世也是波曼先生的女儿，但气质算是最好的啦！除了她，其他乔洛达看到我沉浸于幻想时的模样，都对我嗤之以鼻呢！唯独乔洛达四世不曾蔑视我。除非别人在态度方面很明显地表现出来，否则的话，我才不在乎别人把我当成疯婆子呢！"

黛安娜看着斜斜的夕阳说："在天黑下来以前，我俩必须赶到珍鲍儿家里，所以非告辞不可啦！真谢谢你的热情款待。”

“有空的话，请再过来吧！”拉宾达小姐说。

安妮拉着娇小的拉宾达小姐说：“既然发现了你，以后我便会时常来打扰你。可是现在我俩得分别啦！套一句保罗·艾宾的话儿——到了临别依依的时候啦！保罗每次到绿色屋顶之家，都说这句话。”

“保罗·艾宾又是谁呀？”拉宾达小姐的声音明显变了，“他到底是谁呀？我不记得绿色屋顶之家有这么一个人。”

安妮对自己的轻率感到愤慨。她忘掉了拉宾达小姐往昔的爱情，不知不觉说出了保罗的名字。

“他是我的一个学生，”安妮缓慢地说，“去年，他从波士顿来这儿，跟着他奶奶艾宾婆婆住在海边。”

“他是史蒂夫·艾宾的孩子吗？”拉宾达小姐蹲在跟她同名的熏衣草(lavender)群中，以防安妮看到她的脸，如此问了一句。

“是啊！”

“各给你们一束熏衣草吧！”拉宾达仿佛不曾听到安妮的回答，用一种随意的口吻说，“它们是不是很幽香？我母亲非常喜欢它。这一大片熏衣草都是她亲手种植的。我父亲也很喜欢这种花儿，所以才把我取名为拉宾达。我父亲跟着舅舅访问外公家时，对我母亲一见钟情。那一夜，我父亲睡的客房床单一直散发着熏衣草的香气，以致整夜不曾合眼，一直在想着我母亲。这以后，他就爱上了熏衣草的香气……你俩不要忘记呀，有空的话，再来玩。我跟乔洛达四世都很欢迎。”说罢，拉宾达小姐打开了枞树下面的柴门，送两个少女出去。就在那一瞬间，她似乎苍老了许多，并显得很疲倦，脸上的光彩也消失了。在最后道别时，她的笑容看起来仍然年轻，不过当两个少女在拐角处回头时，看到她颓然地坐在庭院中间，白杨树下面的古老石椅上面，用两只手撑着她的头。

"拉宾达小姐看起来很寂寞，有空我们要时常去探望她！"黛安娜用体恤的口吻说。

"拉宾达小姐的双亲给她取了一个非常合适的名字。我想，就算她被取名为'伊丽莎白'、'妮莉'或者'米丽儿'，到头来，她的父母还是会叫她拉宾达的。这是一个又优雅又古意盎然的名字，或许会叫人联想到绸布衣服什么的。至于我的大名安妮嘛……实在是充满了牛油面包和破烂衣服的味道。"

"哪儿的话！我才不这么认为呢！'安妮'这个名字具有十足的威严气息呢，给人一种女皇般的感觉。就算你的名字叫'阿狗'或'阿猫'，我也照样爱你。想使自己的名字名垂青史，或者遗臭万年，那就要看当事人的造化了。如今哪！我听到'乔治'或者'卡蒂'这两个名字，就会产生厌恶的感觉。不过在认识他俩以前，我却一直认为它们是好名字哩！"

"真是很别致的想法。黛安娜，你真聪明，"安妮感激万分地说，"那就过着使咱们的名字美丽的生活方式吧！只要能够做到那样，听到咱们名字的人们，就会在内心里浮现出一种又美又叫人感到快乐的东西。谢谢你！黛安娜！"

第二十二章

喝茶的时刻

"原来，拉宾达小姐在石屋里请你俩喝茶呀！"第二天早晨吃饭时玛莉娜如此问安妮，"现在她怎样啦？自从十五年前见过她一次后，就不曾见过她了……我记得那天是星期日，在克拉夫顿教会……安妮，她一定变很多了吧？德威，你的手伸不到的地方，可以拜托别人帮你拿呀！你快别爬到桌子上面啦！保罗来这里吃饭时，你见过他有这种举止吗？"

"那是因为保罗的手比我长嘛！"德威开始抱不平，"保罗的手长了十一年，我的才长了七年！当然比不上他啰！而且我也拜托你俩帮我拿下来，可是你们一直在讲话，根本就不理人呀！阿姨在胡说呢！保罗只来这里喝过茶，根本就不曾吃过饭。我觉得，保罗只来这里喝茶、吃点心，当然就没必要去注意一些礼节呀！安妮姐姐，我比去年长大了不少，可是汤匙始终没有增大嘛！"

安妮用汤匙舀了两大匙枫糖蜜给德威，又开始说话："我并不知道以前的拉宾达小姐长相如何，不过，我认为她没什么改变。她的头发虽然犹如霜雪般洁白，但是脸蛋很年轻，几乎跟少女的一样呢！尤其是她的眼睛美得不得了，是褐色的！她的声音又跟黄莺出谷般悦耳，也有一点像妖精的银铃。"

"她年轻时是数一数二的美女。我跟她虽然不是很要好，不过，对她的印象很不错。那时，就有不少人说她是怪人呢！德威，如果再让我看到你那副德行的话，我就要跟法国人一般，等大家都吃完饭后，才准你去吃残羹冷炙啰！"

这次德威又犯了什么错呢？原来，盘子里剩下的薄薄一层枫糖蜜，很难用汤匙舀起来，所以他就选择了最直接的方式，用两只手把盘子举高，再跟狗一般，用舌头去舔。

安娜用惊骇的眼光瞧德威时，小罪人立刻满面通红，半难为情半傲然地说："这样才不会暴殄天物嘛！"

"跟绝大多数人不同的人，通常都会被称为怪人。拉宾达小姐的确与众不同，可是我也说不出她与众不同的地方，也许是指她长生不老吧！"

"当自己同辈的人们都变老时，最好自己也老去。否则不管到什么地方，都会显得格格不入。正因为如此，拉宾达小姐才会被世人所驱逐，而躲到那种偏僻的地方。这个岛屿，就算那栋石屋最为古老。刘易斯老爷子在八十年前从英国移来时就兴建了。德威，你不要摇多拉的手呀！你今天是怎么搞的，为什么特别调皮呀？"

"可能是我从床铺错误的那一侧下来吧？米鲁帝说，那样的话，一整天做事都不会顺利。可是我的床铺紧贴着墙壁呀！在这种情形下，哪一侧才是好的呢？"

"我时常在想，史蒂夫·艾宾跟拉宾达·露依丝之间，到底发生了什么不对劲的事呢？"玛莉娜无视德威的胡闹，继续说，"二十五年前，他俩确实已经订了婚，为何又一下子化为乌有了呢？一定是发生了什么大事。这以后，史蒂夫就到美国去了！"

"或许并没有发生什么重大的事吧！以整个人生来说，有时小事情反而会成为让人受尽折磨的原因呢！"安妮展现出了连经验者也要自叹不如的洞察力。接着她又说："玛莉娜，你就不要告诉林顿伯母我到过石屋的事情吧！否则的话，她势将打破砂锅问到底，我实在不喜欢……我想，拉宾达小姐也不喜欢别人过度干涉她的私事吧？"

"的确，蕾洁一定会这样做。不过，她现在根本就没有时间管别人的事情啦！如今为了她的丈夫，她一步也离不开自己的家啦！而且她一直垂头丧气，因为她认为她丈夫好不起来啦！汤马斯一旦有了什么闪失，蕾洁就会感到寂寞难当。她那些儿子在西部成家立业，冷落了老爸老妈。唯一的女儿伊莱莎，虽在卡摩迪，但是蕾洁跟她处不来。"

伊莱莎跟她丈夫的生活很圆满，不过，玛莉娜对伊莱莎的评语并不好。

"蕾洁不只一次抱怨说，汤马斯缺乏求生的意志。她说，只要他一心一意想治好疾病，还是有治好的希望的。可惜这个男人就是缺乏骨气，他在婚前一直听命于他的母亲，婚后，则一直任由妻子蕾洁摆布。这一次，在不曾获得蕾洁的允许下生病，已经叫人感到不可思议啦！其实，蕾洁为了汤马斯，也可说是鞠躬尽瘁了。如果不是娶了蕾洁，想必他也没有好日子过。汤马斯生性懦弱，生来只会听从别人的指挥，自己毫无主见。不过能够娶到蕾洁也是他的造化。如此一来，他也乐得做个闲人，一切交给蕾洁去做。德威！你今天是怎么啦，怎么像鳗鱼一样动个不停呢？"

"因为，我早就吃饱了，无所事事呀！看阿姨跟姐姐吃饭，根本就没多大意思。"

"那么你跟多拉取一些麦子去喂鸡吧，但是不许拔公鸡尾巴上的白毛。"

"我想用鸡毛做印第安人的头饰嘛！"德威鼓起脸蛋说，"米鲁帝有一个很棒的印第安人头饰。他妈妈宰了一只白色火鸡，把那些火鸡毛都给了他呢！所以他才能够做成印第安人头饰啊！阿姨，你允许我去拔鸡毛好不好？我想，那只公鸡不需要那么多羽毛。"

"德威，你别去拔公鸡的羽毛，姐姐把阁楼上的那个鸡毛掸子给你。然后嘛……我再帮你把那些鸡毛染成红色、绿色和黄色。"

听罢，德威的脸立刻充满了光彩，于是，欢天喜地地跟多拉走出去了。

"安妮，你会把那个孩子宠坏的。"

这六年来，玛莉娜的教育方式有着长足的进步，不过，她仍然不会溺爱孩子，而是有所管束。

"玛莉娜，德威那一班的男生都拥有印第安人的头饰。德威当然也想要喽！我能够体会到他的感受。以前我看到其他女孩子都穿着泡泡袖衣服时，我也想得快发疯了呢！而且，德威一点也没有任性妄为啊！很明显，他一天比一天乖了。比起一年前他刚来时，不是已经变很多了吗？"

"的确，自从上学以后，他就不怎么调皮捣蛋了，想必那些毛病都改掉了吧？奇怪，自从五月寄了一封信来以后，李察·基思就没有任何音讯了。"

"我每天都感到坐立不安，唯恐他已寄信来了呢！"安妮叹了口气，开始收拾盘子，"一想到他要带走双胞胎，我就连打开信的勇气也没有了呢！"

一个月后，信函来了。不过寄信者并非李察，而是他的友人。

这位友人说，李察·基思因为肺病，在两个星期前亡故了。寄信者为李察的遗言执行者。依照李察的遗言，他将留给德威与多拉两千美元。不过在他俩成年以前，将委任玛莉娜保管。在这期间，利息可当两个孩子的养育费用。

"李察·基思先生的亡故让我感到很悲哀，但是很高兴双胞胎能够留下来了。"

"有了钱便更有保障了。我也希望双胞胎一直待在这里，但是也一直在为他俩操心，尤其是为他们成年后的日子操心，光是依靠农场的租金，充其量只能维持我们的生活，而且我不准你把自己的收入用在这两个孩子的身上，我希望你为自己存下来。你对双胞胎太溺爱啦！例如，你根本就不必再买一顶帽子给多拉，那就等于一只猫不需要两条尾巴一般。不过，现在情形好转了，两个孩子总算有了一笔不少的钱财。"

德威跟多拉得知他们能够永远住在绿色屋顶之家时，非常高兴。比较起来，不曾谋面的舅舅之死，对他俩来说就不算一回事了。不过，多拉仍然有着她的烦恼。她说："李察舅舅被埋葬了吗？"

"嗯……"

"那……那么……那么……他会不会像米拉贝尔的叔叔一样，被埋葬以后，变成鬼魂在我们家周围徘徊呢？"

第二十三章

拉宾达小姐的罗曼史

十二月的某一个星期五的黄昏，安妮对玛莉娜说："今晚，我想去回声庄走一走。"

"可是，好像就要下雪了呀！"玛莉拉已察觉到天气的变化。

"我想在下雪以前，我就可以抵达那儿了。今晚，我想留在那儿。黛安娜有客人，走不得。或许，拉宾达小姐正在等我呢！我已经有两个星期没看到她了。"

自从十月的那一天以来，安妮便时常到回声庄去拜访拉宾达小姐。有时跟黛安娜驱着马车绕过街道而去，偶尔会穿过森林，步行到那儿。黛安娜走不开时，安妮就独自前往，所以安妮跟拉宾达小姐建立起了一段温馨的友谊。

那是身心皆保持着年轻的中年妇女，与想象力、洞察力均很丰富的少女之间的友情。到此，安妮才真正找到了自己的知音，另一方面，拉宾达一直过着孤独而多梦的生活，自从安妮跟黛安娜频频造访以后，使她再度品尝到外人平凡的喜悦，使这栋小石屋弥漫着青春与现实世界的气息。

乔洛达四世为了她所崇拜的女主人，随时都愉悦地迎接安妮与黛安娜，频频地张开大嘴巴笑着。在一连串十月阳春似的晚春里，小小的石屋不时传出前所未有的热闹气息。

不过，这一天又骤然回到了典型的十二月天气，一丝风儿也没有，天空越来越暗，四周一片静谧，使人联想到就快下雪了。

虽然如此，安妮仍然怀着满腔的喜悦，在毫不觉得寂寞的情形下，单独一个人在白桦之道举步而行。因为一群"想象世界里的朋友"，正热切地跟安妮交谈着，且在小径上来来去去。现实世界里，人们必须等到必要时才会开口说话，然而在幻想的世界里面，一个人可以随意选择他喜欢的精灵，跟对方畅谈自己感到有趣的事，因此，交谈更充满了机智，自然也充满了十足的魅力。当安妮跟眼睛看不到的伙伴穿过森林，踏上枞树的小径时，天空下起了羽毛似的白雪。绕过最初的一个拐角时，安妮看到拉宾达小姐站在枞树的巨大枝丫下面。她穿着蓬松的红色外套，披着一件银色的披肩。

"哇！你看来很像枞树森林的妖精女王。"安妮很高兴地打了声招呼。

"我就知道今晚你一定会来，"拉宾达小姐奔过来说，"我真是太高兴了。因为乔洛达的母亲生病，她今夜不回来啦！如果你不来的话，我一定会感到非常寂寞……只是梦幻地以为有'回声'是不够的……嗯，安妮，你长得真漂亮。"拉宾达小姐瞧着双颊泛红、个子高挑的安妮，突然感叹道，"你看起来又美又年轻，十七岁的年华是很幸福的黄金时期呢！我好羡慕你。"

"可是，你的心境仍停留在十七岁呀！"安妮微笑着说。

"哪儿的话，我已经是老太婆啦！"拉宾达小姐叹了口气，"有时，我自认为还没到老太婆的年纪，有时却无法欺骗自己。我也跟绝大多数的女人一样，不能接受年华已经老去的事实。时至今日，第一次瞧见自己白发时的惊讶表情，仍然记忆犹新呢……安妮，你不要做出那种世故的表情呀！十七岁的女孩子，应该是懵懵懂懂的才对。只要你不感到恶心，我从现在起就可以恢复到十七岁姑娘的模样。今晚，就让我们快乐地度过吧！我们先来喝茶……你喝茶时喜欢吃些什么呢？你想想，平常喜欢吃些什么东西？"

那一夜，小小的石屋洋溢着一片欢叫声。两人做菜煮羹汤，布置餐桌，烘烤饼食，谈笑，装模作样……尽情地放松自己，暂时忘怀自己已是四十几岁的半老徐娘，以及沉着而威严的学校教师。

待稍感疲惫时，她俩就坐在客厅暖炉前的地毯上面。房间里，只有暖炉的火朦胧地照耀着。放在炉棚上面的玫瑰花瓶飘送出了阵阵的幽香。风儿呼呼吹过屋檐一带，犹如无数的暴风精灵在敲门，要求进入屋里一般，白雪哗啦哗啦地打在窗上。

拉宾达小姐嚼着糖果说："安妮，你来得正是时候，如果你没来的话，我会一直郁闷下去，甚至变成一条郁闷的虫儿呢！白天太阳高照，倒还可以做美梦，然而，一旦天暗了下来，或者逢到刮风下雨时，就不管用啦！每到这种时候，我很希望能

拥有真正的东西。或许你不会理解我这种心情吧！十七岁时有
美梦就足够啦！因为在不久的将来，就可以凭奋斗把美梦变成
事实啊！我在十七岁时，做梦也没料到自己到了四十五岁时，
会变成白发苍苍的老小姐，更不曾料到，会过着用梦幻来填补
寂寞的空虚日子。"

　　"可是，你才不是什么老小姐呢！"安妮对着拉宾达小姐悲
凄的褐色眼睛笑笑，"所谓的老小姐的身份是与生俱来的，并非
日后才变成那样的啊！"

　　"有人生下来就是老小姐；有人在一阵辛劳之后，取得了老
小姐的资格；有些人则是身不由己，被迫变成老小姐。"说完这
些话，拉宾达小姐调皮地吐了一下舌头。"如此说来，你已经取
得资格了？"安妮笑着说，"而且，你的成绩非常优秀。如果所
有未婚的老小姐都像你一样的话，单身生活将大为流行。"

　　"不管是对什么事情，我都喜欢全力以赴！"拉宾达小姐思
考了一下又说，"既然要做一个老小姐，就尽量做一个高水平的
老小姐吧！我便是下了如此的决心。世人都说我是一个怪婆子，
那是因为我以自己的生活方式，过着一流的单身生活。我一向
不屑于循着传统的模式过日子。安妮，你是从哪儿听到我跟史
蒂夫·艾宾的事情的呀？"

　　"我听说，你俩曾经订过婚。"安妮老实回答。

　　"是啊……已经是二十五年前的事了。那时，我俩准备过了
年就结婚，就连我的新嫁装也缝制好了。我俩在很小时就以媒
妁之言订了亲。孩童时代的史蒂夫，每次他母亲到我家来时也

必定会跟着来。

"我记得史蒂夫九岁，我六岁时，他曾在我家的院子里，附在我的耳边说，他长大后要娶我，那时我回答他的话是'谢谢你！'时至今日，我还清楚地记得这句话呢！待史蒂夫回家后，我就对母亲说：'妈妈，我可以放心啦！我以后可以不必当未婚的老小姐啦！'"

"之后，到底又发生了什么事呢？"安妮紧张地接着问。

"我俩只是很无聊地吵了一架。现在想起来，实在是可笑得很！我也不记得为何发脾气，但挑起争端的人的确是史蒂夫。不过，那是因为我做了无聊的事才叫他发怒的。那时除了史蒂夫，还有两个男子追我，因为我那时的虚荣心很重，所以嘛……我故意惹他发脾气。

"史蒂夫本来就是个高傲、敏感的人。偏偏我也是个不服输的女人。史蒂夫回来向我道歉时，我压根儿就不想听他的解释，还口口声声说绝对不原谅他！于是，他就头也不回地走啦！从此以后，他就再没在我面前出现过。

"而我却深爱着史蒂夫，除了他，我谁都不想去爱。我心想，既然不能跟史蒂夫结婚，那就不如终生不嫁吧！如今想起来，一切都跟梦幻似的。安妮，我感激你的同情，但是请不要超过应有的程度。不瞒你说，我的一颗心破碎了！不过，我认为所谓的破碎的心，并没有像小说中所描写的那般恐怖，只不过是类似牙痛。当它痛起来时，叫我不能成眠，只能辗转反侧，然而，在每次心痛的间隔期间，我还是能够享受人生、美梦和美食……这就是所谓的人生啊！"

沉默了一阵子以后，拉宾达小姐突然说："对啦！头一天你来这儿时，曾经提到史蒂夫的儿子，叫我的一颗心猛撞不已。自从那次以后，你始终不曾再提起那个孩子的事，可是我却非常想知道有关他的事情，他到底是怎样的一个孩子啊？"

"我不曾见过那样可爱的孩子呢！而且，他也跟你我一样，想象力非常丰富……"

"我很想见见他……"拉宾达小姐仿佛在自言自语，"不知道他像不像居住在我这儿的做梦的男孩……"

"如果你想见保罗的话，我可以带他来给你瞧瞧。"

"那太好啦！不过，请不要太快，因为我必须有个心理准备。不管他是太像或者不像史蒂夫，我的痛苦都将胜过喜悦好几倍。一个月后，你再把他带来吧！"

一个月后，安妮带着保罗从森林走到石屋时，拉宾达小姐已经在小径那儿等待多时了。她见到保罗时，一张脸顿时变得苍白。

"那么，他一定是史蒂夫的孩子喽？"她低声说罢，拉着保罗的手，凝视着穿皮外套的漂亮男孩，"天哪！这孩子长得跟他父亲一模一样！"

"大家都说，爸爸跟我好像是一个模子印出来的！"保罗世故且老练地说。

本来在一旁紧张得发抖的安妮，看到保罗跟拉宾达小姐一见如故之后，才跟放下千斤担似的喘了一口气。

拉宾达小姐虽然是生活在幻梦中的人物，但她也很懂得人情世故。刚开始，她只稍微表现出自己的感情，但是不久，她就跟对待一般人一样，以非常自然的态度宴请保罗。午后，一伙人处得十分融洽，晚餐时吃了一顿油脂含量很高的大餐。如果保罗的奶奶知道的话，她不跳起来发抖才怪！

"你以后要时常来哦！"拉宾达小姐跟保罗握握手。

想不到保罗竟然说："如果你喜欢的话，那就吻我吧！"

拉宾达小姐弯下身子，吻了保罗以后问："你怎么知道，我很想吻你呢？"

"因为，我母亲想吻我时，眼光跟阿姨你的一样啊！如果阿姨不介意的话，以后我会时常来打扰你的。我想……我想把阿姨当成特别的朋友。"

"好啊！"才说了这句话，拉宾达小姐就用手指揩了揩眼角，进入屋里。旋即，她又在窗口出现，微笑着向安妮和保罗挥挥手。

保罗一面在白桦树的森林里走着，一面说："我喜欢那位阿姨。因为阿姨看我的目光跟妈妈的一模一样！而且，我也喜欢那栋石屋，还有乔洛达四世。我真希望奶奶能雇用到乔洛达一样的女孩子。因为，当我说一些心里话时，乔洛达四世绝对不会像玛莉乔那样嘲笑我。老师，那些点心不是很好吃吗？奶奶说男孩子不能嘴馋，但是肚子饿时谁能够不馋呢？老师，我想那位阿姨一定不会强迫小孩子吃麦片粥的，你说对不对？"

第二十四章

预言者艾普爷爷

五月的某一天,《夏洛镇日报》登载了一篇《艾凡利通讯》。看到了这篇报导的艾凡利居民们,曾经掀起了一阵小小的骚动。

根据传闻,延命菊开放时,咱们村子里将有人结婚。新来的值得尊敬的村民们,将跟咱们最敬爱的妇女举行华烛大典。

根据咱村子里著名的天气预报者——艾普爷爷的预言,五月二十三日的黄昏七点钟将下一场大雷雨,雷雨带来的暴风范围,将遍及本县的大部分地区。五月二十三日黄昏欲外出者,勿忘了携带雨伞和雨衣。

"今年入春以来,艾普爷爷就一直在说,本地和邻近地区会有大风雨呢!"吉鲁伯特对安妮说,"据说,哈里森先生去会见伊莎贝拉·安德鲁了,那是真的吗?"

"没有那回事啦!"安妮笑着说,"哈里森先生只是跟哈

蒙·安德鲁先生下下棋。不过，林顿伯母却说，伊莎贝拉在这个春季里显得特别有朝气，面泛桃花，很有可能会嫁人。"

可怜的艾普爷爷看到那篇报导时非常愤慨。他抗议说，他根本就不曾明确地说出风雨将至的日子。然而，他的抗议根本就没有人关心。

艾凡利的人们过着和平的日子。种植树木的建议被付之行动，改善会的委员还召开了植树典礼。每个委员还种植了五棵树苗。委员共计四十位，所以总共种植了两百棵树苗。

红土的田园里，黑麦正欣欣向荣，每一家的苹果园林子都开满了累累的花朵，使得安妮的冰雪女王犹如穿上了新嫁纱。安妮整夜都把窗户打开，让樱花的香气轻拂她的面颊，带着她进入甜美的梦乡。

某一夜，安妮跟玛莉娜坐在入口处的石阶上，聆听着青蛙的合唱。安妮说："感恩节应该设在春季才合理。因为春季比起十一月份的萧条与冷清，要来得有朝气多啦！到了十一月，人们必须感谢的事情实在太多了，但是在五月，只要能够活着，就应该心存感谢之念了。"这时，双胞胎在屋角出现。

"哇！今天晚上好香哦！"德威说着，不停地抽动他的鼻子，挥动他的锄头。

这会儿，他还在做着庄稼活儿呢！因为德威很喜欢捏泥巴，玛莉娜为了把他导向有益的方向，在这个春季里，划出庭园的一小块地给双胞胎，任由他俩去种植东西。这对双胞胎都根据自己的性格，热心地开始造园。多拉很有计划地撒种、播苗、浇水、除杂草。而且蔬菜和这些植物都很整齐地发了芽，并且欣欣向荣。但是德威呢？因为他老是在重复着浇水、翻土，所以，种子根本就没有发芽的机会。

"德威，你的田园怎么样啦？"

经安妮如此一问，德威叹了一口气说："奇怪……为什么这么慢吞吞的呢？是不是欠揍啦？米鲁帝说，那一定是我在夜晚动锄头的结果。他还振振有词地说，不管是撒种、杀猪，还是理发，甚至想做什么大事，都不能在月光下进行，否则的话，将徒劳无功。安妮姐姐，这是不是真的？"

"我说你呀，一天到晚在翻土，种子哪有萌芽的机会呢？好不容易有几颗种子萌了芽，你又要把它们拔起来，瞧瞧根部是否长齐，这样是不行的。如果你不这样做的话，它们可能早已长得又高又壮了呢！"玛莉娜笑着说。

"我只拔六棵下来瞧瞧而已。米鲁帝说，如果不是月亮造成的，那准是蛆虫造成的。果然，我在一棵苗的根部看到了蛆虫，所以我就用石头把它打死啦！多拉跟我同时播种，如今哪！她的园子已一片青翠了呢！我想这件事应该跟月亮没有关系。"德威好像在深思。

"玛莉娜，您瞧瞧那棵苹果树。它长长的手臂穿着粉红色衣服，仿佛是一个人呢！"

"那种黄色荷兰种的苹果树很会结果。今年可能也会结很多果实。真是太感谢它啦！因为做派时，总是少不了它。"

做梦也想不到，在那一年里，不管是玛莉娜、安妮，还是其他人都没有福气享用黄苹果做成的派。

五月二十三日终于来临了。那是一个闷热而反常的日子。安妮跟学生在教室里，一面流汗，一面跟数学和文法打交道。上午还有热烘烘的微风，下午就没了，空气也变得混浊起来。三点半，远处响起了雷声，安妮为了让学生能够在下雨前回到家，提早下课。

一伙人到操场时，太阳虽然明亮地照耀着，但是天空却已一片黑暗。亚妮达·贝尔很不安地靠近安妮说："噢……老师，您瞧瞧那些可怕的云朵！"

安妮不觉惊骇地叫了一声。西北的方向正急速地飞来一块安妮从不曾见过的巨大云块。它通体皆呈黑色，只有边缘部分是白色的。天空开始出现闪电，继而雷声大作。云层变得更低了，而且开始下雨，几乎快要触及森林地带。

哈蒙·安德鲁咔啦咔啦地驾着马车，奔下山丘，在学校前面停了下来。

"艾普老爷子破天荒第一次说对啦！安妮，时间似乎比他预言的提早了一些。瞧！你见过那种怪云吗？孩子们，回家的方向跟我们相同的人，快点上马车吧！家里比较远的人进邮局避避吧！等风雨停了再回家！"

安妮抓着德威跟多拉的手狂奔。当他们回到绿色屋顶之家时，在入口处跟玛莉娜撞了个满怀。玛莉娜刚把鸡鸭赶进鸡舍里面。她们四个人才跳进厨房时，吓人的黑云已把太阳完全遮盖住，周围顿时变得一片黑暗。

一阵惊天动地的雷鸣，以及亮闪闪的闪电之后，冰雹以猛烈的速度降下。

在雷电和冰雹的肆虐下，被劈裂的树枝颓然地倒在屋子旁边，玻璃片发出一连串的咔吧声，不到三分钟，北侧跟西侧的玻璃窗全被打碎了，一片也没有幸存下来。陆续降下的冰雹很快覆满了地面。最小的冰雹也有鸡蛋般大小。暴风刮了将近一个小时，那种世界末日似的肆虐，让身临其境的人，一辈子也忘怀不了！

就连平常最冷静，泰山崩于前面也不改色的玛莉娜，面对这场骇人的灾害时，也破天荒第一次害怕了起来。她一直跪在厨房——她的摇椅旁边，在震耳欲聋的雷鸣声中，开始啜泣。安妮的脸色苍白如纸，在远离玻璃窗的椅子上面，紧抱着双胞胎。

在最初的雷声轰然响起来时，德威大声地叫嚷起来。

"安妮姐姐！安妮姐姐！审判的日子终于来临了，是不是？姐姐！姐姐！我并不是故意做坏事啊！上帝原谅我！"说罢，德威把整个脸贴在安妮的腿上，不停地颤抖，小小的身体，再也说不出任何话来了！

多拉的脸蛋虽然也显得苍白，但是她显得出奇的冷静，只是紧握着安妮的手。

旋即，跟来时一般，暴风突然停了，冰雹也不再下了，雷声轰隆隆地朝东边远去。太阳又开始普照人间，但是阳光下的世界，跟仅仅一个小时以前的已迥然不同。

玛莉娜抖动着身子，有些虚弱地站了起来，又颓然地倒进椅子里。她的脸憔悴不堪，仿佛一下子苍老了十岁。

"大家都还好吧？"

"那不算什么啦！"德威又开始逞起威风来，"我一点儿也不害怕哩！只是刚开始时……我有点害怕……因为来得太突然了嘛！本来，我准备在星期一跟史龙决斗，刚才一心想取消……不过，我仍然要跟他决斗。多拉，你害怕吗？"

"嗯，是有一点儿害怕……"多拉用稍造作的口气说，"不过，我握紧安妮姐姐的手，祈祷了好多遍呢！"

"如果我想得起祈祷文的话，可能也祈祷了呢！不过……"德威像胜利者一般骄傲地说，"你们瞧！我虽然没有祈祷，但是仍然跟你们一样，一点也没事啊！"

安妮把年少时曾经使她出过糗的葡萄酒斟满一酒杯，捧给玛莉娜。接下来，一家人瞧起了仿佛变成了另一个世界的外面。

举目所能望到的地方，都铺满几乎深到膝盖的冰雹，田野一片雪白。那些被刮到屋檐下踏板一带的冰雹，堆积成一座座的小丘。

三四天以后，待冰雹融化之后，那种凄惨的灾害才真正进入村民们的眼帘呢。庭院和田园里的农作物、花草全都死了，连根带叶地被拔了起来。甚至粗壮的苹果树也成了半死不活的样子，不仅花儿全部掉了，就连树枝也刮断了好多。改善委员种植的那两百棵树苗，大部分都被劈裂，或者连根拔起。

安妮感到茫然："这是一小时以前的世界吗？真叫人想象不到，不到一个小时就造成如此重大的灾害！"

"这种天灾是爱德华王子岛有史以来第一遭呢！在我孩童时代也曾经发生过大风雨，但也不及这一次惊人。我想，它造成的灾害必定不小。"

"不知小孩子们都到家了没有？真希望他们都能及时赶回家……"安妮对学生的安危很挂心。后来才得知，家在远方的学生们都听从安德鲁先生的话，到邮局避难，因此他们都很平安。

"咦！约翰·卡特来啦！"玛莉娜微笑着说。

"伯母，这种灾害太离谱啦！哈里森先生让我来瞧瞧大家。"很显然，约翰·卡特内心仍有余悸，但是他露出牙齿笑着，踏过冰雹来问安。

"托你们的福，家里大小平安，房子也好好的。你们家人平安吗？"

"嗯……没有大不了的事啦！不过，遭到雷击了！雷火钻过烟囱，打了老姜的笼子，在地面上钻了一个洞穴，溜之夭夭啦！"

"那么，老姜一定受伤喽？"安妮问。

"岂止受伤，它死啦！"

不久，安妮前去安慰哈里森时，只见他坐在桌子旁，用一双颤抖的手抚摸着老姜漂亮的身体。

"真是叫我肝肠寸断呢！可怜的老姜，再也无法骂你了，安妮……"

安妮从没想过，她会为了老姜而哭泣，而此刻的她，眼眶里已经噙满了泪水。

"老姜是我唯一的伙伴——谁知它撇下我走了。唉……我怎会悲伤成这样呢……真是老糊涂了……我是尽量在装成不悲伤的样子……安妮，你等我发完了牢骚，千万别说一些安慰我的话，不然，我一定会哭起来的……刚才那一场风暴太吓人啦！从今以后，没有任何人再敢笑艾普爷爷啦！看起来这一次的浩劫，仿佛是他预言过的风暴全部发泄了出来。我得去找一块木板，把雷火穿过的洞穴补好。"

第二天，艾凡利的居民全都放下工作，到处拜访亲朋好友，询问灾情。因为冰雹阻塞了道路，马车不能通行，大伙儿只好骑马或者徒步前往。那天黄昏，整个地区都收到了坏消息。不少房子遭到电击，人畜死伤相当多。电信电话全部陷入混乱的状态。

艾普爷爷很早就起身了，在扫净了冰雹以后，去了他的工作场所——打铁店。他就在那儿耗了整整一天。这一次灾害，使艾普爷爷神气十足，让他像胜利者一般大摇大摆起来。不过，他绝对不是在幸灾乐祸，而是认为——既然暴风非来不可，那就干脆在预言的那天来吧！到此，艾普老爷子已经忘掉了——他为不曾明确地说出暴风来袭的日子，而大感愤慨的那件事。因为，只有时刻稍微不吻合罢了。

黄昏，吉鲁伯特到绿色屋顶之家时，玛莉娜跟安妮正把油布贴在震破的玻璃窗上。

"唉……到何时才能买到玻璃啊？"玛莉娜在发牢骚，"今天下午，巴利先生去过卡摩迪，他说纵然有堆积如山的金钱也买不到一片玻璃呢！上午十点钟，所有店里的玻璃都卖光了。据说，白沙镇的暴风也很厉害，是不是？"

"是啊！我带着全部小孩在学校避难。有些孩子因为过度害怕，差一点就抓狂呢！三个孩子昏死了过去，两个女孩子歇斯底里地发作起来。多美·普莉德一直尖叫着。"

"我嘛……只尖叫了一次！"德威得意非凡地说，"不过，我的庭园都报废啦！多拉的庭园也好不到哪里去。"

安妮从西边的房间奔出来，急切地说，"噢，吉鲁伯特，你听说了吗？波尔多的那栋古屋遭到电击，完全烧毁啦！他还咬牙切齿地说，这一定是改善会的人使妖术，故意引来这一场风暴呢！"

吉鲁伯特笑着说："艾普老爷子的暴风将留名青史，想不到，报馆借他的名义胡诌的预言竟然变成了事实！以后，想必再也没有人敢嘲笑艾普老爷子的预言了！那栋古屋被天火烧掉了，却是好消息，不过，我们种植的两百棵树苗，恐怕也只有十棵能存活啰！"

"放心吧！明年春天我们可以再种啊！"安妮若有所悟地说，"春天会一个接一个地降临人间……这正是我们该感激的地方……"

第二十五章

小村镇的丑闻

"艾普爷爷暴风"来袭两星期之后的某一天，安妮带着两枝枯萎的白水仙对玛莉娜说："玛莉娜你瞧瞧！只有这两枝水仙花逃过了暴风的劫杀，但是也已经变得半死不活了！我感到非常难过。我想用一些白水仙花供在马修伯伯的坟前。因为，马修伯伯生前很喜欢白水仙花呢！"

玛莉娜用绿色的木棉布围裙包着头，正抓着一只拔好了毛的鸡进入屋里。

"我也感到很悲哀啊！"玛莉娜说，"经过了这场大灾难，农作物跟水果都完蛋了，更何况是娇弱的花儿。"

"不过，黑麦的种子已经播好了！哈里森先生说只要夏天的天气良好，虽然时间会延后一些，但是仍然会有所收获。就连我播种的一年生植物都发了芽呢……"说着，安妮把半枯萎的水仙花插在头发上面，走到小径的柴门，准备在着手星期六的工作以前，欣赏一下四周的景色。她站在柴门旁，沐浴在六月的朝阳下，虽然暴风肆虐的痕迹还没全部消失，然而世界仍然恢复了美丽的容貌。

"在这种日子里，如果一整天都能闲着那该多好！"安妮对着在柳梢啼叫的蓝色鸟儿说，"不过话又说回来啦，又要在学校当教师，又得照料双胞胎，怎么能够偷懒呢？小鸟儿呀，你的声音好好听哟！咦？好像有人来啦！"

一辆与众不同的怪马车朝小径驰骋而来。前面的位置坐着布莱多·利伐车站站长的儿子和一个陌生的妇道人家。后面的座位则放着一个大皮箱。

那个妇道人家在马车还未开到柴门前面，就身轻如燕地跳下来。她个子娇小，年纪将近半百，容姿端丽。面颊呈玫瑰色，一双黑眼炯炯发亮，黑色的发髻上面，戴着一顶靓丽的帽子。虽然在尘土飞扬的道路上面，坐着马车颠簸了八里路，但她仍然光鲜得仿佛刚从纸箱拿出来。

"杰姆斯·哈里森住在这里吗？"那位妇道人家气呼呼地问。

"他不是住在这儿，他的家就在那边。"安妮被吓呆啦！

"这也难怪，哈里森那个龌龊的老鬼，说什么也不可能住在这种干净的地方。听说，哈里森就要跟本村的一个女人结婚了，是不是？"

"哪儿的话，不可能有这种事情。"由于安妮顿时红了一张脸，那个妇道人家还以为安妮想跟哈里森结婚呢，所以一脸奇怪地端详着安妮。

"但是，我在《爱德华王子岛新闻》上看到了这个消息呀！

杰姆斯那死鬼的名字登在《新来的村人》那一栏呀！"

"噢……我想……哈里森先生没有意思跟任何人结婚。我可以向你保证。"

"算他还有良心！"那妇道人家敏捷地跳回马车上面说，"其实，他已经结过婚啦！我就是他的妻子呀！你不必这样惊慌，这只老甲鱼，想必到处胡扯，说他还是单身，叫女人们朝思暮想。哼……哈里森，你这只老甲鱼，看老娘如何收拾你！"说罢，那妇人咬牙切齿地望着那边白色细长的房子，嘴里仍在骂着，"老甲鱼，你的好日子已经过去啦！老娘会叫你哭笑不得！如果你不准备干歹事，老娘也不会千里迢迢地来这儿吃灰尘……对啦！他那只鹦鹉仍然会说下流的话骂人吗？"

"那只鹦鹉……好像……已经死……"安妮因为过度惊讶，几乎连自己的名字也怀疑起来啦！

"真的？已经死啦？"妇人高兴得嚷了起来，"哈！天助我也！只要那只鸟儿不在，我就可以对哈里森那只老甲鱼，又翻云覆雨了！"

抛下这么一句话后，那妇人扬长而去。

安妮飞奔到厨房里面，没头没脑地说："玛莉娜！我是不是清醒着？"

"你到底在发什么神经呀！刚才跟你搭讪的那个女人是谁？"

"玛莉娜，如果我是清醒着，并非在做梦的话，她就是哈里森先生的妻子呀！"

玛莉娜惊讶得睁大了眼睛。

"什么！他的妻子？安妮，那个男人不是老光棍吗？"

"他始终不曾说过自己是未婚的老光棍啊，"安妮一心想站在公平的立场上，"只是大家都认为他是老光棍。啊！玛莉娜，如果林顿伯母听到了这个消息，你想她会说些什么话呢？"

黄昏时，林顿夫人在绿色屋顶之家出现。结果呢？她一点也不表示惊讶！她早就认为，很可能会发生这种局面。她振振有词地说，自从哈里森来到艾凡利以后，她就感觉到他是个"问题重重"的男人。

"他竟然撇下自己的妻子于不顾，实在太不应该啦！在美国，发生了这种事情，很可能会被报纸登刊出来的！不过我做梦也不曾想到，加拿大的艾凡利也会发生诸如此类的事情。"

"可是，我们不能一口咬定，哈里森先生是有意抛下妻子于不顾呀！"在真相还没有大白以前，安妮很乐意相信好朋友哈里森是清白的。

"真相马上就会大白了！我这就去瞧瞧。"对林顿夫人来说，谦虚客气这句话是不适用的。她说："我个人还不曾看到哈里森的妻子光临，而且今天哈里森从卡摩迪回来时，会顺便带回汤马斯的药，因此，我有借口到他家呀！待我回来时，一定会向你俩报告。"

说罢，林顿夫人真的往哈里森的白屋子走去。安妮实在没有这种勇气，当然，她也希望早一点得到答案，所以很高兴林顿夫人去打探消息。不过，玛莉娜跟安妮等了好长一段时间，仍然等不到林顿夫人。

那晚九点钟左右，德威从波尔多家回来以后，如此告诉玛莉娜跟安妮："我在洼地那儿碰到了林顿阿姨，以及一个陌生的阿姨。她俩好像谈得很开心。林顿阿姨要我对玛莉娜阿姨说，今天晚上她不能来我们家了。安妮姐姐，我快要饿瘪啦！在米鲁帝家的那段时间内，虽然在四点钟吃了点心，但是米鲁帝的伯母小气得离谱。她不给我们糖腌果子和蛋糕……而且唯一的面包也小得不能再小了呢！"

"德威，到了别人家里，绝对不能批评他们的食物，知道了吗？"安妮一本正经地说。

"嗯……我听姐姐的话……以后就光在心里想吧！"德威答应以后又说，"安妮姐姐，你给我一些吃的东西吧！"

安妮看了一眼玛莉娜。玛莉娜跟安妮走入厨房以后，很小心地把门关了起来。

"安妮，在德威的面包上多抹些果酱吧！"玛莉娜说，"我很清楚波尔多家的点心，天哪！简直吝啬得不像样！"

德威拿到一大片果酱面包时，叹了一口气说："这个世界啊，叫人失望的事太多了。我听说米鲁帝饲养的猫一连三星期都在抽筋，特地跑过去瞧瞧，结果呢？它根本就是好好的嘛！我跟米鲁帝从中午起就守着它，天晓得，它一次也不曾抽筋……"

李子果酱仿佛召回了德威的气力一般，因为他立刻自信十足地说："我想，在这几天内，那只猫咪一定会抽筋的。噢……这种果酱真可口。"

星期天下了倾盆大雨，很少有人外出。不过到了星期一，几乎每个人都知道了哈里森家的事情。这个消息也传到了学校，德威把他听到的有关哈里森家的事情，统统对玛莉娜说了："玛莉娜阿姨，米鲁帝告诉我，哈里森叔叔那儿来了一个凶巴巴的阿姨。米鲁帝说，以前，那个凶阿姨时常向哈里森叔叔摔东西，摔得他身上青一块，紫一块。于是，哈里森叔叔就到艾凡利来避难。史龙则说，那个凶阿姨不准哈里森叔叔抽烟。玛莉·贝尔说，凶阿姨整天都在臭骂哈里森叔叔。亚妮达·克雷说，哈里森叔叔每次进入屋子以前都懒得擦掉鞋子上的泥巴，那位很凶的阿姨就把哈里森叔叔的鞋子扔进了茅坑。他们都说，凶阿姨太不讲道理啦！几乎每个人都同情哈里森叔叔呢！我立刻就到哈里森叔叔家，去瞧瞧那位凶婆子。"

不久以后，德威很失望地回来了。

"那个凶婆子不在……据说跟林顿阿姨到卡摩迪去购买壁纸了。对啦！哈里森叔叔请安妮姐姐过去，说是有话要对安妮姐姐说。奇怪的是，今天又不做礼拜，哈里森叔叔却把胡子刮得干干净净，地板也光可鉴人哩！"

哈里森的厨房焕然一新，地板跟用具都被刷洗过，炉灶甚至可以当成镜子照人了呢！在上星期五以前，哈里森还穿着又破又脏的工作装，如今却缝补得方方正正，又洗得干干净净。哈里森仅存的几根头发也梳理得很服帖。

"安妮，你请坐！"哈里森发出了葬礼时的声调，"爱米莉跟林顿夫人到卡摩迪去了，不在家。安妮，我自由自在的日子过去啦！从今以后，至死亡为止，我得把自己收拾得一尘不染了呢……"

哈里森尽量想使自己的声调悲凄，但是，他却隐藏不了眉宇间的得意神色。

"哈里森先生，你太太回来了，你必定很高兴。你别装模作样了！你骗不了我的！"

哈里森尴尬地笑笑："对于那个婆子嘛……我已经习惯了……她来了，我也不会感到不便……如果想直接请爱米莉搬来这个村子的话，即使费尽唇舌，恐怕也办不到。所以我就到附近人家拜访，跟他们下下棋。这样，大家就会猜测我可能要跟他的妹妹结婚，而且报纸也登上了我的名字……"

"如果你不装单身的样子，大家根本就不会说，你要去跟伊莎贝拉约会呀！"安妮很严肃地说。

"如果有人问我，我一定会说自己已经有了黄脸婆。难道我逢人就得说这句话吗？如果林顿夫人知道，是我的妻子扔下我不管的话，她一定会乐死的！"

"不过，有很多人说是你遗弃了糟糠之妻呢！"

"别冤枉我！的确是那婆子先扔下我的！我想现在就告诉你一切吧！那个婆子有洁癖呢……什么都要弄得干干净净的，否则就不肯罢休。我来到这儿以前，一直在新·布兰斯威克的苏考兹福德生活，由我的妹妹照料生活起居。三年前我妹妹过世了。在过世以前，她很不放心我，所以叫我跟爱米莉结婚。爱米莉长得端丽，有几个私房钱，又精于理家，我那时非常高兴，认为我一定是前世修了不少福气，才能够娶到她。

"谁知道，新婚旅行回家还不到三十分钟，她就开始大扫除了！其实在结婚前几天，我才粉刷过所有的墙壁，又把各处打扫得干干净净。我俩出去新婚旅行的期间，也请佣人时常打扫。天晓得！她一直打扫到半夜一点钟。清晨四点钟我上厕所时，她又开始打扫了。说起来你根本不可能相信，除了星期天，其余的日子她都在打扫、擦拭，而且又要求我和她一样，进入房间时必须换上拖鞋，抽烟必须到仓库，不能说脏话，不许我用餐刀吃东西，实在叫人愤慨。

"尤其是我的伙伴老姜最令爱米莉厌恶。因为，老姜这只鹦鹉经我的船员弟弟调教以后，一直出言不逊，喜欢用粗俗的话骂人。

"有一天，爱米莉邀请两对牧师夫妇来喝茶。我答应把老姜带到远一点的地方，以免破坏喝茶的气氛。但是由于爱米莉对我一再交代，必须使用哪几句恭维话，必须穿哪一件衣服，以致我忘了把老姜带到别的地方。

"当一位牧师进行餐前祈祷时，餐室窗外阳台上的老姜，碰巧看到了进入庭院的一只火鸡，便扯开嗓门大骂那只火鸡，而且尽用一些不堪入耳的粗俗字眼。我在大惊失色之下把老姜带到仓库里面。待宾客回去以后，我也感到羞愧难当，再三考虑后，我认为只有把老姜脱手，才能够挽回夫妇之间濒临破灭的感情。如此痛下决心以后，我进入屋里想向爱米莉解释。天晓得，她已经留下一封信，回娘家去啦！她在信里一再强调，除非我把老姜处理掉，否则的话，她绝对不回来。

"我也火大啦！把家里所有属于爱米莉的东西，用马车载到她的娘家门前，再把它们当垃圾一般抛进去。这以后我就毅然搬到这里居住。自从那次以后，我一直没有爱米莉的消息，直到上星期六下午，我从田园回到家里时，竟然发现那婆娘在使劲地擦地板咧！而且啊，她又煮好了很多我好久不曾吃过的美味佳肴，看得我口水直流。那婆娘说，一切等吃完晚餐再说，于是在她收拾好碗盘以后，咱一对冤家又开始说话了，那婆娘这一次学乖啦，让步了很多。

"啊！说曹操，曹操就到。我那婆娘回来啦！安妮，你别急着回去呀！那婆娘自从上星期六碰到你以后，一直很喜欢你。问我隔壁那漂亮的红发姑娘家，到底是何方神圣！"

哈里森太太笑容满面地欢迎安妮，并且挽留安妮喝完茶再走。

"我那冤家说，你时常烘烤饼食给他享用，又对他非常亲切，实在太难为你啦！我得赶紧跟左邻右舍联络联络感情。林顿夫人为人非常亲切，真亏她帮了大忙。"

在美丽的六月黄昏，在蒙蒙暮霭笼罩之下，萤火虫点燃了星星一般的灯火。哈里森太太送安妮回家。

她说："哈里森那老甲鱼，对你说了我俩的事情了吧？"

"嗯……"

"那么，我就不必多费唇舌啦！那只老甲鱼直肠直肚，一定是照实对你说喽？其实，我也有不对的地方，除了过度爱干净，对他的要求也太高了。如今我完全开窍啦！看样子，咱俩一定能够相处得很好。在报纸上面以'观察家'的名字写通讯栏的人，不知是何方神圣？我很想对他说一声谢谢呢！"

林顿夫人来到了绿色屋顶之家的厨房，正对玛莉娜说出一切经过。一见到安妮，她就问："安妮，你认为哈里森太太如何？"

"她是一位很随和而可爱的妇人呢！"

"你完全说对啦！我刚才也对玛莉娜如此说过呢！哈里森先生是有点古怪，当然也不能要求自己的妻子百分之百的好，你们说对不对？啊，时间不早啦！我得回去啦！自从伊莱莎来照料汤马斯以后，我算是可以喘口气了。这两天，汤马斯的情况有所好转，但是，毕竟再也拖不久啦……听说，吉鲁伯特辞去了白沙镇的教职，今年秋天他是否要考大学呢？"

林顿夫人想瞧瞧安妮的脸色，但是安妮为了抱起在沙发上打盹的德威，弯下她的身体，所以看不到她的脸。安妮把她蛋形的脸埋进德威的金发，步上楼梯时，德威抱着安妮的脖子，吻了她一下。

"安妮姐姐，我好爱你！今天，米鲁帝在黑板上面写着：

> 玫瑰花是绚丽的红色，
>
> 紫罗兰是动人心弦的青色，
>
> 糖甜蜜蜜的，
>
> 你也是如此。

"米鲁帝把这一首诗献给洁妮·史龙。我认为安妮姐姐也是这样的……"

第二十六章

峰回路转

汤马斯·林顿安详地去世了。蕾洁夫人温柔、耐心十足、不知疲劳地尽自己最大的能耐照料他。在汤马斯身体健康的日子里，蕾洁夫人偶尔也会使使性子，发发牢骚，故意对丈夫吹毛求疵，然而一旦丈夫倒了下来，她则尽心尽力、毫无怨言地照料他。甚至整夜不曾合眼，她也不会说出一句怨言。

有一天黄昏，暮霭遍布大地时，蕾洁夫人坐在她丈夫身旁，用她胖胖的手握住丈夫枯瘦的手。汤马斯消瘦的脸上吃力地浮出些许微笑，由衷地对自己的妻子说："你是一位贤慧的妻子，蕾洁，你实在是一位贤妻良母。我真对不起你，不曾让你过上更为安乐的日子。不过，孩子们一定会照料你的。他们都和他们的母亲一样聪明、能干。你是一位贤慧的妻子，一位好母亲……"

说完了这些话，汤马斯就与世长辞了。

第二天早晨，当朝阳爬上洼地的树梢时，玛莉娜到东边的房间，叫醒了安妮。

"安妮，汤马斯·林顿先生过世了。刚才林顿夫人雇用的工人来通知我。我这就到林顿家去。"

汤马斯下葬的第二天，玛莉娜似乎心事重重，在房间里踱来踱去。她瞧瞧安妮，似乎想开口说些什么，然而数秒钟后，又摇摇头，把嘴唇紧闭了起来。

喝过下午茶以后，玛莉娜去探望蕾洁夫人，回来后，她就上楼，到了安妮的房间。那时，安妮正在批改学生的作业。

"今晚，林顿伯母看起来怎么样呢？"

"她看起来非常沮丧呢！"玛莉娜说着，坐在安妮的床铺上面——这种举止，十足表明玛莉娜有沉重的心事。在平常，坐在整理干净的床铺上面，对她来说，是一种不能原谅的行为呢……

"蕾洁夫人显得不胜寂寞的样子，"玛莉娜说，"她女儿伊莱莎的儿子生病了，所以匆匆忙忙地赶回去了，她才不管自己的母亲是否会寂寞呢！"

"待我改完了这些作业，我就去陪林顿伯母聊聊天。今晚，我本打算写一篇拉丁文的文章，不过，我可以改天再写。"

"今年秋天，吉鲁伯特不是要上大学吗？安妮，你想不想上大学呢？"

经玛莉娜如此一说，安妮惊讶地抬起她的头来说："当然啦！我也很想去。可是我不能那样做呀，玛莉娜！"

"并没有什么能不能的事，我一直想把你送进大学，一想到你为了我而放弃大学，我的内心就会感到非常愧疚。"

"可是，玛莉娜，我虽然待在家里，但是一点也没有感到遗憾呀！这两年来，我感到非常快乐。"

"我实在很高兴，你能够如此满足。不过，你也得继续深造呀！你存下来的钱，再加上我卖掉家畜的钱，已经足够让你上大学了。况且，你又可以申请到奖学金。"

"噢……可是我走不开呀！您的眼睛虽然比以前好多了，但是，我不能把费神的养育双胞胎的工作，全部压在您的肩上面呀！"

"我不会孤独的。安妮，今晚，我跟蕾洁谈了很久。蕾洁如今什么也没有了呢！八年前，当她的小儿子到西部求发展时，她为了给儿子一笔本钱，把她的房子给抵押啦！以后的日子，只能每月付利息了。而且为了汤马斯的病，几乎已经到了山穷水尽的地步。

"到了这种田地，她只能去依靠伊莱莎了，但是她硬是不想离开艾凡利。听蕾洁大吐苦水后，我闪出了一个念头，那就是叫她到这儿来跟咱们住。当然啦，我还不曾对蕾洁提起，因为我必须先征求你的同意。"

"我也不知道怎么说才好……仿佛就在梦里……可是这件事情，应该由您来决定呀！玛莉娜，您真的要这么做吗？林顿伯母为人很好……不过……不过……"

"你的意思是说，她有她自己的缺点对不？不过，与其看着蕾洁走出艾凡利，我宁愿忍受她的缺点。我跟她相交已有四十五年，始终不曾吵过架或翻过脸。一旦她离开了艾凡利，我一定会很难过的。安妮，你还记得林顿伯母嘲笑你红头发的事情吗？那时，你还凶巴巴地骂过她呢！"

"我还记得，"安妮说，"那时，我非常讨厌林顿伯母。现在想起来，确实有些好笑。"

"安妮，那时我实在拿你没办法，倒是马修始终都很理解你。"

"马修伯伯非常非常理解我。"一提起马修，安妮的声音就会变得格外温柔，同时还掺着无限的怀念。

"我懂得在不冲突的情形下，跟蕾洁相处的秘诀。在一个屋檐下，两个妇女之所以不能和平相处，问题都出在厨房。为此，我们可以提供北边的房间给蕾洁，充作她的卧房。至于客用寝室嘛，就改为蕾洁的厨房吧！这样一来，她就拥有独立的生活空间了。至于她的生活费等事，她的孩子们会负责的。我们只是提供房间。"

"那么，您就对林顿伯母说吧！我也舍不得林顿伯母离开艾凡利。"安妮当场就表示欢迎林顿夫人。

"如果蕾洁要搬进来，你就可以上大学了。我有她陪伴，不会感到寂寞的。至于双胞胎的教养方面嘛……蕾洁或许可以帮我。"

那一晚，安妮在自己房里的窗边想了很久。她的内心由于悲喜交加而澎湃着。走呀走，终于来到了道路的拐弯处啦！只要拐过弯，彩虹般绚烂的大学，就会对着她挥手。

　　不过，一旦拐过弯，她就得放弃两年来培养的——无限的欢欣，叫她雀跃的种种事。首先，她得辞掉教职。不管是功课好或不好的孩子，安妮都非常喜欢、疼爱。尤其是想到了保罗、德威、多拉，她更会怀疑大学教育对她果真有那么重要吗？

　　第二天，安妮咬紧牙根，提出了辞呈以后，眼眶里充满了泪水。蕾洁夫人很爽快地接受了玛莉娜的提议。不过，她必须等到秋天才能够把农场脱手，而且不得不准备各种事，因此在整个夏季里，她还得住在自己的房子里。

　　玛莉娜请蕾洁夫人一块儿居住的消息，犹如电光火石，迅速传遍了整个艾凡利。这时，再也没有人去臆测哈里森家可能会发生的事情了，大家不约而同地歪着脑袋想着——玛莉娜为什么会提出不智之举，想跟那母夜叉似的婆子住在一起？这两个女人都有各自的冥顽不灵之处，到时必有好戏可看——大家都在潜意识下传达了这种悲观的论调。

　　不过，两个当事者并不理会他人的臆测。事先，她们已经决定好了彼此的工作和权力，进行了一次最彻底的沟通，以及谈判。

　　"我俩就各管各的，不要彼此干涉私事吧！"林顿夫人很干脆地说，"对于双胞胎嘛，我会倾尽全力协助你。不过我是才疏学浅的妇道人家，对于德威的问话，可能就没什么办法啰！这一点，只有安妮能够帮你。"

　　"安妮的回答嘛，有时不输给德威的问话，叫人感到妙趣横生呢！"玛莉娜说，"总而言之，照顾双胞胎是很叫人感到头痛的一件事。不过话又说回来啦！我可不能为了双胞胎，叫安妮耽误了她的学业。将来遇到我答不出德威所提出的问题时，我就对他说：'小孩子只要看着就行！不要问东问西的。'以前，我父母就是这样对我说的。"

"不管怎么说，安妮的教导方式很适合德威，"林顿夫人笑着说，"德威仿佛变成了另外一个人。"

"德威并不是一个坏孩子，"玛莉娜喜滋滋地说，"我真是做梦也想不到自己会如此喜欢这对双胞胎呢！德威做人比较圆滑，懂得取悦别人……至于多拉嘛，一向规规矩矩的，做起事情来一丝不苟……只是……只是……唉……我该怎么说呢……"

"你的意思是说叫人感到千篇一律，毫无新鲜感？"林顿夫人说，"就好像一本翻开来、到处都一样的书本，对不？多拉会变成稳重而很少犯错的女人。她绝对做不出在池塘引起水灾的新鲜事。不过跟她相处起来，是叫人感到乏味了些。"

听到安妮辞去教职的消息，只有吉鲁伯特一个人感到高兴。安妮调教的孩子们却如劫难来临，掀起了一阵骚动。亚妮达·贝儿回到家以后，一直歇斯底里的。安东尼·派尔为了发泄，在回家的路上跟男同学单挑了两次。芭芭拉·萧哭叫了一整晚。保罗·艾宾对奶奶发出最后通牒，在一周内，别叫他吃麦片粥了："奶奶，如果您还疼我，就不要再逼我吃麦片粥了，我现在什么也吃不下，喉咙里好像卡着一块石头。奶奶，安妮·雪莉老师走了以后，我不知道该怎么办了！听说，琴恩·安德鲁老师要来教我们。琴恩老师也很好，不过，她不可能跟雪莉老师一样了解我。"

黛安娜也感到非常失落。那一晚，朦胧的月光透过樱树的枝丫，照进楼上东边的房间。安妮坐在窗边的摇椅上面，黛安娜则坐在床上，悲切地说："今年冬天，我会感觉到特别寂寞的。既然你跟吉鲁伯特都要走，那么，改善会只好解散喽？"

"你不必担心这一点，"安妮很有把握地回答，"基础都已经打好了嘛！而且成年人都卯出全力在干呢！你就想想这个夏季的成绩吧！几乎每一家的草坪跟马路都大幅度改观了呢！等我到了雷蒙学院，只要听到值得参考的事情，我就会在今年冬季写信回来告诉你们。黛安娜，你不要太灰心呀！至少在我感到高兴时，你不要扫我的兴嘛！因为到真正要离开时，我就会根本笑不出来啦！"

"你当然是快乐啰！因为你就要上大学了……愉快地生活着，又可以交到新的朋友。"

"不管我交了多少新朋友，我还是重视旧朋友……尤其是我永远忘不了黑眼睛……有着一对漂亮酒窝的故友。黛安娜，你知道她是谁吗？"

"不过，雷蒙学院有很多聪明的人呀！"黛安娜叹了一口气说，"我万万比不上她们啊！我是一个傻乎乎的乡村姑娘，时常会冒出那一句'你硬是要得'！总而言之，这两年来我过得很幸福。安妮，唯独一个人对你到雷蒙学院的事感到高兴，你知道他是谁吗？安妮，我问你一句话，可是你不要生气，如实地回答我！你喜欢吉鲁伯特吗？"

"如果你是指友情方面的话，不错，我是很喜欢他。不过，绝对没有你想象中的那种关系。"安妮很沉着地回答，因为她确实是这样想的。

听了这个回答，黛安娜叹了一口气，她本期待安妮给她相反的回答。

"安妮，你没有打算要结婚吗？"

"这个嘛……必须等到真正心仪的人出现……"安妮微笑着，犹如在做着绮梦，抬头望望月亮。

"可是，当你真正心仪的人出现时，你……我是说，你能够感觉得出谁才是你心仪的人吗？"

"我当然感觉得出来啊！黛安娜，你不是很清楚我的理想是什么吗？"

"可是，理想这东西是时常会改变的！"

"我的理想是不可能改变的，不符合我理想的人，我怎会去爱他呢？"

"如果，你始终不曾碰到那种人呢？"

"那还不简单？一辈子做个老小姐啊！我想，做个老小姐并非是一件很凄惨的事。"安妮很开朗地回答。

"我最不能忍受的是老小姐的生活方式。如果能像拉宾达小姐那样的话，还算马马虎虎啦！不过，我绝对不可能。因为我到了四十五岁时，很可能变成一个肥婆哩！对啦！三个星期前，尼尔逊·阿多金斯向琪丽儿求婚了呢！"

"那……后来呢？"安妮无精打采地问。

　　"琪丽儿嫌尼尔逊家的家族太大，并不准备答应他，但是由于尼尔逊的求婚方式颇具浪漫气息，琪丽儿变得如醉似痴啦！于是，她要求尼尔逊给她一个星期的时间考虑。

　　"两天后，琪丽儿出席了尼尔逊母亲主办的缝纫会，那时，客厅的桌子上有一本《求婚与结婚》的入门书。琪丽儿顺手翻了翻。结果呢？竟然发觉尼尔逊的求婚跟里面所记载的方式一模一样！甚至连他所说的话都半句不差！琪丽儿气炸啦！回家以后，立刻写了一封信拒绝了尼尔逊。

　　"尼尔逊的父母见儿子垂头丧气，害怕他去投河自尽，只好日夜轮流地看守着他。琪丽儿却很嚣张地说：'你们的宝贝儿子死不了！'因为，那一本《求婚与结婚》里面虽然记载着，遭受到拒绝的男人会有哪些自暴自弃的行为，但是，唯独没有投河自尽这一项！

　　"琪丽儿还对我说，威尔伯·布雷也对她如醉似痴，叫她不知怎么办才好。"

　　安妮不屑地转开她的脸说："我实在很不想说出这句话……以现在来说……我实在不怎么喜欢琪丽儿。那时，一块儿上小学，一块儿到皇后学院求学时期，我还喜欢她，不过，不能跟我喜欢你和琴恩相提并论。想不到这一年来，琪丽儿彻底变啦！"

　　"就是嘛！林顿伯母也说，琪丽儿家里的女孩，都是一副德行。只要一开口就是那个男人怎样……那男人在单恋她，为了她而茶饭不思，精神恍惚，实在叫人恶心呢！可是说句良心话，追她的男孩的确很多。"说到这儿，黛安娜又以不齿的口气说，

"你还记得吗？在我们上小学的时候，琪丽儿就时常说，等她长大以后，还没嫁人以前，她要结交很多男朋友，好作为日后快乐的回忆。不过，琴恩就大不相同啦！她就像一个历尽沧桑的贵妇人，老是显得那么高雅，那么懂得人情世故。"

"像琴恩这样的女孩，世上很稀少……"安妮抚摸着黛安娜胖嘟嘟的手说，"说来说去，还是我的黛安娜最好。你还记得我俩第一次见面时的那个黄昏吗？我俩还在你家的庭院发过重誓，发誓要做一对生死之交，披肝沥胆的好友呢！果然，我俩一直很要好，从没吵过架。现在我才深深体会到孩童时代的我是那么孤独，那么渴望着亲情和友情。那时，根本就没有人爱过我。正因为如此，幼年时的我才有那么多梦想，以及近乎荒诞的想象力。我就这样，把自己渴求的友情和亲情，无休无止地织造在自己的想象里面。

"不过，来到了绿色屋顶之家以后，什么都变啦，而且又认识了你。至于我如何珍惜咱们的友情，以及感激你的友情，你或许不曾预料到吧？今天，我要特别地向你致谢！"

"我也……我也是一样……"黛安娜啜泣了起来，"不管是对哪个女孩子……我再也无法像爱你一样爱她。如果我在结婚后生了一个女孩子，我一定要给她取名为'安妮'！"

第二十七章

石屋的午后

"安妮姐姐，你打扮得花枝招展的，要去哪儿呀？"德威问，"你穿这件衣服真好看。真是魅力十足哦！"

安妮穿着淡绿色毛纱的新衣服。自从马修亡故以后，安妮直到今天才穿了有颜色的衣服下来吃午饭。在那件衣服的衬托下，安妮花一般的脸色产生了微妙的变化，甚至连头发也显得分外光泽。看起来，非常适合安妮。

"德威，你不要使用那种字眼！我不是对你说过好多次了吗？"安妮对德威说，"我要到回声山庄去。"

"也把我带过去嘛！"德威恳求道。

"如果是坐马车的话，我就带你过去。但是，今天我要走路。那段路对八岁的孩子来说，实在是太远了一点。而且保罗也要去，你不是讨厌跟保罗在一起吗？"

"嗯……我不再讨厌保罗啦！我已经开始喜欢他了呢！"德威说着，跳到了桌上的布丁旁边，继续说，"我已经变成好孩子啦！正因为如此，保罗虽然比我好了一些，我也不怎么在乎了。如果我继续努力下去的话，不久后，我必将超过保罗呢！再过一段时间，不管是腿的长度，还是在礼节方面我都要赢过保罗。保罗对我们二年级的学生很好，他保护我们，以免其他大一些的学生欺负我们。而且他还会教我们玩各种各样的游戏呢！"德威滔滔不绝地说出这些话。

"昨天中午休息时，保罗怎么会掉进小河里面呢？我在运动场看到他时，他浑身都湿透啦！于是，我立刻把他带回家里换衣服，只是我没有时间问他这到底是怎么一回事。"安妮很纳闷地说。

"其实，真正掉入河里的人是克拉丁，并非保罗。保罗只是把头浸入水里。我们大伙儿在河边游玩时，普莉莉不知跟保罗闹了什么别扭——不错啦，普莉莉长得很不错，但是手段卑鄙，实在叫人不敢领教——普莉莉取笑保罗说：'你的奶奶每天在睡觉以前都卷你的头发对吗？难怪你的头发那么卷曲。'如果只是这样的话，保罗是不会在意的。谁知道葛蕾丝在听到这句话时，竟然扑哧一笑，于是，保罗顿时变成了红关公。因为，葛蕾丝是保罗的女朋友啊！保罗对葛蕾丝是无微不至的……他每天送鲜花给葛蕾丝，不辞劳苦地把书本送到海岸边葛蕾丝的家呢！那时，保罗红着脸说：'我的奶奶才没有那样做呢！我的卷曲头发是与生俱来的。'说罢，他俯卧在土堤上面，把他的头伸入泉水里面，证明他卷曲的头发是天生的。可是……他并非把头部浸入我们饮用的那个泉水啊！"

德威看见玛莉娜一脸惊讶，赶忙解释说："保罗是把头部浸入下面的小水泉。不过由于土堤太滑，保罗骨碌骨碌地掉了下去。哇！那一阵子的声音好大！好像山崩地裂……安妮姐姐，我实在非常不想说……不过，说出来以后，我心头的那块石头就掉下去了。保罗从泉水里爬上来时，浑身湿漉漉的，说多滑稽就有多滑稽！女孩们嘻嘻笑了起来，只有葛蕾丝不笑，她反而面带怜悯之色呢！葛蕾丝是好女孩，很可惜，她长了一个狮子鼻。将来，我交女朋友的话，绝对不找狮子鼻的女孩……安妮姐姐，我要选择一个跟你同样鼻子的女孩子。"

"吃布丁时，脸上沾满了糖浆的浑小子，没有女孩会喜欢的！"玛莉娜没好气地说。

"我会洗过脸以后，才去找女朋友！"德威如此抗议之后，用他的手背擦了下脸，以为这样做，就把交女朋友的事情给解决了。

"玛莉娜阿姨，我还知道，必须把耳朵后面洗干净，"德威说，"一直到今天早晨我还记得呢！玛莉娜阿姨，凡是你教我的事情，大约有一半我会记住的！因为你叫我记住的事情实在太多，我根本无法全记住啊！

"好吧！我既然不能到回声山庄，那么，我要到哈里森先生家。哈里森太太好得不得了！每当男孩们到她家时，她总会把饼干盒子放在厨房，叫孩子们自己拿饼干吃。她的好处还不只这些呢！每当她做李子蛋糕时，总是叫我吃掉黏在铁锅上的蛋糕。哇，黏在锅上的蛋糕里，还有很多李子呢！我实在吃不完。

哈里森伯伯本来就很不错，但是自从他妻子回来后，他变得更好、更慷慨，尤其很疼小孩呢！好像人一旦结婚就会变好。玛莉娜阿姨，你为什么不嫁人啊？"

玛莉娜一点也不在乎单身，一向生活得很快乐，因此，对安妮使了一个眼色，然后对德威说："没有人要我嘛！"

"咦？你为什么不叫男生娶你呀？"德威感到奇怪。

"德威！你少来！"多拉插嘴说，"求婚的话，应该由男生开口！"

"为什么女人事事都要依靠男人呢！这个世界对男人太不公平啦！玛莉娜，我可以多吃一些布丁吗？"

"你已经吃得够多啦！"玛莉娜虽然如此说，但是，她仍然给了德威一些布丁。

"如果三餐只吃布丁那该多好！"德威说，"布丁比面包好吃多啦！玛莉娜阿姨，为什么不能每餐都吃布丁呢？"

"因为，很快就会腻的！"玛莉娜回答。

"至于会不会腻嘛……我倒想试试看。我不仅想吃布丁，当客人上门时，我还希望能够吃到鱼儿。米鲁帝家根本没有什么东西给客人吃。每当客人到他家时，他母亲都把奶酪切得非常非常的小……"

"就算米鲁帝的母亲那么寒酸，你也不必说出来呀！"玛莉娜板着脸说。

"呜呼哀哉！"德威向哈里森学了这句话，如今，很得意地搬出来使用，"米鲁帝是完蛋啦！无药可救啦！他说，他的母亲嗑着石头也可以活下去呢，还一副很了不起的样子。"

"啊！那只该死的母鸡又在作贱我的花坛呢！"玛莉娜站了起来，急忙走出去。

其实，花坛根本就没有什么母鸡。玛莉娜也根本没去看花坛，而是跑到地下室的入口处，大笑不止。

那天下午，安妮跟保罗抵达石屋时，拉宾达小姐跟乔洛达四世正在拔除院子里面的杂草。她们在割除了杂草以后，又慎重其事地把它们堆成一堆，仿佛这件事情，就是她们精神上唯一的寄托。

见到安妮时，拉宾达小姐喜出望外。她身上穿着充满花边和绲边的华丽衣服。因为非常高兴，差一点就把手里的花盆摔了下来。乔洛达四世把她的大嘴巴裂到耳边，开怀地笑了起来。

"哇！安妮，你来啦！我好高兴。我早就料到今天你会光临。你是下午型的人。所以嘛……下午就把你带过来啦！性情投合的人总是会聚在一起的。这是天经地义的一件事情。至于性情不投合的人，就是动用天地之力也无法把她们凑合在一起啊。噢，保罗又长高啦！比上次来这儿时，长高了半个头呢！"

"嗯……林顿伯母时常说，我跟藜草一般，总是在夜间生长，"保罗喜滋滋地说，"我奶奶说，她做的麦片粥终于发挥出功效了呢！我也是拼命在吃。我在想，既然要成长，那就长高到能够跟父亲一样吧！我父亲足足有六英尺高呢！"保罗很得意地说。

关于这一点，拉宾达小姐怎会不知道呢？正因为知道，她的双颊染上了玫瑰红。拉宾达小姐默默地牵着安妮跟保罗的手进入屋里。

"今天能听到山谷的回音吗，拉宾达小姐？"保罗有些担心地问。

因为，他第一次来的那一天，风势太强劲，听不到山谷的回音，叫保罗非常失望。

"嗯……今天是难得的好天气！"拉宾达小姐从沉思中醒过来说，"依我看哪！大伙儿先吃一些东西吧！你俩长途跋涉，穿过山毛榉的森林过来，一定饥肠辘辘了吧？至于乔洛达四世跟我，随时都可以吃——只要看到东西，我们就会食指大动呢！现在，咱们就攻进厨房吧！所幸，厨房充满了山珍海味，佳肴美馔应有尽有。我预感到今天有贵客临门，所以跟乔洛达四世预先准备好宴客之物。"

"府上的厨房多得是山珍海味，应有尽有。我奶奶也在厨房里囤积了很多食物。不过，奶奶说，除了三餐，最好不要吃点心或者零食，"保罗有些迷惑地说，"奶奶叫我别吃零食，但到了别人家时，是不是可以破例呢？"

"这跟平常不一样。你跟安妮小姐走了那么长的路，体力消耗了很多，在这种情形下，你奶奶绝对不会禁止你吃东西的。"拉宾达小姐的眼光透过保罗茶色的卷曲头发，向安妮打了一个信号说，"或许吃零食对健康不太好。不过，咱们回声山庄的人一向乱吃一通。咱们……乔洛达四世与我的饮食生活一直都是乱七八糟的。如果基于养生之道来说，我们的做法跟养生之道是背道而驰呢！我们日以继夜地吃着不易消化的东西。虽然如此，我们仍然跟常绿的月桂树一般健康。不过，我们也想过改善这个问题。一旦在报纸上面看到不利于我们健康的食物的警告后，我们就会把它剪下来贴在厨房的墙壁上。但是，这种热度持续不了五分钟，待我们清醒过来时，仍然会发现自己正在吃报纸上列为禁忌的东西。但是，你仔细地瞧瞧我们，我俩不仅没有死，而且比以前更健康呢！只是有一个后遗症。那就是——乔洛达四世在睡觉时，老是会做一些大吃甜甜圈和水果蛋糕的梦。”

“奶奶在我上床睡觉前都会给我一杯牛奶和一片牛油面包。到了星期天的夜晚则会在面包上加一些果酱。因此，我特别喜欢星期天的夜晚！”保罗有一点忧心地说，“海岸线的星期天特别的漫长。奶奶则说，星期天短促了一些。据说，我的父亲在孩童时代时，并没有无聊的感觉呢！如果我能够跟岩石的人们交谈，我就不会感觉到度日如年了。但是奶奶一直说‘不可以’！所以，我只好放弃这个念头。奶奶对我耳提面命地说，星期天，除了涉及宗教的事情，什么都不要去思考。但是，雪莉老师却说，真正美丽的念头，不管是什么事情，不管在星期几思考，都合乎宗教的规范。可是奶奶说，只要牢记牧师先生的说教，以及主日学校所教的事情，就是所谓的真正的信仰。一旦雪莉老师的意见跟奶奶的迥异，或者背道而驰时，我的心灵就会感到很痛苦，因为，我不知道应该何去何从才好……”

保罗把他的一只手放在胸前，一对蓝眼睛正经八百地看着拉宾达小姐的脸蛋："我赞成雪莉老师的说法。不过，奶奶也基于她的想法，不仅把父亲养育成人，而且又教导父亲走向成功。所有这些，她功不可没。雪莉老师的说法一向叫我信服，但是，老师还不曾养育过孩子啊。现在，雪莉老师帮玛莉娜养育双胞胎——德威跟多拉，不过，在他俩长大成年以前，根本就不能断定雪莉老师的教养法百分之百正确。正因为如此，我认为遵从奶奶的教养比较适当。"

"我也认为这样比较妥当，"安妮很认真地表示赞成，"你的奶奶跟我教导你的方式虽然不同，但是，我们的想法跟出发点是相同的。依我看，你还是遵照你奶奶的方法做吧！毕竟她的经验比较丰富。至于我提倡的方式是否跟你奶奶的一般正确，还得看双胞胎将来的成就，目前是看不出来的。"

午饭后，大伙儿又回到了庭院，保罗跟山谷的回声成了好友，在一块儿玩乐。

安妮跟拉宾达小姐坐在白杨树下面的椅子上聊天。

"安妮，你到秋季就要走了吗？"拉宾达小姐用悲伤的口吻说，"为了你的前途，我应该为你高兴才对……不过，未免太遗憾了。我实在是很自私。你走以后，我必定会感觉到寂寞难耐。啊！好不容易交了你这位新朋友，想不到……每次我交到了亲密的朋友，对方总是在短期内就要走。如此一来，我内心形成的创伤将比没有交到她们以前更深。"

"你现在说话的口吻跟伊莱莎小姐一模一样，实在不像你——拉宾达小姐的性情。我不会在你内心造成很深的创伤的……我并不会从你的生活中消失。我不仅会写信给你，休假时，还会回来看你。咦？你的脸色并不太好呢！你是不是太疲倦啦？"

"喂——呀嗬！呀嗬！"保罗在土堤上面大声地叫嚷。他的叫声并不见得美如音乐，但是经过了对岸妖精炼金术一般的手法变更以后，立刻变成金或银的音色弹了回来。

拉宾达小姐一双漂亮的手正在摘花。

"我对任何事情都感到厌倦啦！甚至对山谷的回音也感到兴意阑珊。除了那些山谷的回声，我的生活里没有任何东西。只有少许永远不能实现的希望与美梦。山谷的回声是一种很美妙的痕迹呢！安妮，我实在不应该在宾客面前发牢骚，否则的话，就连难得的宾客都要走得远远的呢！毕竟我年纪已经大啦！我在想，到了六十岁时，一定没有人能够忍受我的！"

就在这时，午饭后一直不见踪影的乔洛达四世赫然出现，她对安妮说，约翰·金巴尔牧场的东北角有好多红透的草莓，要不要一块儿去采摘？

"好吧！我们就用第一次采到的草莓，做喝茶时的点心吧！"拉宾达小姐叫了起来，"啊！我并没有自己想象得那么年迈嘛！等你们摘了草莓回来，咱们就在这棵银色的白杨树下喝茶吧！"

安妮跟乔洛达四世一起走到了金巴尔先生的牧场。草原距离街道有一大段距离，因此空气跟酒酿一般醉人，柔软似天鹅绒，芳香仿佛紫罗兰，色彩金黄如湖泊。

"啊！这种空气不是很可口吗？"安妮说罢，深深地吸了一口气，"很像是在举行了日光浴后，再喝一杯酒。"

"雪莉老师，你说得很对。我也有这种感觉。"

乔洛达四世表示同意。如果安妮说，她现在的感觉就仿佛荒野的塘鹅，乔洛达四世也会跟她唱同调吧？

安妮回去以后，乔洛达就会爬到厨房上面的小房间，再把安妮的表情和举止重现一遍。遗憾的是，她不能模仿得惟妙惟肖，不过她深信，只要认真学习下去，她就能够得到安妮的真传。因为学校的老师就曾经如此对她说过。

乔洛达在内心里盘算，至少也要学会安妮抬起下巴的高雅动作，使眼睛闪闪地发光，以及优雅的步法。当她跟安妮在一块儿时，这些动作都难不倒她，但是安妮一旦离开，她就做不来啦！

乔洛达四世打从心眼里敬爱着安妮。她并非认为安妮具有闭花羞月之貌。在乔洛达四世的眼里，安妮的灰色眼睛虽然具有日光一般的魅力，随着感情的起伏，双颊会泛出淡淡的玫瑰红，然而，这些都不足以使安妮成为美女。比起安妮来，拥有满头黑色卷曲头发，以及粉红面颊的黛安娜更有资格被称为美女。

"我并不希望长得漂亮，我喜欢长得跟雪莉老师一样。"乔洛达打从心眼里对安妮如此说。

安妮莞尔一笑。她啜饮了赞扬的甜头，抛弃了那一股苦涩之味。安妮已经习惯于那种赞贬参半的话啦！对于安妮的容貌，可谓是见仁见智，每个人的看法都不同。

有些人听说安妮长得漂亮，秀色可餐，但是看到了她本人时，往往会大失所望。而一些人听说安妮长得其貌不扬，前往看她时，又会咒骂造谣的人未免太缺德，实在太缺乏看人的眼光。

安妮本人从来就不认为自己是美女。每次她照镜子时，镜子里的苍白脸蛋上面，尤其是鼻子上面都会出现七颗雀斑。镜子里面从来就不曾出现梦幻似的玫瑰色，看起来明艳的颜色，从大眼睛里散发出来的幻想似的魅力，以及明媚的笑容。

安妮距离美女的定义有一段距离，不过，她拥有一种难以言传的魅力，以及特异的气质，使得所有接触到她的人，都会痛感到成长中的她拥有无限的潜力，从而给予看到她的人愉快的满足感。

乔洛达四世一面摘草莓，一面向安妮吐露她很担心拉宾达小姐的健康。

"雪莉老师，拉宾达小姐有些不对劲呢！虽然她对自己的事情只字不提，但是我感觉到她跟往日迥然不同。近些日子以来，她郁郁寡欢……自从雪莉老师跟保罗来拜访以后，她就异于往常呢！以前，天黑以后她绝对不出门。但是上次，你跟保罗来访后回去时，她就一直在黑暗的屋外徘徊流连。而且只披着一条披肩呢！那时，小径上积着冰冷的雪，由此我推测她很可能感冒了。自从那次以后，她的表情变得格外落寞，不管做什么事情都提不起劲儿。就连平时她最感兴趣的款待客人游戏，她都懒得进行了。在这些日子里，只有雪莉老师你光临时，她才会显得神采焕发一些。雪莉老师，最糟糕的一件事情是——拉宾达小姐似乎已经没有了喜怒哀乐。昨天，我不慎摔破了放在书桌上面的黄色花瓶。那是拉宾达小姐的奶奶从英国带来的东西，她一向非常珍惜它。我小心翼翼地擦掉它上面的灰尘，想不到由于我的手有些滑，把它摔破了。我又难过又畏惧，心想，这一次不受到拉宾达小姐的责骂也难，而且我也期望她那么做。谁知她进来后，连看也懒得看，只是淡然地说：'你别介意，把它们扔掉就行了。'听她的口气，那并非她的奶奶从英国带过来似的……啊！一切都不对劲呢！真是叫人心烦。如今除了我，再也没有人会照顾她了。"

说到这儿，乔洛达四世的眼眶里噙满了泪水。安妮轻抚着乔洛达拿着粉红色茶杯的手。

"乔洛达四世，我认为拉宾达小姐有变化的必要。她一直形单影只地居于此地，心情难免会沮丧。你不妨怂恿她去旅行，或做些类似的事。"安妮如此提议。

听了安妮的话，乔洛达四世悲伤地摇了摇头。"雪莉老师，这一招是行不通的！拉宾达小姐最忌讳去拜访别人的家。她拜访的亲戚只有三个人，而且是基于人情世故才如此做的，并非出于自愿。上一次她回家时就嚷着，下次再也不到亲戚家去了。那时，拉宾达小姐如此对我说：'乔洛达，我是喜爱孤独而回来的。我再也不走出有无花果树和常春藤的家啦！那些亲戚都把我当成老人看待，实在叫人厌恶！'正因为如此，她再也不可能上亲戚家了。"

"那么，咱们来想想有什么对策。"安妮说着，把最后一颗

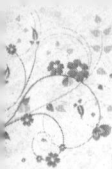

草莓放入茶杯里面，"待我学校放了假以后，我就来这儿住一个星期。到时，我俩就带拉宾达小姐去野餐，或者想办法逗她开心，看看能不能让她心情变好。"

"雪莉老师，这不失为一个好办法！"乔洛达四世高兴得叫了起来。

其实，安妮的这种做法，不管对拉宾达小姐，还是对乔洛达四世都有好处。

乔洛达四世暗地里想，只要研究安妮整整一个星期，她不想获得安妮的真传也难。

她俩回到回声庄时，拉宾达小姐在保罗的协助之下，把厨房的小桌子搬了出来，她已经准备好了茶点。在白云悠悠的苍空下，在森林的阴影里面，聆听着小鸟儿的歌声，喝着茶时，草莓奶油显得格外可口。

喝过茶以后，安妮到厨房帮着收拾。在那一段时间内，保罗坐在石椅上面，说有关岩岸人家的故事给拉宾达小姐听。

温柔的拉宾达小姐一直在侧耳静听，但是讲最后一段时，保罗发觉听的人对双胞胎水手失去了兴趣。

"拉宾达小姐，你怎么那样看我呢？"保罗讶异地问。

"我怎样看你呀？"

"譬如说，看到我时，你想到了一个人。而实际上你并非在看我，而是在看那个人。"

保罗的直觉叫人感到畏惧，所以，凡是内心抱有秘密的人，一旦到了保罗身边，就不能掉以轻心。

"我看着你时，会不知不觉地想起我往昔认识的一个人。"拉宾达小姐做梦一般地说。

"你是说你年轻时？"保罗问。

"嗯……在我年轻的时候。保罗，我看起来很老吗？"

"这个嘛……我实在讲不出来。你的头发的确像老奶奶——我还没有见过既年轻又长有白头发的人——不过，你一旦笑起来，看起来就跟雪莉老师一般年轻，拉宾达阿姨。"保罗的脸蛋与声音变得如法官一般庄严，"我认为你一定会是个很慈祥的母亲，因为你的眼睛那样告诉我。你的眼睛很像我母亲的眼睛。阿姨没有儿女，实在是一件很遗憾的事！"保罗如此说了一大串。

"我有梦幻中的男孩。保罗！"拉宾达小姐说。

"啊！是真的吗？他多大啦？"

"跟你差不多。在你出生以前，我就梦到了那个孩子。确切地说来，他应该比你大，但是，我叫他一直停留在十一二岁。因为让他不停地长大，成年后，他就会离开我。"

"这个我懂，"保罗说，"这就是做梦的好处……我们可以叫梦里的人物永远停留在某一个年龄。在这个世界上，拥有梦中人的人只有三个。那就是你、雪莉老师和我。我们三个人能够碰到一起实在不可思议。你不认为这是天作之合吗？我奶奶说，这个世界上压根儿就没有什么梦中人，而玛莉乔则说，正因为我拥有梦中人，所以，她敢说我的脑筋已经烧坏啦！不管玛莉乔怎么说，我认为拥有梦中人是很幸福的。阿姨，请你讲梦中男孩子的故事给我听吧！"

　　"那个孩子有对蓝蓝蓝眼，还有一头茶色的卷曲头发。每天早晨，他静悄悄地走进来，吻醒我。接下来，他一整天都在这个庭园里游玩……我也兴高采烈地跟他一起玩耍。再彼此说故事给对方听。到了黄昏……"

　　"我知道，那个孩子来到阿姨的旁边坐着……就像这样……当然啦，到了十二岁大时，坐在阿姨的膝盖上面已经嫌大了一些……再把头部斜靠在阿姨的肩膀上面……就像这样……阿姨抱着那个孩子，紧紧地依偎着他。接下来，把面颊贴在那个孩子的头部……对啦……就像这样……哇！阿姨，你知道嘛！"

　　从石屋走出来的安妮，看到相依偎的拉宾达小姐跟保罗时，感觉到不好意思打扰他俩。

　　"保罗，我们必须趁天还未黑以前就回去。拉宾达小姐，最近，我会来回声庄住一个星期。"

　　"你说一星期的话，我就要挽留你两星期。"拉宾达小姐如此"恫吓"安妮。

第二十八章

王子来到了被施了魔法的城堡

安妮在学校的最后一天终于来临啦！在期末考试方面，安妮班上的学生都创下了辉煌的成绩。学生代表在惜别会上致词，并且代表全部学生赠送给安妮一张写字桌。出席惜别会的女学生和妇女都涕泪涟涟，刚开始时，男学生还在强忍着，但事后，有好多个男生都坦白承认——他们也哭啦！

哈蒙·安德鲁太太、彼得·史龙太太和威廉·贝尔太太三个妇人，一面走路，一面交谈。

"孩子们那么喜欢她，想不到安妮不再教啦，实在太可惜了。"史龙太太长叹了一声，但是又慌张地补充了一句，"当然啦，来年的老师一定也很优秀。"

"我家琴恩会尽自己的本分，"琴恩的母亲安德鲁太太冷冷地说，"她绝对不会在无聊的事上面浪费时间。例如，给孩子们讲故事，或者带孩子到森林里面闲荡。她的名字被督学记载在优等教师名簿里面呢！现在，因为她要辞掉新桥的教职，那儿的人都感到头大呢！”

“安妮能够上大学，实在太好啦！这女孩子很上进，上大学对她来说非常有帮助。”贝尔太太说。

“我却认为安妮没有上大学的必要。”说这句话的人正是安德鲁太太。她下了决心，在几这天内，不管别人说什么事情，她都不表赞成，“如果吉鲁伯特在大学毕业后，仍然迷恋安妮的话，她自然就会跟吉鲁伯特结婚。那时候，她学到的拉丁文、希腊文，根本就派不上用场嘛！除非大学里也教驭夫术，否则的话，又有什么用？”

原来，安德鲁太太根本就不懂得驭夫之术，所以永远也不能使家庭圆满。

“由于夏洛镇的聘请，亚兰牧师也要走啦！”听贝尔太太的口气，她似乎希望亚兰牧师留下来。

其实，史龙太太也有同感：“不过，他到九月份才走。他这么一走，对咱们村子是一大损失呢！有人说，亚兰太太的穿着太过于华丽。然而，世界上不可能有十全十美的人啊！哈里森变得太多啦！现在每个星期天，他都会上教会，穿戴得整齐又干净，而且他也开始捐钱了呢！”

“保罗·艾宾长大啦！刚来时是小不点儿一个呢！哇！他越长越像他老爸啦！”

“他是一个聪明的孩子！”

贝尔夫人如此说时，安德鲁太太立刻回嘴道：“聪明是没错啦！可是，他尽说一些莫名奇妙的话。他对我家的克蕾西说什么'海岸的朋友'，什么'双胞胎水手'的，都是一些毫无根据的话。"

"可是，安妮说保罗是天才呢！"史龙夫人说。

"或许是那样吧！可能是美国人口中谈的莫名其妙的一群人！"

在教室里，安妮犹如两年前刚来的那一天，坐在桌子前面，两手支撑着面颊，流着泪，无限怜惜地瞧着闪耀的湖泊。因为她舍不得跟孩子们分离，所以大学似乎在一时之间失去了魅力。她的脑海里仍然有亚妮达·贝尔抱过的感受，耳边仍响着孩子们的哭声。

在这两年里，安妮犯了很多错误，再从错误中吸取教训，再热心忠实地做好她的职务。她虽然对学生们传道解惑，但是也学得了孩子们的可爱、纯真和温柔。

安妮很少教训学生，不过，她美好的人格深深地影响了学生，使他们学会了真实、礼貌和亲切。使他们远离虚伪、卑劣和低俗。

"我人生旅程中的一章又写完啦！"安妮将桌子上了锁，自言自语了一番。

在悲痛欲绝的时刻，安妮想起的一个浪漫的词——写完的一章，多少给她一点儿慰藉。

到了暑假，安妮到回声庄，陪着拉宾达小姐跟乔洛达度过了愉快的两个星期。

安妮带拉宾达小姐到卡摩迪购买毛纱布料，再回到石屋忙着剪裁缝制。拉宾达小姐声称她对俗事已经了无兴趣，然而，看到安妮为她缝成一件新衣服时，却是两眼炯炯发光，又恢复了童心。她如此取笑自己："我是又轻薄又肤浅的人呢！一见到新衣服竟会得意忘形，我实在感到惭愧。"

为了双胞胎必须缝补的袜子，以及一些杂事，安妮在中途回到了绿色屋顶之家。

一天黄昏，安妮在海滨徜徉，顺便到保罗家里拜访。当她走过客厅旁的窗户时，看见保罗正坐在一个人的大腿上面。保罗一看到安妮，飞也似的靠近她的身边。

"安妮老师，我爸爸回来了！老师请进！爸爸，她就是我的老师！"

史蒂夫·艾宾微笑着走出来迎接安妮。他是个个子高大，面容英俊，有着一头灰色头发的中年男子。他的一双蓝眼深陷，脸上笼罩着一层愁绪，尤其是额头与下巴的线条甚美。他看上去非常适合当一名浪漫小说里的男主角，对此，安妮感到甚为满意。

"原来，您就是保罗时常提起的雪莉老师啊？"艾宾先生热情地跟安妮握手，"保罗在信函里时常提起有关您的事情，使得我有种很早就认识您的感觉。真谢谢您对保罗亲切的教导与照顾。我的母亲是个大好人，但是凭苏格兰式实际又强硬的教导方式，实在很难理解这个孩子的思想和心里想的东西。两年里，保罗所接受到的教育非常理想，实在不像是一个没有母亲的孩子。"

没有一个人不喜欢被称赞。经艾宾先生如此说了以后，安妮的脸上顿时飞上红霞。因为工作而太劳累的艾宾先生，见到安妮，精神为之一振，心想从来就不曾见过如此美丽的女教师。

保罗很高兴地坐在父亲跟安妮的中间，轮流看着他们两个人。

"我做梦也没想到爸爸会回来呢！就连奶奶也被蒙在鼓里呢！昨晚，我睡着以后，爸爸才回到家。爸爸跟奶奶蹑手蹑脚地到了二楼，想趁我睡着时瞧瞧我。可是，他俩万万想不到我立刻就醒过来啦！于是，我犹如一只青蛙跳到爸爸身上。"

"他跟一只小熊似的，扑到我身上！"艾宾先生笑着抚摸保罗的肩膀说，"我真不敢相信他是我的儿子。他长高了许多！皮肤也晒黑啦！"

"爸爸回来后，奶奶一天到晚在厨房做爸爸喜欢吃的东西。至于我呢？就这样坐着跟爸爸聊天。对啦，我得去叫玛莉乔把牛牵到牛舍。"

保罗出去以后，艾宾先生跟安妮天南地北地聊着。不过，艾宾先生仿佛有心事，谈起话来并不热烈。不久以后，他就说："保罗写信告诉我，他陪着您到克拉夫顿拜访我的老友——拉宾达·露依丝小姐。拉宾达小姐认识您吗？"

"当然认识，她是我的好朋友。"安妮如此回答后，忐忑不安的兴奋之情传遍她的全身。她认为这段旧情就要复燃了。

艾宾先生站了起来，走到窗边瞧着金光粼粼的海面。房间里顿时安静了下来。

不久，艾宾先生回过头来，面带微笑，看着安妮充满同情的脸蛋说："我想拜托您一件事情。如果拉宾达小姐应允的话，我很想去看看她。您能够帮我安排吗？"

"嗯……可以呀！"安妮很爽快地答应了。

她认为这就是包含诗章、故事性，以及梦幻般魅力的动人罗曼史。它就仿佛是应该在六月绽放的玫瑰花，延迟到了十月间才开放。虽然是迟开了一段时间，但是仍然拥有金黄色的花蕊和红嫩的花瓣。

第二天早晨，安妮穿过森林抵达克拉夫顿。拉宾达小姐正在庭院里浇花儿。安妮因为过度兴奋，两手冷如冰，声音也隐隐地颤抖。

"拉宾达小姐，发生了一件大事……你想会是什么事情呢？"

"一定是史蒂夫·艾宾回来啦！对不对？"

"咦？是谁告诉你的？"安妮大感失望。她以为拉宾达小姐会兴奋得跳起来呢！结果，安妮的期待落空了。

"并没有人告诉我啊！我是凭你说话的语气想到的！"

"史蒂夫·艾宾先生想来看你。你答应他吗？"

"嗯……那还用问吗？"拉宾达小姐也不安了起来，"没有不能来的理由啊！他只是以老友的身份来看我。"

安妮飞快地进入屋里，在拉宾达小姐的桌子上面，振笔疾书：

生活在故事里面是很快乐的一件事情。当然啦，一切会以大团圆收场。保罗能够拥有一位他中意的母亲。想必，史蒂夫・艾宾先生会把拉宾达小姐带出石屋，如此一来，石屋的命运将会如何呢？关于这个问题有两方面的看法。其实，这个世界的事物都具有两面性。

写完了信，安妮把它带到克拉夫顿邮局，再叮嘱邮差把信函送到艾凡利邮局。

"那是非常重要的信函。"安妮特别叮嘱邮差。邮差是个面容严肃的老年人，看来，他似乎不适合担当爱的使者。不过他既然说绝对忠于职守，安妮也只好相信他了。

当天午后，在石屋里面，乔洛达四世有一种被遗弃的感觉。拉宾达小姐心不在焉地在庭院里徜徉，安妮也仿佛中了邪，到处晃，游魂般走来走去，就是没有人理会乔洛达四世。

乔洛达四世极力忍耐，不过，当安妮第四次晃入厨房时，她再也憋不住啦，大声地叫嚷起来："天哪！安妮小姐你……跟我家小姐，一定有什么秘密。我们三个人就像一家人一样，为什么不肯告诉我呀？这样不是太瞧不起人啦！"

"噢！乔洛达，如果是我的事情，我早就告诉你啦！不过，这是拉宾达小姐的秘密呀！今晚，将有一位英俊的王子光临，过去他来过一次，但是为了一些小事，他中了妖术跑到了遥远的地方，以致再也记不起通往城堡的秘道。此后，公主在城堡里哭泣着等待王子。终于有一天，王子记起了通往城堡的秘道。于是，公主再度等候着王子……因为，除了王子，根本就没有人能带出公主啊！"

"安妮小姐，你是在说我家小姐的往日情人吗？"

"对了！真聪明！他也就是保罗的父亲——史蒂夫·艾宾。不知道结局会如何？可是有了希望，还是不要轻易抛弃的好。"

"那……希望他跟我家小姐赶快结婚！"乔洛达斩钉截铁地说，"人世中当然有天生的单身女人，我可能就是其中的一个。因为我实在忍受不了臭男人，小姐就不是这样啦！正因为如此，我非常烦心。等我去了波士顿，小姐该怎么办？就算小姐再带一个女佣人来，她每到小姐玩'家家酒'时，必定会嘲笑她，任何东西也想必不会规矩地放在原来的地方，甚至会讨厌小姐叫她'乔洛达五世'呢！我想没有一个人比我更喜爱小姐啦！"说罢，乔洛达跑进了厨房。

那一夜，在回声庄里面，三个女人虽然面对着餐桌，但是几乎吃不下任何东西。晚餐后，拉宾达小姐换上了安妮为她缝制的薄纱衣服，再由安妮为她梳了一个发髻。她始终装得很冷静，一副漠不关心的样子。

安妮坐在大门处的石阶上时，史蒂夫·艾宾从小径进入庭院，走向安妮。

"唯有此地跟二十五年前完全一样！"他用一种怀旧的眼光瞧瞧四周说，"这栋石屋跟二十五年前我来这儿时完全一样，一点也没有改变。看到这些，我仿佛又回到了年轻时代呢！"

"中了妖术的城堡是改变不了的，"安妮认真地说，"必须等到王子光临，一切才会再充满蓬勃之气。"

"有时，王子的光临是否会太迟了呢？"艾宾寂寞地笑了一笑，看着安妮年轻充满希望的脸庞。

"哪儿的话！真正的王子到真正的公主那儿，永远不会嫌迟。"

安妮甩着她的红头发，打开了客厅的门，把史蒂夫带进去以后，再慎重地把门关起来。她回头一望，乔洛达四世在后面的房间点点头，向安妮招手，又笑笑说："安妮小姐，我从厨房偷看了一下……嗯……他长得很潇洒，跟太太很相配……安妮小姐，我能够躲在这儿偷看吗？"

"不行啦！我俩不能做电灯泡，到厨房洗刷汤匙吧！"

匆匆过了一个小时。安妮放下最后一只汤匙时，听到了大门被关起来的声音。安妮跟乔洛达面面相觑。

"啊！不可能那么早就回去了呀！"

她俩奔到窗口那儿。原来，史蒂夫·艾宾不但没有回去，而且，还陪着拉宾达小姐走到庭院中央的石椅方向。

"哇！天哪！那老王子正把小姐揽腰一抱咧！"乔洛达四世很高兴地小声说着，"看样子，老王子已经向我家小姐求婚了！"

安妮抱着乔洛达四世的水桶腰，在厨房里跳跃了起来。

"嗯……什么都很美……就像故事……又浪漫又温馨……可是，我却感到有一点儿悲哀！"安妮不停地眨着她的眼睛说，"看起来非常感人，可是……却也有一些地方给人一种悲哀的感觉！"

"这也是无可奈何的事情啦！结婚就是一种赌注嘛！"乔洛达四世一本正经地说，"不过话又说回来啦，世界上还有很多比丈夫更为烦人的东西！"

第二十九章

诗与散文

后一个月，安妮在充满兴奋气息的艾凡利生活着。关于雷蒙大学的事情，她反而暂时放下了，专门去准备拉宾达小姐的婚礼。种种的计划和安排，裁缝师来来去去，石屋顿时热闹了起来。安妮跟黛安娜几乎全天候地留在回声庄，做了很多杂事。

关于拉宾达小姐这件事情，周围的人们都为她庆幸。保罗听到了父亲的话以后，飞奔到绿色屋顶之家对安妮说："爸爸就要娶石屋的那位阿姨啦！我很喜欢那位阿姨，奶奶更高兴，因为爸爸这次娶的并不是美国人呢！林顿伯母也很赞成。不过她提议拉宾达阿姨放弃那种古怪的生活方式，过一般人的生活。但是我认为那种生活方式并不坏啊！老实说，我还不喜欢拉宾达阿姨过一般人的生活呢！"

另外，最高兴的人莫过于乔洛达四世。她说："安妮小姐，一切都进行得很完美呢！待艾宾先生跟我家太太蜜月旅行回来后，我就要到波士顿去了！我今年才十五岁，就可以到波士顿！我那些姐姐们，都是到了十六岁才去呢！艾宾先生对新婚太太真是一片浓情蜜意。瞧着他俩卿卿我我的样子，我真为他俩感到高兴呢！"

那晚，安妮对玛莉娜说出了她的感想："如果那天我不是走错了路，根本就不可能认识拉宾达小姐，更不可能带保罗去看她！而保罗写的信，是艾宾先生正想到旧金山时收到的。他在收到信以后，决心回艾凡利一趟。因为在他俩分开十五年时，他听说拉宾达小姐嫁了人，为此他也死了心，再也不曾打听过她的去处。谁知我却撮合了他俩，想起来真够浪漫的……"

"我不懂什么叫浪漫。"玛莉娜一脸不悦地说。因为安妮对这件事太热衷，反而疏忽了自己必须准备进大学的重要事项，叫玛莉娜不以为然，"两个神经兮兮的年轻人闹翻天。史蒂夫到美国结婚，生活似乎很幸福，不久他的妻子死啦！他就回来打算跟初恋情人结婚。那女人始终不曾嫁人，于是两个人相见恍如隔世，再结婚……有何浪漫的啊？"

"你那样说，当然就没有什么浪漫可言啦！"安妮大失所望地说，"不过，只要透过诗的字眼看看它……"安妮说到这儿，又恢复了活力，眼睛闪闪发光，两颊红润了起来，"我想一定会变得非常吸引人。"

玛莉娜本来还想揶揄安妮两句，但是看到安妮年轻而红光焕发的脸庞时，只好打消了这个念头。或许她也感到——跟安妮一般，在内心世界里想些不可思议的事情，或者描绘幻像，比较容易打发日子吧？这也是一种人力不可及的才能，它能够使人生发生变化，或者使人看到人生的真面目，以致所有的东西看起来都很光鲜——然而就玛莉娜和乔洛达四世这种人而言，却只能以散文的方式看各种事物，眼睛里根本就看不到诗这种东西。

过了一会儿，玛莉娜问："什么时候举行婚礼？"

"八月的最后一个星期三。在石屋忍冬花的第四片篱笆下举行典礼。这也是二十五年前，史蒂夫·艾宾向拉宾达求婚的地方。玛莉娜，这件事，即使用散文来表现，仍然很富有浪漫气息呢！出席婚礼的人，只有艾宾先生的母亲、保罗、吉鲁伯特、黛安娜、我和拉宾达小姐的表弟。新人将搭六点钟开出的火车到太平洋沿岸，秋天后旅行回来。保罗和乔洛达四世都要到波士顿跟艾宾夫妇居住在一起。"

世上并非只有石屋内中年男女的恋爱，还有众多零星的恋爱。

一个黄昏，安妮从巴利家的庭院经过时，正好看到黛安娜跟弗雷德站在柳树下面。黛安娜的双颊绯红，弗雷德握着她的一只手。黛安娜用一种低沉而热切的声音，不知跟他说了些什么。两个人已到了如痴似醉的境界，所以完全没有察觉到安妮的经过。安妮踮起脚，穿过针枞树的森林，进入自己的房间。

"真是做梦也想不到黛安娜会跟弗雷德谈恋爱呢！难道黛安娜已经放弃了拜伦式的心中偶像了吗？"安妮看到刚才那个场景时，差一点就气绝，待惊讶稍微平静以后，她又感到一种莫名其妙的寂寞，仿佛是黛安娜一个人踏进新世界，把她留在外面，关紧了门。

"一下子变了那么多，真叫我害怕。从此以后，黛安娜跟我之间势必会形成一条鸿沟……那么，我再也不能对她说出自己的秘密了。否则的话，她一定会转告弗雷德的。"

第二天黄昏，有些许愁容的黛安娜来到了绿色屋顶之家，在暮气笼罩的东边房间，对安妮说出了她订婚的经过。两个少女一会儿哭泣，一下子大笑，一会儿又亲吻。

"我感到很幸福。可是，对于自己订婚的事实，总感到怪怪的……"

"订婚这种玩意儿，到底给人什么感觉呢？"

"这个嘛！那就要看订婚的对象呀！"黛安娜装模作样地说，"正因为跟弗雷德结婚，我才感到高兴；如果是跟别人的话，我就不会感到高兴呢！"

"好吧！你的心目中只有弗雷德，那……我只好告退喽？"

安妮笑笑，黛安娜愤怒地说："安妮，你分明知道我没那种意思。将来轮到你订婚，你就明白了。"

"黛安娜，我只是开玩笑罢了。你一定会成为世界上最优秀的家庭主妇。现在就订立梦中小屋的计划也不坏呀！"

安妮一说出"梦中小屋的计划"，就立刻爱上了这个字眼，于是她也开始展开梦中小屋的计划。当然啦，为了使这个计划实现，非得有皮肤浅黑、气质高雅，以及面容忧郁的男主人不可。说起来也够邪门，吉鲁伯特就在安妮的梦中小屋的计划里晃来晃去。他帮安妮挂相框，计划庭园的修筑工程。安妮想从梦中小屋的计划中赶走吉鲁伯特，但是他如一座泰山，根本就叫安妮动不了他。安妮为了赶工，暂时不理吉鲁伯特，因此在黛安娜再开口以前，她就把自己的梦中小屋的计划弄妥当了。

"安妮，弗雷德跟我长年描绘的白马王子——高挑的青年截然不同，你一定会感到奇怪吧？不过，诚如摩根夫人所说，与其一个人矮胖，一个人高瘦，不如两个都矮矮的、胖嘟嘟的。如此一来，双方就都没话说了。而且，弗雷德一旦消瘦下来，可能就不像弗雷德啦！我还是喜欢原来的弗雷德呀！"

第三十章

石屋的婚礼

终于到了八月的最后一个礼拜。这一周，拉宾达小姐要结婚，两周后，安妮跟吉鲁伯特就要到雷蒙学院报到，而在一周内，林顿夫人就要搬到绿色屋顶之家。

绿色屋顶之家的客用卧室随时都准备迎接林顿夫人。亚兰夫妇也要在下个星期日举行临别的说教，然后就要到别地任新职了。

眼看着旧生活模式急速地被新生活模式所替代，安妮虽处在幸福的环境里，但是，她仍然挥不掉那一抹哀愁。

"所谓的变化，并非一件让人感到高兴的事情，不过也仍然是一件好事情！"哈里森跟哲学家般地说，"两年间过着相同的生活，不让人长出青苔才怪！"

哈里森在阳台抽烟。安妮则来要一些黄色的大理花。明天就要举行婚礼了，安妮跟黛安娜为了帮助拉宾达小姐最后一次的准备，那一晚就住进了回声庄。

安妮跟黛安娜认为，黄色大理花插在楼梯的角落，更能衬托出红色壁纸的鲜艳。不过，由于艾普暴风的肆虐，不要说是黄色大理花，甚至一般的花草都很难找得到呢！

"再过两个星期，你就要上大学啦！我跟爱米莉将感到寂寞难当。据说，林顿夫人要搬到绿色屋顶之家来，但是她怎么能跟你相提并论呢？"

哈里森的妻子虽然跟林顿夫人很要好，但是他本人跟林顿夫人之间的关系，仍然处于武装中立的阶段。

"安妮，你那么聪明灵秀，到了雷蒙大学，想必又是奖章又是奖学金的……"

"我会争取其中的一两种，但是再也没有两年前的那种冲劲啦！到了大学，我只是想吸收最上乘的生活知识，再把它们尽量地活学活用。我想加深对学识的理解力，这对别人和自己都有帮助。"

哈里森点点头说："你说得很对！大学就是为此而存在的。专门培养那种充满虚荣心，以及纸上谈兵的家伙是没什么用处的！"

喝完了茶，安妮跟黛安娜收集了所有的鲜花，坐着马车回到回声庄。

"哇！你俩来得太好啦！"乔洛达嚷了起来，"你们瞧瞧！我烘烤的饼干糖衣为什么不凝固呀？银色餐具都还没擦咧！我还得把皮箱塞满呢！做鸡肉色拉要用的公鸡，还在蹦蹦跳呢！刚才，艾宾先生把拉宾达小姐带到森林里散步去啦！我正忙得晕头转向呢！"

时钟敲了十点钟时，由于安妮跟黛安娜的鼎力帮忙，乔洛达四世才喘了一口气，把头发扎成很多小辫子，躺在床上休息。

"我很担心明天的天气会变坏呢！"黛安娜说，"艾普老爷子又预言，这个星期三或者星期四会下雨呢！自从那一次暴风以后，大伙儿都认为他所说的话，还是有几分道理的。"

安妮对黛安娜的说法一点也不以为意，倒头就睡着了。

第二天早晨，乔洛达四世很早就把她叫醒了："噢……安妮小姐，真对不起这么早就叫醒你，因为还有很多工作要做。而且好像就要下雨了呢！"

安妮跑到窗边，天空的确变黑了，应该是充满朝阳的庭院，如今连一丝风儿都没有，枞树上面竟然覆盖着黑压压的云层。

"唉！怎么会这么不凑巧呢！"黛安娜叹了一口气。

安妮则说："我们别放弃希望。只要不下雨，这种凉爽而珍珠色的日子，比闷热的天气好多啦！"

"我看一定会下雨！"乔洛达四世也悲观地说，"如果举行婚礼时下个倾盆大雨就完啦！到时，屋里将泥泞不堪。据说，新娘子不曾照到一些阳光的话，会倒霉一辈子呢！"

天空犹如洒了墨水，只是不曾掉下雨。到了中午，房间布置好了，餐桌也准备妥当了，新娘在楼上换装。

一点钟，亚兰牧师夫妇和其他宾客们都到齐了。拉宾达小姐下了楼梯来迎接新郎。当新郎抓着拉宾达小姐的玉手时，乔洛达四世看了一眼拉宾达小姐褐色的大眼睛，心头为之一震。一伙人走到亚兰牧师正在等待的忍冬花的亭子里。安妮跟黛安娜之间夹着乔洛达四世，站在石凳的旁边。乔洛达四世用颤抖而冰冷的手，拼命抓着两个少女的手。

亚兰牧师打开了一本青色的书，仪式正在进行。当拉宾达小姐跟史蒂夫·艾宾发誓做一对永世夫妻时，出现了很好很美的预兆。突然间，太阳从云端露了出来，向幸福的新娘投注了金黄色的光辉！

就在这一瞬间，跳动的情影，摇曳的日光，顿时使庭院生气蓬勃。

"噢……这预兆实在太美啦！"安妮如此想着，跑过来吻新娘。当宾客围绕着新人谈笑时，三个少女急忙进入屋里，准备美味佳肴。

两点半，艾宾夫妇出发，一伙人送他俩到布莱多·利伐车站。当艾宾太太从自己的石屋走出来时，吉鲁伯特和少女们对她抛出白米，乔洛达四世也抛出旧鞋子，却打中了亚兰牧师。保罗在送一对新人时，敲打餐室炉棚上面的古钟。待当当的钟声充塞于天际之后，从河流对岸的山丘及森林传来了清澈、仿佛妖精在举行婚礼的钟声。那些美妙空灵的声响，仿佛是山谷的回声在祝福拉宾达。

从此以后，拉宾达的生活脱离了空幻虚无，而进入了充实的现实。

两小时后，安妮跟乔洛达四世又步下小径。吉鲁伯特到西段克拉夫顿办事，黛安娜则因有事而单独回家了。安妮跟乔洛达收拾完一堆零乱的东西后，将石屋上了锁。庭院晒着金黄色的阳光，蝴蝶翩翩起舞，蜜蜂在嗡嗡鸣叫。

待乔洛达四世满载而归时，安妮在飨宴结束的客厅里踱着方步，等待着吉鲁伯特。

"安妮，你在想什么呢？"吉鲁伯特把马车停在街道上，走上了小径。

安妮做梦一般地回答："我在想拉宾达跟史蒂夫·艾宾先生的事情……他俩分离了那么久，到头来又在一起了。世界上竟然有如此美妙的事情！"

吉鲁伯特看着安妮抬起的脸庞，说："是啊，实在很美！不过我认为，如果他俩不曾分开，而是手携手、心连心，一起品尝所有的酸甜苦辣，一起度过一生的话，岂不更美妙？"

在那一瞬间，安妮的心鹿儿猛撞了起来，她不敢凝视吉鲁伯特的视线，便把她的头低垂了下来。苍白色的面颊飞上了红霞。

结果呢？她深深地体会到所谓的罗曼史，并非色彩璀璨的豪华之物，展现于自己身上的便是老友静静地走在自己的身旁，随时都可以悄悄地靠近一个人。

这看起来似乎很平凡，就像一篇散文。但是，当几道光线投掷其上时，很可能会浮现出诗章和音乐。

或许，所谓的爱情，就像玫瑰的金黄花蕊滑出绿的叶梢，往往会从美妙的友情，很自然地开花结果吧！

在暮霭低垂的小径上举步的安妮，再也不是从前那个兴奋地驱着马车的安妮了。就像有只眼睛看不到的手，翻过了少女时代的书页，缓缓地展开充满神秘魅力、痛苦与欢乐的新的篇章。